L'HOMME
ÉTOILE

DU MÊME AUTEUR

LE MATIN DE LA FÊTE TRISTE, essai, Québec-Amérique, 1985.

LES MÉDECINES DOUCES AU QUÉBEC, essai, Québec-Amérique, 1986.

LA CLÉ DE FA, roman, Québec-Amérique, 1988.

LE MAÎTRE DE JEU, roman, Pierre Tisseyre, 1990.

LES TROIS JUL, roman, Libre Expression, 1993.

Monique de Gramont

L'HOMME
ÉTOILE

Libre Expression

Données de catalogage avant publication (Canada)

Gramont, Monique de

L'homme étoile

Comprend des réf. bibliogr.

ISBN 2-89111-690-9

I. Titre.

PS8563.R345H65   1996   C843'.54   C96-941061-1
PS9563.R345H65   1996
PQ3919.2.G72H65 1996

Illustration de la couverture
Louise-André Laliberté
Sans titre, pastel gras, 1995
Maquette de la couverture
France Lafond
Infographie et mise en pages
Sylvain Boucher

© Éditions Libre Expression
2016, rue Saint-Hubert
Montréal (Québec) H2L 3Z5

Dépôt légal :
3ᵉ trimestre 1996

ISBN 2-89111-690-9

À Louis Bélanger,
pour m'avoir fait capter la voix de
la phénoménologie, aussi appelée psilogie
ou encore parapsychologie,
sans pour autant perdre tout sens critique.

À Jacques Couturier,
pour m'avoir initiée à l'art ancien du Kototama.

Et à Louise Côté et Jacques Deschambault,
pour m'avoir donné la preuve qu'un hasard n'est
jamais un hasard, enfin presque...

Mais qu'est-ce donc que le hasard ?
Un sage a risqué qu'il « n'est rien d'autre
que Dieu incognito ».
Reste à savoir qui est Dieu...

Pour esquisser la toile de fond de cette histoire fantastique, l'auteur a rencontré plusieurs spécialistes de diverses disciplines et écoles de pensée. Elle les remercie avec reconnaissance d'avoir joué avec elle au jeu du «et si cela arrivait...». Elle a aussi consulté un certain nombre de documents dont les titres figurent dans la bibliographie à la fin de ce livre.

Il va sans dire que toute ressemblance des personnages inventés pour les besoins de ce roman avec des humains, vivants ou décédés, ne serait que pure coïncidence.

Le monde est plein de paradoxes. Si nous admettons la possibilité que nos corps sont véritablement situés en un lieu, alors il faut admettre la possibilité plus vaste que notre être est contenu dans les objets qui composent ce lieu, que les choses qui sont autour de nous font partie de nous. Ce qui nous conduit à la possibilité plus vaste encore que quelqu'un qui entrerait dans cette pièce après que je l'ai quittée pourrait savoir quelque chose de moi, peut-être en s'asseyant à son tour sur ce lit. Cette personne pourrait sentir mon fantôme assis là. Ou bien, en touchant ce verre, pourrait sentir ma personnalité. Or, pour moi, cela est parfaitement cohérent, et il ne s'agit là que de phénomènes très ordinaires, très naturels.

William ROLL[1]

1. Psychologue danois, William Roll enseigne la parapsychologie au département de psychologie du West Georgia College de Carrollton, petite ville située à une soixantaine de kilomètres d'Atlanta. M. Roll est reconnu comme un des enquêteurs les plus coriaces dans le domaine des phénomènes paranormaux. Cette réflexion a été recueillie par le réalisateur et écrivain français Bernard Martino, dans le cadre de son enquête sur ce qu'il a appelé «les chants de l'invisible».

1

Dans la pénombre de la chambre de Créons Furtadeau, un petit réveille-matin audiosensible en forme de croissant luit doucement, comme une lune en faction dans un ciel endormi. L'objet lui a été offert par des collègues, voilà bientôt cinq ans, en guise de cadeau d'anniversaire, le jour de ses quarante ans. Amusé tant par sa forme que par sa voix amicale et nasillarde de robot, Créons l'a baptisé Luciole.

«Bonjour! Il est six heures trente minutes!» claironne le minuscule serviteur du temps. Programmé pour obéir aux ordres donnés par une voix humaine, Luciole répète impitoyablement son message : «Bonjour! Il est six heures trente minutes! Bonjour! Il est six heures trente minutes!»

Au quatrième bonjour, Créons lâche un «Message reçu! Ferme ton clapet, Luciole!» enroué. L'instant critique du réveil matinal fait partie des choses qu'il déteste souverainement. Comme d'être détaillé en public par les yeux d'une femme, inconnue de surcroît. Comme de devoir endurer sans broncher les inepties de son supérieur hiérarchique, André Caradin, l'arrogant P.D.G. de l'Institut québécois de recherche Hubert-Reeves (IQRHR), surnommé le Requin par le personnel à cause de son sourire en clavier de piano à queue blanc ivoire haute densité, de sa chevelure formant une minuscule arête noire et lisse au sommet de son crâne, et de sa fâcheuse tendance à manger à tous les râteliers du pouvoir, universitaire et politique. Comme de devoir se présenter devant le conseil d'administration de l'Institut pour expliquer en long et en large les raisons, générales et spécifiques, du retard d'un projet de recherche dont il a charge. Ou encore, comme de préparer un argumentaire pour justifier une demande de subvention ou la valeur scientifique d'un protocole pourtant déjà validé.

Créons pousse un long soupir en même temps qu'il étire ses jambes sous les draps. Ses orteils raclent doucement le tissu qui couine en cadence. Le simple fait de devoir soulever ses paupières, lourdes comme d'antiques rideaux de scène ourlés de fils de plomb, fait naître en lui un certain malaise, ni franchement désagréable ni franchement agréable. Il doit reconnaître qu'il est toujours en vie, et bien obligé de mettre en route cette carcasse de chair à laquelle il tient tout de même, en dépit de ses faiblesses.

Prisonnier du grand horaire ponctuant inexorablement la vie des humains, de leur naissance à leur mort, Créons se décide à donner le signal qui précède chaque matin la levée du corps, tout en souhaitant qu'une bonne fois la nuit réussisse à retenir le soleil captif, l'espace d'une petite semaine, juste le temps d'affoler les humains, de leur faire croire que la dernière heure de l'histoire de l'humanité est peut-être arrivée. Depuis le temps que des illuminés annoncent la fin du monde, il aimerait assez voir la nature servir un canular à tous ceux qui l'ont exploitée sans vergogne, qui l'ont salie, annexée, bafouée, reléguée aux oubliettes de l'urbanité.

– Activation du système de domotique, ordonne-t-il d'une voix forte.

Un déclic suivi d'un léger grésillement parvient à ses oreilles. L'appartement, construit selon le tout dernier modèle de la cinquième génération de maison intelligente, est régi par un cerveau électronique central. Ses multiples capacités de gestion des diverses fonctions de l'habitat vont de l'ouverture et de la fermeture des fenêtres à la mise à jour des agendas, personnel et professionnel, qui s'affichent chaque matin sur le murvision de sa chambre, en passant par le réglage du chauffage et de la climatisation de l'air ambiant, l'activation des robots culinaires et domestiques, la planification des réserves alimentaires, la gestion des comptes à payer, etc. L'intendant invisible est, lui aussi, sensible à la voix humaine, plus précisément à des mots clés. Les yeux toujours clos, Créons s'informe :

– Météo du jour ?

– Un système de haute pression pousse vers le Québec une zone de beau temps. Vents légers, minimum 7, maximum 13, répond la voix neutre de l'intendant.

– Une belle journée en perspective… c'est toujours ça de pris, soupire-t-il. Allons-y, puisqu'il le faut, mais seulement après avoir compté jusqu'à cent, au ralenti.

2

Bien décidé à savourer chaque seconde du minuscule répit qu'il a décidé de s'accorder, Créons remonte le drap par-dessus sa tête. Il aime compter, paupières closes, et il a, chaque fois qu'il le fait, la sensation de redevenir un enfant. En a-t-il fait défiler, quand il était tout môme, des moutons et des lapins, des bagels dégoulinants de fromage à la crème et des cœurs à la cannelle, des clowns fous et des chiens savants, des étoiles et des croissants de lune, des sorcières juchées sur leur balai et des magiciens reniflant de la poudre de perlimpinpin…

Petit, il a toujours eu du mal à s'endormir et il cherchait à écourter le temps alloué au sommeil, cette contrariante étape au cours de laquelle le cerveau se déconnecte de la réalité, confinant le corps à une immobilité quasi totale. Du temps perdu. Heureusement qu'il y a les rêves, non négo-ciables, non taxables et non imposables, pour compenser ce manque à vivre.

Mentalement, Créons Furtadeau s'applique à compter des menora à sept branches élancées comme des statues de Giacometti.

«Quatre-vingt-seize, quatre-vingt-dix-sept, quatre-vingt-dix-huit, quatre-vingt-dix-neuf, cent, cent et re-cent! Merde, merde et remerde! Faut se lever, cette fois!» se commande-t-il intérieurement.

Sans se presser, il commence par récupérer sa langue collée à son palais à la façon d'un escargot frileux. Par vérifier, avec l'organe déployé, si toutes ses dents sont bien à leur place, dans leurs alvéoles de chair – il rêve souvent qu'il en perd. Par inspirer et expirer lentement, en poussant de légers gémissements d'accommodation. Entendre le son de sa voix, aussi grave et profonde, aussi ronde et pleine qu'il est physiquement banal, à la frontière de la laideur, heureusement sympathique, le réconforte. Il y a quelques semaines, un réputé psychanalyste lacanien, rencontré lors d'une réception à la vieille Place des Arts du boulevard de Maisonneuve, lui a fait remarquer avec un sourire minarquois mi-amusé que sa voix ne cadrait pas du tout, mais alors pas du tout, avec son schéma corporel. L'observation avait fait sourire les invités groupés en cercle autour du praticien. Sur le coup, Créons n'avait su quoi répondre, et il s'était contenté de soulever les épaules avec un air ahuri qui avait aussitôt déclenché un fou rire général. Il s'en était tiré avec les honneurs de l'humour, sachant pertinemment, pour l'avoir bien des fois expérimenté, que l'art de faire rire, même de soi, est un atout, une sorte de bouclier protecteur dont il vaut mieux être muni quand on affronte des mondains et qu'on est du genre timide.

Clara, sa mère, n'avait pas eu, comme les femmes de cet étonnant début de siècle, la possibilité d'être prise en charge par un service de génétique. Il avait fait partie de la fournée des enfants nés un peu avant la création des comités régionaux de la procréation assistée. Les bébés des années 2020 ont beaucoup de chance, dans un certain sens. La plupart naissent pratiquement parfaits. Ils satisfont pleinement les attentes de leurs géniteurs et, bien sûr, celles du corps médical. Ils sont intelligents, équilibrés, beaux, sains de corps et d'esprit et sans organe cible vulnérable, pour peu que leurs parents aient accepté que la fécondation soit faite *ex utero*, dans les laboratoires de l'un des cinq grands centres de maternité récemment implantés au Québec. Des spécialistes y façonnent pour chaque futur bébé une carte génétique sans faille avant de le confier à un utérus, maternel ou artificiel, au-dessus de tout soupçon.

Créons, lui, est venu au monde en 1975, en catastrophe et par césarienne, dix semaines avant terme, avec un corps chétif de prématuré et des poumons immatures. Il s'est, en dépit des circonstances, cramponné à la vie, lui avait raconté Clara, avec une détermination et une énergie qui avaient surpris et enthousiasmé le jeune néonatalogiste à qui il avait été confié, à l'Unité des soins intensifs pour les bébés de très petits poids du Centre hospitalier régional de Sherbrooke. Clara s'y était présentée, au beau milieu d'une nuit de pleine lune, affolée, persuadée qu'elle allait mettre au monde un bébé incomplet, handicapé, voire mort-né.

Créons était né à cinq heures cinq minutes, en même temps qu'une aube grise et sale qui ne payait pas de mine, avec tous ses membres et ses organes placés aux bons endroits. Mais on aurait dit que l'hérédité s'était amusée à combiner des pièces de chair miniatures incompatibles : un petit crâne tout rond et totalement chauve, un grand front franchement bombé, un nez minuscule et très retroussé, des oreilles décollées flanquées de lobes exagérément développés – que sa mère avait eu la bonne idée de faire remodeler, l'année de ses douze ans –, des lèvres minces et brèves, couleur de framboises écrasées, des yeux bleus très sombres, très écartés, cachés sous des paupières sans cils, et un torse malingre posé sur de petites jambes arquées.

Clara avait beaucoup pleuré en l'apercevant, le lendemain de la césarienne, le corps criblé de tubes et de sondes. «Avec tes bras en croix, tu ressemblais à un Jésus supplicié», lui avait-elle avoué, dès qu'il avait été en âge d'écouter le récit dramatique de sa naissance. «J'ai souhaité que mes mains se transforment en gomme à effacer afin que je puisse te faire disparaître. Que la chance me soit donnée de pouvoir te recommencer, là, tout de suite! Heureusement, tu as ouvert les yeux, tu m'as regardée comme personne ne l'avait encore fait jusque-là. Tu m'as harponnée avec ton regard venu d'ailleurs, si bleu, si bleu… et j'ai eu le coup de foudre! J'ai su que tu allais vivre et que tu allais avoir besoin de moi. Pas seulement pour grandir, mais pour bâtir, avec moi, quelque chose d'unique, de fantastique, de jamais vu, de jamais accompli depuis que le monde est monde! Un secret était blotti au fond de tes yeux, comme un trésor enfoui dans les abysses de la mer. Moi, la mère de chair, allais devoir plonger dans ta mer intérieure et le trouver…»

En grandissant, sur le strict plan esthétique, les choses ne s'étaient pas arrangées pour Créons. La plupart de ses caractéristiques physiques s'étaient affirmées au lieu de s'atténuer. Au bout de quelques mois, une chevelure généreuse, follement bouclée, et une paire de cils couleur de sucre d'érable première coulée lui étaient poussées, et avaient ravi Clara. C'était bel et bien la couleur et le bouclé exubérant de ses cheveux, et ceux des cheveux de sa mère, et ceux des cheveux de la mère de sa mère. Petit à petit, le bleu sombre de ses yeux avait pâli, comme une petite laine trop souvent lavée, jusqu'à devenir clair, tendre, aquatique. Et, à l'adolescence, une voix magnifique, très musicale, avait remplacé le timbre claironnant et haut perché qui lui avait valu, à l'école, le surnom de «Créons le siffleux».

Aujourd'hui, quarante-cinq ans après sa naissance, son bilan corporel est facile à dresser : il est né avec un physique ingrat, il a grandi avec un physique ingrat, n'en déplaise à Clara qui s'est toujours obstinée à le trouver beau et très typé, et il est coincé avec un physique ingrat et vieillissant, de surcroît. Pas de chance.

3

Créons repousse le drap et se lève enfin. Il marche jusqu'à
la petite table où repose le clavier qui lui permet de pro-
grammer le système chargé de l'intendance de son appartement. Il enfonce machinalement quelques touches et
réclame son agenda. Son ordre du jour s'affiche presque
aussitôt sur le murvision. Pas de doute. C'est bien aujour-
d'hui qu'il a prévu s'offrir une petite soirée tranquille au loft.
Ce local, loué depuis quelques années, est devenu sa cam-
pagne mentale. Il s'y réfugie, de temps à autre, pour savourer
le plaisir de vivre débranché, sans télémur et sans robots
capteurs, contrôleurs et bavards. Il y prend des bains de sons
et il y pratique le Kototama, cette discipline japonaise qui a
commencé à devenir populaire dans les pays occidentaux,
vers l'an 2000.

C'est au cours d'un stage à Saclay, en France, qu'il a
été initié à cet art hérité des sages du vieux Japon. Le professeur, un Français qui avait longtemps étudié les arts mar-
tiaux à Tokyo, avait accordé une entrevue à un hebdomadaire
de la région, et Créons avait été intrigué par le titre de
l'article : «Le Kototama ou les trois sons de la création du
monde».

Savourant à l'avance sa soirée au loft, il se dirige vers
la salle de bains tropicale. Sur la porte y donnant accès, un

miroir en forme de tulipe énamourée lui renvoie son image et lui arrache un paisible sourire de résignation. Il n'a vraiment rien pour séduire les femmes, mais tout ce qu'il faut pour amuser les enfants : avec sa petite taille, son air candide, son nez de clown, son crâne de professeur Tournesol portant une moumoute de carnaval – il y a belle lurette qu'il a renoncé à discipliner sa tignasse à l'érable – et ses grands yeux qu'on dirait découpés dans un morceau de ciel frais lavé, il ressemble à un diable à ressort bondissant de sa cachette : coucou, trigue-la-itou, me voici, me voilà !

Créons entre dans la salle de bains, la pièce la plus réussie de l'appartement, selon lui, et ses narines frémissent de plaisir : des eucalyptus et des brassées de lavande, en pots et en bacs, exhalent leurs parfums puissants et toniques. La douche, située tout au fond de la pièce, a des airs de serre en liesse. Des plantes tropicales grimpantes s'ébattent sur les murs et croisent langoureusement leur verdure sur des treillis de bambou.

Il s'avance sur la plate-forme de bois qui surplombe un petit bassin d'eau, jusqu'à ce qu'il parvienne à une grande plaque circulaire de céramique blanche. Il y pose délicatement les pieds. Aussitôt, vingt jets d'eau tiède jaillissent des murs et du plafond et frappent doucement son corps ; toute sa peau est assaillie par une pluie bienfaisante. Chaque gouttelette joue à l'étoile filante pressée d'atterrir sur la blancheur de la céramique.

La température de l'eau et la puissance des jets se règlent par commande vocale, et Créons prend plaisir à passer du tiède au chaud et du chaud au froid ; du léger au fort et du fort au léger. Rien de tel pour mettre la «machine» en marche. Le distributeur de savon est une grande fleur de verre au col renversé. Il lui suffit de tendre le creux d'une main sous les pistils pour récolter une généreuse quantité de crème contenant des hydratants, des vitamines et un écran solaire.

En quittant le cercle de céramique, Créons retourne sur la plate-forme et se laisse choir sur l'un des deux bancs de bois de cèdre installés de chaque côté. Aussitôt, un vent chaud et une lumière dorée commencent à le sécher. Le bonheur! En fait, c'est presque uniquement pour pouvoir jouir à volonté de cette pièce exceptionnelle qu'il a choisi d'habiter l'immeuble. Les autres gadgets électroniques de l'appartement lui sont indifférents et certains l'agacent même franchement. Surtout le podium de la pesée. Sitôt qu'on y monte, une voix de femme en rut chuchote le poids de celui ou de celle qui la chevauche : «Soixante-six kilos… Vous avez pris huit grammes depuis la dernière pesée.»

Après s'être longuement laissé sécher, Créons se dirige vers la porte. Un autre miroir-tulipe, en tout point identique à celui accroché de l'autre côté, lui renvoie son image. Il s'observe sans complaisance. Ce qu'il a de plus réussi, d'après lui, outre sa voix et la couleur si troublante de ses yeux, c'est son nombril, gracieux à faire pâlir le plus beau des coquillages marins. Et peut-être bien aussi ses doigts de pieds, très charnus et coquettement galbés. On dirait des virgules prêtes à danser un quadrille. Dommage qu'il ne puisse afficher ces menus objets très intimes en public.

Shalom, Créons Furtadeau. Des humains de ta généra- tion, vissés dans un fauteuil roulant, échangeraient vo- lontiers leur corps handicapé contre le tien. Et la première chose qu'ils te raviraient, ce sont tes yeux, et tout ce qu'il y a derrière…

4

Avec une lente minutie, Créons promène sur ses joues et son menton le rasoir masseur ultrasilencieux qu'il s'est offert lors de son dernier anniversaire de naissance. Il a poussé l'ironie jusqu'à s'écrire une carte de souhaits appropriée : «La barbe, Créons!»

Il remet le rasoir dans son écrin mural et apprécie, du bout des doigts, le travail impeccable de l'outil sur sa peau. Il palpe son nez et essaie machinalement d'en aplatir la pointe. Non, franchement, la nature ne l'a pas gâté. En guise de prix de consolation, c'est du moins ce qu'il pense, il a reçu une intelligence exceptionnelle, une prodigieuse mémoire et un fameux sens de l'humour. Ces dons inespérés lui ont permis de cheminer plus vite que la grande majorité des enfants de sa génération et d'entrer dans le cercle de l'élite scientifique à l'âge où ses pairs commençaient à peine à concrétiser leur plan de carrière.

Au fil des ans, il a appris à s'accepter, tel qu'il est, et à ne compter que sur ses richesses intérieures pour survivre et pour faire son chemin. Mais auparavant, il lui a fallu mater ses complexes, en tout cas les plus geignards, apprendre à les apprivoiser jusqu'à ce qu'ils deviennent silencieux et indolores.

En dépit de fugaces instants de regrets, Créons est finalement assez satisfait de ce qu'il est devenu. Un scientifique respecté, reconnu et apprécié autant pour ses qualités professionnelles que pour sa personnalité. On dit de lui qu'il est sympathique, foncièrement bon et honnête, et on apprécie énormément sa simplicité, sa réserve naturelle, son calme et… sa constante bonne humeur. Des qualités intérieures qui ont l'avantage de ne pas se flétrir avec le temps.

Évidemment, si on lui en avait donné le choix, il aurait préféré être physiquement beau, comme sa mère, sa sœur ou son beau-père, trois créatures de grâce capables d'éclairer une pièce rien qu'en y entrant. La déesse de la beauté ayant choisi de l'ignorer, il a décidé de cultiver une apparence soignée, mais délibérément neutre, pour ne pas dire terne. En le voyant, on songe à la couleur de la cendre, pas du tout à celle du feu. Pourtant, comme Clara le lui a souventes fois seriné, il est un signe de feu et il est né à l'instant précis où le soleil se levait.

En grandissant, il a assez vite constaté qu'il avait une ouïe très fine. Ses oreilles captaient les sons les plus ténus, elles les retenaient, les enrobaient, les dégustaient, les comparaient, les étiquetaient et les rangeaient méthodiquement dans les classeurs de sa mémoire auditive. Un jour, il devait avoir une douzaine d'années – c'était peut-être bien tout de suite après l'opération destinée à remodeler ses oreilles –, sa mère lui avait offert un magnétophone. C'est à cette époque qu'il avait commencé à enregistrer ses premiers sons. Tous les grands et petits interprètes de la nature et du quotidien y étaient passés : oiseaux, chiens, chats, mouches, bourdons, pluie, tonnerre, vent, vagues, avions, trains, papier froissé, friture, chasse d'eau, ciseaux, rasoir, aspirateur, etc.

Il n'arrive pas à se souvenir très exactement comment ni à quel moment l'idée lui était venue de faire des montages sonores, de croiser des sons avec de la musique instrumentale, d'intercaler des vagissements de bébés, des rires d'enfants, des roucoulades de petites filles, dans un concerto pour flûte et violon, etc. Piqué au jeu, il s'était outillé convenablement afin de pousser encore plus loin ses expériences avec les bruits, la musique et les niveaux sonores.

À partir de ses quinze ans, quand il n'avait pas le nez plongé dans ses livres, on pouvait être sûr de le trouver dans la cabine insonorisée qu'il avait aménagée, tout à côté du cabinet de son père adoptif, Moshe. Les nouvelles techniques informatiques lui avaient donné l'occasion d'élargir le champ de ses expériences, de plus en plus raffinées, et de créer des chœurs inédits en multipliant par cent ou par mille un son ou une note. Sa banque s'était considérablement enrichie et contenait aujourd'hui des spécimens tout à fait exceptionnels.

En revenant du terrain, comme il se plaît à dire, il écoutait les sons récoltés, les nettoyait, les mesurait, les fixait, les cataloguait et les étiquetait à sa façon : *Tam-tam de brousse*, pour un vol de mouches ; *Impulse*, pour le pouls de la sève montant dans les arbres ; *Rafale*, pour l'eau du robinet projetée sur l'inox avec plus ou moins de force…

Aujourd'hui, quarante-cinq ans après sa naissance, il arrive encore à Créons de songer, de loin en loin, à ce qu'aurait pu être sa vie s'il était né beau. Se serait-il autant servi de son intelligence, de sa mémoire, de son ouïe et de son sens de l'humour ? Serait-il devenu ce qu'il est, là où il est ? Aurait-il éprouvé la même passion pour la musique et les sons ? Aurait-il trouvé une femme pour vivre à ses côtés plus de quarante-huit heures ?

Rayon relations amoureuses avec l'autre sexe, il n'a guère eu de veine. Il doit tout de même reconnaître qu'il ne s'est jamais montré très audacieux. En général, les femmes le trouvent gentil, prévenant, intellectuellement fascinant et amusant, mais trop lucide, trop détaché et trop timide, beaucoup trop timide. Son apparence physique et le peu de temps qu'il a consacré aux sorties et aux loisirs jusqu'à maintenant ne lui ont pas facilité les choses, évidemment. Aussi, hormis de brèves rencontres fort agréables, du moins pour lui, il a préféré rêver les femmes et l'amour. Peut-être pour n'avoir pas à souffrir la déception, la frustration, la rebuffade, et la douleur insupportable de la trahison, de la rupture, ou de l'abandon. Les signes de feu n'aiment ni les douches froides ni les frissons du cœur.

Shalom, Créons Furtadeau, la passion que tu entretiens pour les sons, c'est aussi une histoire d'amour.

5

Pour Créons, la mémoire n'est pas seulement un musée invisible où l'on range visages, sensations, odeurs, sons, événements, etc. C'est une sorte de synthétiseur impressionniste qui lui permet de mettre en scène des personnages inventés de toutes pièces, en s'inspirant d'images de femmes existant réellement, mais à qui il n'a jamais osé adresser la parole. Grâce à des constructions de son imaginaire, à partir de matériaux fournis par sa mémoire et ses émotions, il s'est offert de belles idylles amoureuses.

Ce qu'il y a de bien avec les histoires inventées, c'est qu'on peut se les rejouer à volonté, en interchangeant les chapitres, les événements, les paroles, les promesses, les caresses, les étreintes, jusqu'à ce que les ficelles de l'histoire finissent par s'effilocher.

Dans le carnet secret de la mémoire de Créons, il y a d'abord eu Tara, une petite rousse de la même taille que lui et potelée comme sa mère. Tara avait un papillon bleu tatoué sur l'épaule droite, du même bleu que ses yeux à lui, évidemment. Quand il posait son front sur le papillon, ses yeux s'enfonçaient dans les ailes largement déployées et Tara chuchotait : «Fais-moi voler, Créons!» Et lui, répliquait : «Laisse-moi nager dans tes bras de mer, Tara!»

Plus tard, il y a eu Sobie, une grande blonde athlétique à la voix un peu rauque, exténuante autant à l'horizontale qu'à la verticale. Et puis Ludivine, une pétillante Française qui adorait faire l'amour en écoutant des chants grégoriens traversés par des tempêtes de vent. Et, enfin, Sharon, une Californienne mélancolique, un peu dyslexique, toujours distraite, et toujours en manque de baisers. Elle parlait peu avec sa bouche, mais énormément, et très éloquemment, avec ses mains.

Les belles maîtresses inventées de Créons ont très longtemps partagé ses rares moments de loisirs. Il est même arrivé, à quelques reprises, qu'il les ait préférées à des femmes réelles qui avaient pris l'initiative de l'inviter chez elles. «Quand on n'est pas sûr de soi, l'imaginaire est aussi rassurant qu'un hôtel trois étoiles», lui avait asséné narquoisement sa sœur Aube, à qui il avait fini par raconter ses fantasmes, un soir où il était en veine de confidences. Elle avait ajouté, la mine polissonne : «Le jour où tu en auras marre d'aimer des courants d'air, le jour où tes égéries de vent se seront toutes envolées, tu te décideras peut-être à goûter à une vraie femme. Préviens-moi, ce jour-là, j'ai des copines qui s'ennuient, le dimanche…»

Aujourd'hui, Créons se demande si sa sœur n'avait pas raison. Toute sa collection de femmes de rêve a fini par s'user, comme des roses qui ont fait leur temps et qui se laissent aller avec soulagement, pétale après pétale. Et le travail a eu tôt fait de remplir les rares vides de son existence. *Exit* les sirènes de rêve.

Shalom, Créons Furtadeau. La vie à deux réserve de curieuses surprises et nécessite de constantes réparations. Un peu comme une maison. Tantôt, c'est la tendresse qui fuit, tantôt, c'est la fidélité qui prend l'eau. Prends bien soin de ta solitude, Créons. C'est une compagne compréhensive qui te convient bien. Si jamais tu décides, un jour, de ramener une sirène de chair au nid, elle se cachera sous ton lit et piquera un petit somme en te souhaitant bien du bon temps. Et quand la sirène se sera envolée, elle reprendra sa place dans ta vie sans même te demander d'explication.

6

Tout en chantonnant, Créons fouille dans sa garde-robe et en sort une chemise et un pantalon. Il les dépose dans son *valet teinturier*, la machine à teindre les vêtements. Cet appareil permet à l'utilisateur de choisir, selon son humeur et ses activités, la couleur de ses vêtements. Grâce à un ingénieux procédé électromagnétique et à un filtre multicouleur, les fibres des tissus sont décolorées et recolorées en moins de dix minutes. Deux cadrans permettent de sélectionner la couleur et son intensité. Ce matin-là, en veine d'audace, Créons opte pour un prune soutenu.

Une fois habillé, il se dirige vers la cuisine. Son petit-déjeuner est habituellement copieux, mais sain : céréales, yogourt, café et fruits, secs ou frais cueillis. Le dernier étage de l'immeuble abrite une serre où poussent quelques variétés de fruits et de légumes. Les déchets végétaux des locataires, jetés dans les chutes prévues à cet effet, sont recueillis quotidiennement et servent à la formation d'un compost destiné à enrichir le sol de la serre. Les concierges de l'immeuble voient à son entretien, et ils s'occupent également de la récolte et de la distribution. De temps à autre, Créons se rend à la serre, pour le seul plaisir de regarder et d'entendre pousser les jeunes plants. Il a l'oreille si fine qu'il capte le bruit de la sortie de terre des pousses. Les sons varient, selon les plants. Dans le rang des tomates et des laitues, on dirait une étoffe soyeuse frottée par un ongle taquin ; dans celui des radis et des pois mange-tout, le bruit ressemble plutôt à un crépitement joyeux.

Ce matin, sans doute à cause de la température clémente, Créons s'attarde à la cuisine et s'offre même le luxe d'un deuxième café qu'il savoure à petites gorgées, en ressassant ses souvenirs d'enfance.

Il a vécu les deux premières années de sa vie au Québec, dans une commune des Cantons-de-l'Est surnommée *La Planante heureuse.* Sa mère s'y était réfugiée, après s'être enfuie de sa famille d'accueil – c'était sa quatrième fugue, réussie celle-là, à quelques mois de sa majorité. Placée à l'orphelinat à l'âge de cinq mois, elle avait été trimballée d'une famille à une autre, et d'une région du Québec à une autre. Lasse d'être traitée comme un colis encombrant et suspect, elle avait décidé de prendre seule, et sans l'avis de personne, son destin en main.

À l'école secondaire Notre-Dame-du-Lac de Saint-Hyacinthe où elle étudiait depuis quelques mois, une camarade lui avait parlé d'une maison un peu spéciale où les habitants vivaient pour le seul plaisir de s'éclater et de partager entre eux tout ce qui pouvait l'être. Clara avait eu l'intuition que ces personnes l'accueilleraient dans leur Éden, même si elle n'était pas encore officiellement majeure. Elle ferait leur ménage, préparerait leurs repas, repasserait leurs vêtements en échange de leur hospitalité et de leur discrétion.

Un certain vendredi, donc, au lieu de retourner dans sa famille d'accueil, Clara avait lancé son sac d'école dans une poubelle et pris l'autobus de Sherbrooke avec l'idée bien arrêtée de donner un vigoureux coup de barre à sa vie. Elle avait fini par arriver à *La Planante heureuse* à la tombée de la nuit, après avoir fait de l'auto-stop à deux reprises et refusé froidement les avances, heureusement civilisées, du premier conducteur.

La commune était habitée par huit hommes et cinq femmes, tous âgés de moins de vingt-cinq ans. Le collectif l'avait accueillie à bras ouverts, sans guère lui poser de questions, comme un cadeau inespéré et chargé de sens. Quinze jours après son arrivée, Clara avait été sacrée muse des lieux, et elle avait rapidement adopté la philosophie des plananterriens – c'est ainsi qu'ils se désignaient tous –, basée sur la liberté physique, mentale, religieuse et sexuelle totale, et l'éjaculation quotidienne, physique et cérébrale favorisée par l'absorption de certaines herbes qu'ils cultivaient et faisaient sécher au sous-sol, dans une atmosphère soigneusement contrôlée. Chaque pièce de la maison avait un nom : salle des chicanes, salle de la pensée positive, salle de la créativité, salle de l'amour partagé, salle des extases, etc.

Le jour, le collectif s'adonnait à diverses formes d'artisanat. Colifichets, bouquets et poteries étaient ensuite vendus à des boutiques de la région. Le soir, dans la salle dite de l'amour partagé, le collectif pratiquait l'amour physique et spirituel, la fusion inconditionnelle des «moi» avec les «toi».

Clara avait d'abord été invitée à regarder les couples s'aimer et à écouter le chant de leurs orgasmes, puis à toucher, à caresser les organes mâles et femelles capables de faire jaillir la voix humaine de sa prison de chair pour écrire la passion sur l'ardoise de l'espace…

Les hommes lui avaient affirmé que les femmes éjaculaient, elles aussi, lorsqu'elles parvenaient à obtenir des orgasmes de qualité totale. Tout était affaire de pratique intensive. Ils se chargeraient de son initiation. Elle n'avait qu'à dire oui, ce qu'elle fit par curiosité et par désir. Elle voulait devenir une planante à part entière, et goûter enfin aux plaisirs de la chair.

Au cours d'une cérémonie cosmique célébrée en plein air et par une nuit de pleine lune, les plananterriens l'avaient tendrement dépucelée et rebaptisée Bahutchara, du nom d'une déesse hindoue. Conquise par le style de vie du groupe, Clara-Bahutchara avait commencé à faire l'amour avec qui elle voulait, au gré de son jeune appétit.

Lequel des hommes l'avait fécondée, elle l'ignorait, mais trois mois très exactement après son arrivée à *La Planante heureuse* – et un mois avant sa majorité –, elle s'était retrouvée enceinte. Pas une minute, elle n'avait songé à se faire avorter. Elle avait laissé la nature lui façonner un nouveau corps. Elle avait accueilli avec joie toutes les transformations qui s'accomplissaient en elle, au fil des semaines et des mois. Et c'était pour brandir à la face de l'univers sa puissance et sa fécondité de belle femelle libre qu'elle avait prénommé son bébé Créons, avec un s, avait-elle précisé, comme l'impératif du verbe.

Shalom, Créons Furtadeau, conçu à partir d'un désir de femelle en fugue mineure, et d'un autre, mâle, adulte et fin gastronome…

7

D'une main, Créons repousse un plateau contenant de beaux abricots secs. Puis, il s'amuse à faire tourner le mince anneau d'or qu'il porte à l'annulaire de sa main droite. Il lui vient de sa mère qui, elle, le portait à son index droit. Évoquer l'histoire de Clara et, du même coup, celui de sa petite enfance lui sert à consolider l'ancrage de sa lignée. C'est important quand on vit en solitaire, même si on sait qu'on ne sera jamais parent...

Clara était plus que ravissante. On aurait dit une Barbie rousse et potelée irradiant la joie de vivre et de jouir. Aussi, Créons en avait-il conclu que les gènes de son père biologique avaient malicieusement supplanté ceux de sa mère, à l'exception de celui fixant la couleur de ses cheveux et leur propension à boucler avec une folle insouciance. Encore un coup fourré de l'hérédité.

L'arrivée, à la commune, d'un neuvième larron, tout frais débarqué d'un ashram indien, avait chambardé la vie et les habitudes des plananterriens, et tout spécialement celle de la jeune fille. Attirée par cet homme étrange, nettement plus âgé que les autres habitants de la commune, docteur en tantrisme, c'est du moins ce qu'il affirmait, Clara-Bahutchara était rapidement devenue sa maîtresse attitrée, au grand dam de ses huit amants, frustrés d'avoir si brutalement perdu leur muse et d'avoir été relégués aux oubliettes de la carte du Tendre plananterrien.

Après une réunion au sommet à laquelle le couple n'avait pas été convié, les communards sommèrent le voleur de muse de quitter les lieux, ou alors de se plier aux règles édictées par le groupe et d'accepter de partager avec eux les faveurs de la déesse Bahutchara.

L'homme partit, mais pas seul : avec la déesse.

Clara-Bahutchara empaqueta ses jupes paysannes, ses chemises indiennes et ses châles, lava une dernière fois les vêtements de son enfant – chacun des pères possibles avait offert un vêtement au bébé et un châle à la jeune mère. Elle natta ses longs cheveux en une tresse dont l'extrémité lui battait le creux des reins lorsqu'elle marchait et, avec son enfant de presque deux ans et son nouvel amant de quarante ans, elle franchit le seuil de la commune sans même un regard en arrière. «Nous devions ressembler à Adam et Ève, quittant furtivement l'Éden avec, pour tout bagage, le fruit de l'amour libre», avait l'habitude de commenter Clara quand elle évoquait ce chapitre aussi tumultueux que torride de sa vie.

La jeune femme avait suivi son nouvel amant jusqu'en Inde, dans l'ashram où le tantricologue avait ses habitudes et son gourou à qui il était attaché par un colossal cordon ombilical, mental et spirituel, lui avait-il déclaré entre deux respirations très songées.

Créons avait fait partie des bagages. «Lui et moi ne faisons qu'un, comme toi avec ton maître, avait décrété Clara à son nouvel amant. En me prenant, tu prends aussi le bébé.» Le tantricologue avait poussé un très long soupir de résignation, pointé l'index de sa main droite vers l'enfant et refermé son poing tout en touchant sa poitrine. Il prenait, puisqu'il n'y avait pas moyen de faire autrement. Au demeurant, son petit doigt lui disait que Clara serait une meilleure compagne si elle pouvait laisser s'épanouir ses dons de femelle ayant mis bas.

Entre la mère et l'enfant, il existait une telle complicité que Clara ressentait dans sa chair, et très fortement, toutes les émotions et tous les malaises physiques de son fils. Cela avait commencé dès qu'elle avait pu le tenir dans ses bras. Quand le bébé avait la colique, son estomac à elle se nouait brutalement; quand il se mouillait, sa peau devenait humide, et quand il voulait être bercé, tout son corps de jeune mère ressentait avec urgence le besoin de bercement du nourrisson et se mettait à osciller doucement.

Ce mimétisme agaçait parfois son nouvel amant, mais la jeune femme se fichait pas mal de ses mouvements d'impatience. Ce qui se passait entre elle et l'enfant touchait au sacré, et tant pis pour celui qui refusait de comprendre. Pendant sept mois, son ventre avait porté le petit Créons. Dès l'instant où le nourrisson avait été capable de téter, elle s'était rendue à l'hôpital tous les jours pour lui donner le sein et le caresser. Pendant les treize mois suivants, sa peau l'avait à nouveau porté, d'une autre manière. En effet, dès le premier jour où elle avait récupéré son fils, Clara l'avait collé contre elle, convaincue que la chaleur et l'odeur de sa chair valaient mille fois mieux que la couveuse de l'hôpital dans laquelle il avait passé les quarante premiers jours de sa vie. Elle avait vécu, jour et nuit, avec sa petite sangsue lovée entre ses deux seins, telle une mère kangourou, lui chantant des mélodies qu'elle inventait en pensant à des couleurs heureuses, à des étoiles dansantes.

Clara avait allaité Créons jusqu'à l'âge de quinze mois et, lorsqu'elle avait jugé qu'il pouvait enfin dormir seul, elle avait exigé que le berceau de l'enfant, un cadeau des femmes du collectif, soit placé tout à côté du grand futon qu'elle avait recommencé à partager, tantôt avec l'un, tantôt avec l'autre. Jusqu'à ce que le tantricologue surgisse et devienne le bénéficiaire exclusif de sa coupole ardente – c'était le nom qu'il avait donné à son sexe.

Après la mort, par excès de luxure, du gourou de l'ashram, le couple avait mis le cap sur la Californie dans l'intention d'y fonder une secte Nouvel Âge. C'est là que Clara-Bahutchara-Karmi – c'était ainsi que l'avait rebaptisée le gourou –, avait fait la connaissance de son beau Juif, Moshe Yitzhar.

Le jeune homme ressemblait à un roi David des temps modernes. Une cascade rebelle de cheveux brun sombre incroyablement bouclés dévalait sur sa nuque et encadrait un visage sévère aux traits quasi parfaits. Sa peau, ses pommettes, son nez paraissaient de bronze. Quiconque regardait Moshe éprouvait le besoin irrépressible de parcourir du bout du doigt les contours de ce visage fier et sans défaut. Les yeux du jeune homme étaient particulièrement remarquables. Ils faisaient penser à deux amandes enrobées de chocolat noir. Il s'en dégageait une impression de force et de bonté, de fougue et de sensualité.

Moshe terminait ses études de chirurgien dentiste et il avait accepté de soigner, à prix très réduit, les membres de la secte. Clara était tombée éperdument amoureuse de Moshe dès la première seconde où elle l'avait aperçu, persuadée qu'elle venait enfin de découvrir le vrai amour, celui où le cœur flambe au même rythme que le corps. Moshe, lui, avait failli se trouver mal lorsque ses yeux avaient croisé ceux de Clara. Le coup de foudre avait été réciproque et d'une grande et délicieuse violence.

Clara avait donc quitté la secte et laissé le tantricologue et sa cour de disciples en état de choc. Elle s'était même convertie à la religion juive pour pouvoir épouser Moshe, son roi David à elle, et le suivre en Israël, où il était convenu qu'il retournerait une fois son diplôme en poche.

Encore une fois, Créons avait fait partie des bagages.

8

Créons se souvient très vaguement de son arrivée en Israël. Des odeurs prenantes de fruits et de fleurs qu'il n'avait encore jamais vus : figues, abricots joufflus, mimosa, acacia. Des lambeaux d'images fugaces, de sons neufs, enrobés dans une lumière dorée…

Le jeune couple avait été chaleureusement accueilli par les parents de Moshe, étonnés mais nullement contrariés par le choix de leur fils unique. Le bonheur des jeunes gens faisait plaisir à voir. On aurait dit que leur peau exhalait un parfum sensuel et troublant qui faisait s'emballer le cœur et respirer plus vite.

Le père du jeune homme, Ariel Yitzhar enseignait l'histoire de l'art à l'Académie Betzalel de Jérusalem et sa mère, Nina Ofrat, était libraire. Tous deux affichaient courageusement, mais sans ostentation, une grande tolérance face aux courants religieux et aux rites et pratiques de leur époque. «Il y a plus d'un sentier pour aller au sommet de la montagne sacrée», ripostaient-ils, avec le ton sage de ceux qui ont beaucoup *voyagé*, aux parents et amis qui leur reprochaient d'accepter aussi facilement et aussi sereinement une pure étrangère, une *goye*, dans leur famille.

La cérémonie du mariage avait été suivie d'une grande fête au cours de laquelle Clara, qui avait enfin recouvré son vrai prénom, avait fait la connaissance des meilleurs amis de M. et Mme Yitzhar, des artistes, peintres, danseurs et comédiens, pour la plupart.

Après de brèves vacances de trois semaines, à Tyr, le jeune couple s'était installé à Jérusalem, dans le faubourg de Rehavia, et c'est dans cette ville sublime, nourrie par la foi farouche de deux vieux peuples rivaux qui n'en finissaient plus de dégorger leur bile et leurs revendications territoriales et ancestrales, que Clara avait donné naissance à une première fille prénommée Sarah. Hélas, l'enfant était morte subitement, dans son sommeil, à l'âge de quatre mois.

Brisée, mais stoïque, Clara avait déclaré que Iahvé lui avait infligé une punition pour avoir éparpillé ses dons d'amoureuse à tous vents, pour avoir confondu sexe et amour. Mais, après la punition, méritée et acceptée, le pardon allait venir et il prendrait la forme d'une autre petite fille…

Comme si Iahvé avait entendu les réflexions de Clara et décidé de lui donner raison, un an plus tard, une deuxième petite fille avait fait son entrée dans la famille Yitzhar. Née à la maison, au petit matin, sur la terrasse, entre un massif de cyclamens et un petit bassin d'eau, l'enfant avait été prénommée Aube-Déborah. Le dernier prénom, faisant référence à une prophétesse et juge d'Israël, auteure d'un cantique célébrant la victoire des Israéliens sur les Cananéens, lui avait été donné pour faire plaisir aux parents de Moshe, dont les mères, maternelle et paternelle, se prénommaient Déborah.

Délicate et mignonne, l'enfant avait le menton volontaire de son père, et aussi ses yeux et ses cheveux. Le reste de sa petite personne était une réplique réussie de Clara enfant.

Créons, qui s'était rapidement acclimaté au pays, avait accueilli le bébé avec joie. Du haut de ses cinq ans, il observait le bonheur éclatant de sa mère, l'amour passionné que lui portait Moshe, et il en ressentait les bienfaits jusque dans sa chair.

Clara avait cessé de s'agiter, de s'éparpiller, de papillonner, de se laisser tourner autour et tripoter par tout un chacun. Finis les déménagements, les séances de méditation, les errances sentimentales et marijuanesques et… les activités nocturnes sans tête mais avec queues, comme le disait malicieusement Moshe, quand il voulait faire rougir Clara en évoquant son très concupiscent passé de jeune délinquante.

Créons se sentait bien avec eux, si bien qu'il avait parfois l'impression d'avoir des racines en train de pousser sous la plante de ses pieds.

Moshe avait offert de l'adopter et de lui donner son nom. Mais Clara avait refusé. Elle tenait à ce que son fils soit un Furtadeau. Elle n'avait pas honte de son passé et elle entendait afficher les origines de son fils. Il était né Furtadeau et il le resterait; tant pis pour son géniteur.

Shalom, Créons Furtadeau. Tu es entré dans Jérusalem sans faire de bruit, entre une femme et un homme dont les cœurs soudés t'ont servi de maison.

Moshe avait tout de suite plu au jeune Créons et le courant de sympathie, entre les deux, avait été réciproque. Le jeune homme le traitait comme son fils, même s'il n'était pas un sabra comme sa sœur.

Finalement, la naissance d'Aube avait marqué, pour toute la famille, le début d'une ère d'harmonie et de prospérité. «Nous sommes portés par les anges», répondait Clara à ceux qui les questionnaient sur leur chance d'être si unis et si heureux.

Moshe avait très vite décelé la prodigieuse soif d'apprendre de Créons. Aussi l'avait-il inscrit à un collège privé pour enfants surdoués. Pendant qu'il était à l'école et Moshe à son cabinet de chirurgien dentiste situé à l'étage de leur maison, Clara regardait grandir sa fille. Très tôt, elle avait compris que cette enfant avait, elle aussi, des qualités exceptionnelles, mais d'une tout autre nature que celles de Créons.

Aube avait le don de faire corps avec les choses, inertes ou vivantes, et de s'amuser avec elles, comme si elles avaient été des jouets de peluche. Elle ressentait intensément la souffrance de l'herbe piétinée, l'ivresse des papillons occupés à une dégustation de nectars, la béatitude des oiseaux se laissant porter par les courants d'air chaud. Elle s'exerçait à entrer dans l'écorce des troncs d'arbres, dans la mémoire des pierres, et même dans la peau des passants dont elle lisait mentalement l'histoire, comme elle l'aurait fait d'un livre : «Oh! Le gros monsieur s'est découpé la joue en se rasant, ce matin.» «La dame au chapeau vert est partie sans faire son caca. Elle souffre de "conspitation" parce qu'elle est trop nerveuse. Trop pressée, elle est, tout le temps.»

Un jour, pensant faire plaisir à sa mère, Aube avait, au grand ébahissement de celle-ci, fait glisser, sans y toucher, sa petite cuillère d'argent sur la table de la cuisine, jusqu'à ce que l'ustensile frôle le bol à café de Clara : «Une caresse pour toi!» avait-elle annoncé, les yeux pétillants de contentement. Clara avait poussé un petit cri de surprise : «Refais-le pour voir, mon poussin», lui avait-elle demandé en remettant l'ustensile à sa place. Aube s'était exécutée. Cette fois, la cuillère avait lentement et cérémonieusement fait le tour du bol. Clara, tout excitée, s'était précipitée et avait pris la fillette dans ses bras. Elle avait mis au monde une sensitive! Iahvé lui avait vraiment tout pardonné!

À cinq ans, l'occupation favorite de la jeune Aube consistait à monter en cachette au cabinet dentaire de son père pour lui jouer un tour à sa manière. Elle se hissait sur son tabouret de travail, s'emparait d'un plateau contenant divers instruments stériles et réussissait à plier, rien qu'en les caressant du regard et du bout des doigts, une ou deux sondes et deux ou trois aiguilles. Certains matins, elle parvenait à les faire s'enlacer. D'autres fois, elle transformait les aiguilles en cercles, et les sondes en ellipses. «C'est pour que tu penses à moi pendant que tu travailles», expliquait l'enfant d'un air entendu lorsque son père rapportait les curieuses sculptures et les lui promenait doucement sous le nez.

Au début, Moshe avait été très troublé par les exploits de sa fille, et il s'était demandé si elle n'était pas anormale. Mais Clara lui avait affirmé que les créations de l'enfant étaient l'expression d'un talent magnifique et exceptionnel, d'un don du ciel. Ni elle, ni lui, ni personne n'avait le droit de contrarier l'épanouissement de sa personnalité sous le seul prétexte que cette occupation sortait de l'ordinaire et qu'il n'en était pas fait mention dans les manuels de pédiatrie et de puériculture.

Pour rassurer son mari, Clara lui avait mis dans les mains un livre de parapsychologie qu'un de ses amants plananterriens, désireux de lui faire un cadeau, avait piqué dans une librairie de Montréal. «Aube est une sensitive, et ce qu'elle fait dans ton cabinet, ce sont des *scrunch*, des sculptures *psi*», lui avait-elle annoncé.

Moshe avait lu les chapitres cochés par sa femme. Sceptique et nullement rassuré, il avait proposé à Clara, par mesure de prudence, de faire examiner Aube par un psychiatre. «Jamais! Jamais tant que je serai en vie!» s'était-elle exclamée avec des rouleaux houleux de colère dans le regard. «Jamais je ne laisserai un psychiatre toucher à un seul des cheveux de notre fille, tu m'entends, Moshe Yitzhar? Lui et toi devrez me passer sur le corps avant! D'abord, un psychiatre ne pourrait pas comprendre. Sauf exception, ils ne croient tout simplement pas à l'existence des phénomènes *psi*. Ils sont persuadés qu'il s'agit d'un déséquilibre nerveux ou d'affabulation. Non, il n'y aura pas de consultation médicale, Moshe. Tu ne te rends vraiment pas compte? Ils seraient capables de nous l'abîmer avec leurs médicaments, pire, de nous l'enfermer, uniquement parce qu'ils ne comprennent pas ce qui se passe!»

Ébranlé par l'opposition farouche de Clara, Moshe s'était tourné vers ses parents. Déjà au courant, ils s'étaient rangés du côté de Clara : «Aube est une petite fille adorable et tout à fait saine d'esprit et de corps, lui avaient-ils affirmé. Elle voit seulement mieux que nous ce qu'il y a à l'intérieur des choses. Elle capte des vibrations, des énergies qui existent réellement, et elle s'amuse avec elles. N'est-ce pas merveilleux? Pourquoi n'essaies-tu pas de trouver un sens à ce qu'elle fait? C'est une artiste, à sa manière, et ton rôle consiste à lui apprendre à se protéger, à ne pas utiliser son extraordinaire talent pour épater la galerie, pour se faire remarquer ou pour avoir du pouvoir sur les autres.»

Nina, qui n'avait jamais caché son intérêt pour le paranormal et qui collaborait de temps à autre au périodique *Moznaïm*, publié par l'Association des écrivains israéliens, avait proposé à son fils de lui faire rencontrer un phénoménologue américain qui serait bientôt de passage à Tel-Aviv. Elle avait l'intention de l'interviewer pour la revue, Moshe n'aurait qu'à l'accompagner… Celui-ci n'avait dit ni oui ni non. Il verrait.

Créons, pour sa part, avait d'abord été amusé par les excentricités de sa petite sœur, tout en se demandant comment elle s'y prenait pour parler aux objets. Il avait bien essayé, à quelques reprises, de l'imiter et de faire bouger un ustensile. Chaque fois, il avait échoué et récolté un début de mal de tête.

À lui aussi, l'enfant jouait des tours pendables, mais jamais il ne s'en était plaint. Il aimait Aube comme elle était, malicieuse, secrète et bizarre. Il était son grand frère «venu du Québec pour la couvrir de becbecbecs sucrés au sirop d'érable», comme elle le lui rappelait souvent en plissant comiquement sa bouche. La présence de la petite fille le réconfortait, le divertissait, le nettoyait de sa fatigue, car il travaillait très fort au collège.

Tous les jours, en revenant de ses cours, il avait pris l'habitude d'aller s'asseoir aux côtés de sa sœur, sur la grande balançoire en osier du jardin, pour le seul plaisir de sentir son petit corps s'appuyer contre son épaule. Quand elle posait sa main sur son bras, il avait la sensation très nette d'être plus grand et moins disgracieux qu'il ne l'était en réalité. Quand Aube s'installait à cheval sur ses genoux pour ensuite ébouriffer ses cheveux en chantonnant : «Chachacha, toumtoum, chachacha, les cheveux de Créons sont magiques, ils crépitent et font des… zétincelles! Tcht! Tcht! Tcht!» Créons se sentait comme une bouteille de champagne qu'on vient de déboucher. Tout son être devenait effervescent, mousseux, euphorique, débordant de petites bulles et, avec Aube qui continuait allègrement à lui électriser les cheveux sans ménagement, il chantait à tue-tête *Puff the Magic Dragon…*

Mois après mois, Créons arrivait systématiquement bon premier dans presque toutes les matières. Ses résultats scolaires avaient valu l'argent mis sur sa tête. À quinze ans, il parlait couramment quatre langues : le français, l'anglais, l'espagnol et l'hébreu.

À l'université, admis à la Faculté des sciences physiques, il avait mis les bouchées doubles et obtenu une maîtrise en astronomie et un doctorat en physique. En un temps record, il était devenu, à la stupéfaction de tous, le plus jeune astrophysicien de son époque et… un excellent joueur de trompette.

Tout au long de ses études universitaires, la musique, l'enregistrement et le mixage de sons divers et les longues conversations qu'il avait avec Aube, surtout la nuit, avaient été ses seuls passe-temps.

Shalom, Créons Furtadeau. Une petite sorcière a enchanté ta jeunesse et elle t'a couvert de tendres sorts. Elle savait...

9

Comme tous les matins depuis qu'il habite Montréal, Créons, à la toute fin de son petit-déjeuner, joint ses mains et salue à mi-voix les membres de sa famille : «Shalom, Moshe. Shalom, Aube. Shalom, Clara, shalom.» Sa mère, à qui il voue un véritable culte, a toujours droit à un double shalom. Il ne se passe pas une journée sans qu'un de ses sens repère sa douce présence. À certains moments, il éprouve la sensation bizarre d'être comme une chenille dans son cocon, un bébé dans son placenta. Clara lui colle à la peau, elle est LE cocon, elle est LE placenta. Elle le suit dans tous ses déplacements, attentive et invisible nourrice chargée de le faire grandir intérieurement, comme elle le lui a promis, juste avant de mourir.

Il est vrai qu'il a délibérément semé, dans toutes les pièces de l'appartement, une foule de repères maternels pouvant expliquer et entretenir la mystérieuse omniprésence de Clara. Dans la salle de bains, sur une petite étagère de verre, Créons a déposé sa brosse en poils de sanglier, encore chargée d'une poignée de ses cheveux, et un flacon à demi consommé de son parfum préféré, *Joy*, de Patou. Pour préserver la précieuse fragrance, il a coulé de la cire tout autour du bouchon. Chaque année, le jour de son anniversaire, il rompt le sceau et asperge son oreiller avec quelques gouttes de *Joy*, puis il enfouit son nez dans le tissu, respire lentement et boit les images qui s'en exhalent…

Dans la cuisine, le bol à café de Clara trône en bonne place sur le vaisselier. Créons y a déposé des fleurs séchées qu'il change régulièrement.

Sur un des murs du séjour-salon, il a accroché une très grande photo de Clara prise par Moshe au début de 1982, quelques instants avant que le couple se rende à une réception. Créons devait avoir six ans, alors, et Aube dix ou onze mois. Clara avait revêtu, pour l'occasion, un long fourreau de fin lainage noir et une courte veste à manches gigot. Elle avait épinglé une broche à l'encolure de la robe. Le bijou représentait un dragon fait de fils de soie noués et de paillettes rouges, noires et dorées. Pendant que Moshe chargeait l'appareil, Clara avait pris son fils dans ses bras et l'avait embrassé en se moquant gentiment de la méfiance qu'il manifestait pour le dragon aux yeux scintillants : «Les dragons sont comme les humains, il y en a des bons et des mauvais. Celui-là est très doux, très amical, et quand il crache, c'est du caramel mou qui sort de sa gueule, jamais du feu», lui avait-elle assuré.

La mémoire est un drôle de grenier. Près de quarante ans après l'événement, juste en fermant les yeux, Créons peut encore sentir sur ses lèvres le goût de la poudre de riz de sa mère et, sur son front, les petites chatouilles de ses cheveux fous. Il entend la voix de Moshe lancer : «Dépêche-toi un peu, Clara, nous sommes déjà en retard. Allons, dépose Créons par terre et souris-moi!» Clara l'avait remis sur ses pieds et, quand Moshe avait appuyé sur le déclencheur, c'est à lui, Créons Furtadeau, qu'elle avait souri, pas à Moshe. Aussi, chaque fois que Créons regarde la photo, il revit la scène du sourire, et il redevient un petit garçon ébloui et comblé, si submergé de bonheur qu'il craint toujours de voir le sol céder sous le poids de son émotion. Clara a toujours rendu les hommes ivres d'elle. Même son fils.

Les années passées à Jérusalem ont été les plus belles de son existence, finalement. Elles ont même, il en est convaincu, joué un rôle déterminant dans son orientation professionnelle et spirituelle. Une fois la semaine, généralement le mardi, la petite famille allait dîner à Tel-Aviv. Parfois, pour changer, ils laissaient l'automobile dans un terrain de stationnement, pas très loin de l'hôtel Hilton, et ils marchaient jusqu'à Jaffa. Moshe portait Aube sur ses épaules, tandis que Clara tenait son fils par la main. S'il faisait très chaud, ils s'arrêtaient à *La Voie lactée*, un petit restaurant spécialisé dans les poissons grillés, situé sur les bords de la Méditerranée. Le repas terminé, ils retournaient tranquillement à l'auto en empruntant l'élégante et sinueuse promenade du bord de mer.

Créons s'amusait à courir, à devancer la petite Aube et ses parents tendrement enlacés. Il fonçait jusqu'à la plage, s'accroupissait sur le sable et contemplait le ciel et la mer occupés à enfiler leur chemise de nuit lumineuse, comme disait Aube.

C'est pendant une de ces haltes qu'il avait eu son premier et foudroyant pressentiment : il y avait, entre l'air et l'eau, et entre l'eau et le ciel, des échanges de renseignements ultrasecrets. Comme un complot fomenté il y a des millions d'années et que les hommes de science ne semblaient pas pressés de faire aboutir. Lui, Créons Furtadeau, allait y travailler et il trouverait. Plus tard, l'astrophysique lui était apparue comme la voie idéale pour espionner le terrain de jeu de Iahvé.

Shalom, Créons Furtadeau. Les nuits d'Israël t'ont marqué de leur signe.

10

Créons range sommairement la cuisine et la chambre. Répugnant à voir l'ordre ou le désordre de son appartement envahi, revu et corrigé par des étrangers, il a refusé jusqu'ici les services quotidiens d'entretien ménager offerts par la direction de l'immeuble, et il s'occupe lui-même, quotidiennement, des menus travaux domestiques. Après avoir jeté un regard circulaire à la chambre, satisfait de son ordonnance, il se dirige vers la pièce qui lui tient lieu de bureau et de bibliothèque. Sur un coin de sa table de travail repose une menora, le traditionnel chandelier à sept branches, emblème de l'État d'Israël. Sa sœur le lui a offert, en guise de boussole spirituelle – l'expression est d'elle –, juste avant qu'il quitte le pays.

Comme chercheur débutant, il avait fait plusieurs stages de quelques mois. D'abord en France, au service d'astrophysique de Saclay. Ensuite aux États-Unis, à l'Observatoire du mont Hopkins, en plein désert de l'Arizona. Puis à l'Observatoire européen de La Silla, au Chili. Et, enfin, toujours au Chili, il avait participé à la phase finale de la mise en opération, dans le cadre du projet Gemini, d'un télescope de 8,1 m d'ouverture, au sommet du Cerro Pachón près du Cerro Tololo.

Chaque séjour à l'étranger lui avait permis de récolter, sur le terrain, de nouveaux sons pour sa banque. C'est également à cette époque qu'il avait, pour la première fois, écouté avec jubilation ses premiers concerts de l'espace : la matière cosmique donnait un magistral cours d'histoire aux terriens, celui des origines de la vie ! Les étoiles respiraient, soupiraient, pleuraient, chahutaient, jouaient, s'accouplaient et enfantaient… Et le cosmos leur servait de caisse de résonance ! Quelle partition !

Tout comme sa banque de sons, préservés sur disquettes et sur bandes, le chandelier sacré a suivi Créons dans tous ses déplacements. Depuis le jour où il l'a reçu des mains de sa sœur, chaque vendredi soir Créons en allume les bougies pour se rappeler moins le sabbat, qu'il n'observe pas, que sa famille et la ville de Jérusalem si chères à son cœur. Pendant deux ou trois minutes, il contemple les sept petits serpents de corde qui se cabrent sous la morsure du feu, juste le temps de se souvenir et de prier, en se balançant doucement, comme le faisait Moshe :

Au bord des fleuves de Babylone, nous étions assis
et nous pleurions en nous rappelant Sion…
Si je t'oublie, ô Jérusalem, que ma main droite
perde son adresse.
Si je ne me souviens plus de toi,
que ma langue s'attache à mon palais,
si je ne fais de Jérusalem le principal sujet de ma joie.

Au cours des premières années qui ont suivi son arrivée en Israël, il a, à quelques reprises, accompagné son père adoptif à la synagogue. Il lui est même arrivé d'aller avec Moshe, un jour, au mur des Lamentations, et de partager avec lui son châle de prières. Mais il ne s'est jamais senti juif pour autant, il n'a jamais éprouvé le désir d'embrasser le judaïsme. Et Moshe n'a jamais tenté de le convertir à son Dieu, pas plus qu'il ne l'a jamais contraint à étudier les textes sacrés de la Torah. Il l'a laissé libre de croire au Dieu qui saurait parler à son âme.

Très tôt, Créons s'est intéressé à toutes les grandes religions, à leur histoire, à leur Dieu et à leurs lois, mais il n'en n'a choisi aucune, trop conscient du contrôle excessif, parfois absolu qu'elles exerçaient sur les consciences, les comportements et la destinée des humains.

Il ferme les yeux et glisse machinalement un doigt sur le fourreau de cire d'une des bougies. Sa neutralité religieuse ne l'empêche toutefois pas de prier, mais quand il le fait, ce n'est ni à Iahvé, ni à Jésus, ni à Mahomet, ni à Bouddha, ni à Lao Tseu, qu'il s'adresse, mais à l'Essence de l'Univers, à l'Intelligence suprême pour qui la planète Terre n'est rien d'autre qu'une petite *Smarties* verte et brune lancée dans l'espace et qui roule, roule, et roule en se demandant où diable est le terminus.

Quand il était petit, Clara et Moshe s'amusaient à lui raconter la création du monde et l'ordonnance des planètes à l'aide de *Smarties*. Ils raffolaient tous trois de ces drôles de pastilles de chocolat recouvertes d'un glacis de couleur qui tachait les doigts quand on les tripotait trop longtemps. La leçon terminée, c'était à qui croquerait les planètes le plus vite…

Créons se recueille, les doigts joints et posés à plat sur son front. Prier, pour lui, cela veut aussi dire se souvenir, et parler aux vivants absents, aux disparus et à son grand fichu Moi caché, sa conscience. Ce matin, c'est à Clara qu'il s'adresse : «Je m'ennuie de toi, maman. Je croyais que j'avais du temps devant moi pour te confier mes secrets, mes pochettes-mystères, comme tu les appelais. Tu es partie et je suis tout seul avec mes pochettes! Si j'avais su… Je regrette, Clara. Non, Claaara! Quand j'étais môme, j'aurais aimé t'appeler par ton prénom, exactement comme le faisait Moshe. Tu te souviens? Il traînait le Cla. Comme j'aimais cette petite glissade du a : Claaara ! Quel malheur que tu ne sois plus là pour m'entendre imiter ton roi David adoré, Claaara…»

Le 6 mai 2001, un terrible accident était survenu et avait marqué l'âme de Créons à la façon d'un tisonnier chauffé à blanc s'enfonçant dans la chair délicate de sa nuque. Entre deux stages, il en avait profité pour prendre quinze jours de vacances et faire un saut à Jérusalem, afin de revoir les siens. Clara et Moshe avaient décidé d'organiser un grand dîner en son honneur. Ils étaient si fiers de lui. Dans un supplément «Spécial Éducation», le *Jerusalem Post* avait esquissé son portrait, soulignant sa détermination, sa rigueur et son éclectisme socioculturel. La rédaction le proposait en exemple aux jeunes étudiants, tant ceux des universités que ceux des instituts de technologie.

Moshe et Clara étaient partis tôt, le matin, pour effectuer divers achats. Aube, qui avait des gens à rencontrer ce matin-là, avait promis de les rejoindre. Tous trois s'étaient donné rendez-vous à une terrasse de café située à deux pas du Zion Square, en plein centre-ville de Jérusalem. Pour gagner du temps, Clara et Moshe, à la toute dernière minute, s'étaient partagé les courses. Elle irait au marché pour les fruits et les légumes, pendant que lui se chargerait du pain, du gâteau et des hors-d'œuvre, déjà réservés au *Gagou*, rue King Georges.

Moshe et Aube étaient arrivés au café presque en même temps. Ils avaient attendu Clara pendant plus d'une heure avant de s'inquiéter, s'amusant de l'«élucubrante» excuse qu'elle leur servirait pour justifier son retard.

Créons, fatigué par le voyage et le décalage horaire, dormait profondément quand le téléphone avait sonné, à midi cinq minutes. La sonnerie, insistante, avait fini par l'éveiller. Une voix de femme avait demandé à parler à Moshe.

– Monsieur Yitzhar est parti et devrait être de retour vers quinze heures, madame. Qui doit-il rappeler?

La voix lui avait demandé qui il était.

– Je suis son fils.

– Pouvez-vous rejoindre votre père? Votre mère a eu un accident. Elle le réclame. Demandez-lui de se rendre au service des polytraumatisés du Centre hospitalier universitaire de Hadassah et de faire le plus vite possible. Son état est désespéré. Je suis désolée, monsieur…

Paniqué, Créons avait griffonné un message, à l'intention de Moshe, sur un grand carton qu'il avait laissé bien en vue, dans l'entrée. Ensuite, il avait filé à l'hôpital.

Victime d'un attentat terroriste, Clara se mourait. Une bombe, placée dans la soute d'un car de touristes, avait explosé au moment où le véhicule passait à sa hauteur. Elle souffrait de fractures multiples, avait eu un bras arraché par le souffle de la déflagration et son abdomen était un cratère, avait expliqué l'urgentologue à Créons qui l'avait accueilli. Il n'y avait plus rien à faire, avait-il déclaré. Elle avait perdu beaucoup de sang et ses blessures étaient trop graves. C'était déjà un miracle qu'elle respire encore. «Seul le désir farouche de revoir son mari la maintient en vie», lui avait murmuré le praticien en lui tendant une pochette contenant des vêtements stériles en papier.

Un infirmier l'avait aidé à enfiler la longue tunique et la cagoule pour ensuite le conduire au bloc des grands polytraumatisés. Bouleversé, Créons s'était approché du lit où reposait sa mère. Une pensée saugrenue lui était venue. À quarante-cinq ans, Clara allait mourir le corps criblé de tubes et de sondes, comme lui, au moment de sa naissance. Cette boucle du destin avait-elle un sens?

– Maman… je suis là. Moshe et Aube ne vont pas tarder.

En reconnaissant la voix de son fils, Clara, les yeux clos, avait geint et agité la main qui lui restait. Créons l'avait saisie entre les siennes. Elle était tiède et moite. Le beau visage de Clara, avec ses rides en ailes de papillon au coin des yeux, était très défiguré et ses cheveux partiellement brûlés.

– Créons…

Clara avait du mal à parler et sa voix chevrotante hachait péniblement les mots :

– Dis à Moshe… l'aime… serai là… sera jamais seul…

Créons aurait voulu pleurer, mais un étau lui enserrait la gorge, bloquant sa peine, la maintenant dans son thorax.

– Créons… Un jour, te donnerai un pont… t'aiderai à le franchir, grandir…

Il avait soudain senti un courant d'air dans son dos. Il ne fallait pas que Clara prenne froid, avait-il pensé. Bêtement, il s'était mis à souffler sur les doigts de sa mère pour les réchauffer, pour tenter de leur insuffler un peu de sa vie. Il devinait que la mort s'approchait, prête à lui ravir ce corps qui l'avait enfanté, nourri, bercé, cajolé. «L'ange de la mort est toujours précédé d'un courant d'air», avait-il entendu dire, à quelques reprises, par sa grand-mère Nina. «Cela se comprend : il doit entrer dans notre monde pour faire sa besogne…» ajoutait-elle en guise d'explication. Il se souvint qu'un jour il lui avait naïvement répliqué : «Alors, si ce que tu dis est vrai, pourquoi ne lui bloque-t-on pas le passage avec des pierres très épaisses, comme celles du mur des Lamentations ? Plus personne ne mourrait…»

Clara avait soudainement ouvert les yeux et regardé son fils. Mais la façon dont elle le fixait était bizarre. Comme s'il avait été transparent, comme si une présence, celle de la mort bien sûr, avait-il aussitôt pensé, était en train de lui donner des consignes. Il avait failli se retourner, persuadé qu'il verrait l'ange funeste flottant dans ses voiles de brume, en train de compter les secondes avec, dans le regard, une lueur d'impatience. Clara avait poussé un petit soupir étonné tout en faisant un effort pour soulever sa tête. Elle semblait respirer avec plus de facilité, tout à coup, et c'est alors que Créons l'avait entendue distinctement s'exclamer : «Une fleur, toute jolie, toute petite, mon Dieu et si abîmée! Son vase s'est brisé. L'eau s'est répandue et la fleur n'a plus de quoi vivre! Il lui faut… retourner en arrière, au moment de sa naissance… il lui faut la respiration artificielle de l'âme… Tu sauras, Créons?»

Clara était morte depuis une vingtaine de minutes quand Moshe et Aube étaient arrivés. Avec des gestes empreints d'une douloureuse tendresse, Moshe avait pris ce qu'il pouvait du corps de Clara dans ses bras et l'avait bercée, en priant à mi-voix : «Tu es entrée dans la Terre promise, ma très douce. Te voilà dans ton unité, dans le sein de l'Éternel, oh ma Claara! *Re'eh et yagoni eli, oukacheni imcha bimhera. Al tafrid et asher ichad'ta! Al tafrid et asher ichad'ta*[1]*!*»

C'est après, quand deux infirmières la lui avaient très doucement enlevée, qu'on s'était aperçu que Moshe avait perdu tout contact avec la réalité. Comme si Clara était partie en emportant avec elle l'esprit de son roi David…

Aube, en état de choc, avait hurlé : «Non! Pas les deux! Pas les deux!» et elle s'était enfuie de l'hôpital. Créons s'était retrouvé tout seul et il s'était occupé de tout. Seul.

Lorsqu'il était rentré, tard, dans la soirée, il avait trouvé la maison de ses parents plongée dans le noir. Aube, barricadée dans sa chambre, avait refusé de lui ouvrir sa porte. Il s'était donc assis par terre et tous deux avaient parlé à voix basse, comme s'ils avaient craint qu'on ne les entende. Aube

---

1. Vois ma peine, Seigneur, et prends-moi avec toi sur-le-champ. Ne sépare pas ce que tu as uni! Ne sépare pas ce que tu as uni!

se reprochait amèrement de n'avoir rien vu venir, absolument rien. Pas de rêve prémonitoire, pas de vision, pas l'ombre d'un pressentiment, rien.

Créons avait tenté de la consoler, en vain. Personne n'aurait pu prévoir ce qui était arrivé, lui avait-il répété à plusieurs reprises. Mais sa sœur n'avait rien voulu entendre. À quoi lui servait son don si elle ne pouvait pas aider ceux qu'elle aimait? Décontenancé par cette orageuse et inutile crise de culpabilité, Créons avait conseillé à sa sœur de prendre une infusion de tilleul et de se coucher. Elle y verrait plus clair, le lendemain. Un hurlement de rage l'avait fait sursauter. «Triple imbécile! Tu n'as vraiment rien compris! À l'instant précis où la bombe explosait, moi, voyante extra-lucide, je lisais consciencieusement l'avenir d'une pure étrangère! Je suis vraiment à battre! Laisse-moi seule avec ma honte, Créons… tu m'as compris? Fiche-moi le camp!»

Il s'était levé et dirigé vers la chambre de ses parents. Le silence oppressant de la pièce s'était littéralement jeté sur lui, et il avait cru, un bref instant, que ses viscères allaient lui remonter dans la gorge, là où son chagrin était bloqué. On aurait dit que la pièce savait ce qui était arrivé, qu'elle aussi avait reçu la visite de la mort, qu'elle s'était battue avec elle pour, de guerre lasse, la laisser libre d'agir, d'aspirer et de déguster en connaisseuse tous les souvenirs du couple, tous les instants de bonheur et toutes les caresses qu'ils s'étaient données. Une fois sa funéraire collation terminée, la mort avait filé, satisfaite et repue, laissant la pièce nue et en état de choc.

La tristesse poignante de la chambre avait eu raison du bouchon qui retenait ses larmes. Il s'était laissé choir sur le grand lit de ses parents, en souhaitant retrouver leur odeur, réentendre les mots fous et tendres qu'ils avaient inventés uniquement pour lui, pour le nommer, pour l'ancrer dans leur bonheur et l'enrober de leur amour.

Toutes les larmes que Créons avait refoulées jusque-là avaient trouvé le chemin des oreillers de ses parents. Momentanément soulagé, il avait fini par s'endormir.

Cette nuit-là, il avait rêvé qu'il rêvait : un nuage de coton noir traînait son corps mou, flasque et ridé sur une plage de sable blanc, truffée de vacanciers. Le nuage rampait péniblement, contournant les corps étendus, et il répétait à tous le même message : «La mort raconte des mensonges, ne l'écoutez pas! Fermez tous les orifices de votre corps, creusez une tranchée dans le sable et cachez-vous-y! Voici de quoi couvrir votre tête», marmonnait le nuage en se déchirant les flancs et en offrant à chaque vacancier un morceau de son corps cotonné.

Créons, intrigué, lui avait emboîté le pas : «Si ce que vous dites est vrai, il faut capturer la mort et la mettre dans le trou noir. J'en parlerai à ma mère. D'ici là, vous feriez mieux de rentrer chez vous et de bien vous soigner, vous paraissez épuisé. Et rappelez-vous qu'il faut boire beaucoup d'eau pour vivre.»

Là-dessus, se retournant et avisant les vacanciers qui s'étaient approchés, il s'était exclamé en se frappant le front du plat de la main : «Quel rêve insensé! Réveillez-moi, de grâce! Je dois donner une conférence à l'Espace communautaire Rabba Emounatekha sur les dichotomies de Vénus et l'effet Schröter! Où est la sortie?»

Au réveil, il s'était dit qu'il devait raconter ce rêve à Aube. Sûrement qu'elle y verrait un sens. En descendant à la cuisine, il avait trouvé un mot d'elle :

Cher astrofrérot. Je suis allée voir papa. Cette nuit, j'ai rêvé qu'il m'appelait. Pardonne-moi ma crise d'hier soir. Tu avais raison. La nuit m'a soignée. Je vais mieux. À plus tard, Shalom.

Créons s'était demandé s'il n'y avait pas eu confusion dans la distribution de leurs rêves. Les rêves fous étaient le lot de sa sœur et les sages, le sien… La mort avait semé la pagaille dans leurs hémisphères cérébraux, en plus de leur ravir père et mère.

Le matin des funérailles de Clara, il avait plu, juste avant que le cortège arrive au cimetière, et personne n'avait rien compris à cette incontinence subite du ciel israélien. Il était anormal qu'il pleuve à cette époque de l'année. On pouvait sentir dans l'air la grande respiration mouillée et haletante de l'herbe et des fleurs.

Aube et Créons marchaient juste derrière les porteurs. À quelques pas du terrain appartenant à la famille Yitzhar, la jeune femme s'était brusquement arrêtée et elle avait enfoui son nez dans le bouquet qu'elle tenait dans ses mains. Elle avait soigneusement et amoureusement choisi une brassée d'étoiles de Bethléem fraîchement écloses, et elle les avait agencées pour qu'elles forment un cercle parfait. Le pistil sombre de chaque corolle ressemblait à un œil miniature. Aube avait choisi ces fleurs, parce que leurs pétales avaient la couleur de la peau de Clara, et leur pistil celle des yeux de Moshe et des siens. Créons, qui tenait sa sœur par la taille, s'était lui aussi arrêté. Aube avait murmuré à son oreille : «J'entends comme une pulsation sourde et affolée. Comme si les cœurs de ces fleurs étaient en arythmie. Je vois…. un cordage… non, la pulsation est si forte qu'elle brouille l'image. Je n'y arrive pas…» Là-dessus, elle s'était évanouie et le bouquet, en lui échappant des mains, avait roulé jusqu'au pied de la tombe dans laquelle on s'apprêtait à déposer le cercueil de Clara, comme si la fosse avait été criblée de petits aimants.

Créons était reparti, sitôt Clara enterrée, après avoir rendu visite à Moshe qui ne l'avait même pas reconnu. «Il

est avec Clara, il ne souffre pas, ne t'en fais pas pour lui»,
lui avait affirmé Aube, très sûre de son fait. Il avait haussé
les épaules, agacé tant par les propos rassurants de sa sœur
que par la sérénité subite qu'elle affichait. Il ne comprenait
pas, il ne tenait pas à comprendre comment on pouvait passer
aussi rapidement de la colère à la prostration, et de la
prostration à la sérénité délirante. Il était pressé de fuir la
ville et le pays qui lui avaient ravi ses parents. En arrivant à
Jérusalem, il avait pensé qu'il était un homme heureux, comblé et accompli grâce à l'amour de Clara et de Moshe qui
l'avaient fait ce qu'il était. Voilà qu'il repartait orphelin.
Quelque chose en lui, s'était cassé. Pour toujours.

Quelques mois après la mort de Clara, le jeune et déjà
prestigieux Institut québécois de recherche Hubert-Reeves,
affilié à l'université de Montréal, lui avait offert un poste de
chercheur-enseignant. Créons avait accepté, soulagé de se
dévisser l'œil des écrans des radiotélescopes et heureux de
découvrir le pays où sa mère l'avait mis au monde. Il en avait
assez d'observer le ciel et d'interpréter des données d'observation. Il souhaitait passer à autre chose. Aller au Québec
signifiait pour lui tourner la page. C'était aussi, à plus d'un
point de vue, comme franchir un pont. Peut-être celui dont
Clara avait parlé, juste avant de mourir ?

Jusque-là, une bonne partie de son travail avait consisté
à dresser, avec d'autres astrophysiciens, la cartographie de
l'univers : des milliards de galaxies éclatant comme autant
de bulles dans un céleste bain de mousse et… un sacré pain
de savon : le Grand Mur, véritable muraille de galaxies, long
de sept cent millions d'années-lumière et haut de près de
deux cent millions d'années-lumière, découvert en 1992 par
Margaret Geller et John Huchra. Il travaillait habituellement
la nuit, par temps clair, heureux de pouvoir faire un pied de

nez au sommeil nocturne. Dormir le jour lui convenait, mais il n'aurait su dire pourquoi. Affaire de chronobiologie, peut-être ?

En 2002, après avoir mis un terme à son stage au Chili, le jeune astrophysicien, alors âgé de vingt-sept ans, était donc venu s'installer à Montréal pour trois ans – c'était la durée du contrat proposé – dans un Québec à peine remis du choc de sa jeune indépendance. L'IQRHR avait renouvelé son contrat à trois reprises avant de lui offrir, finalement, un poste permanent.

11

Même s'il n'a pas réussi, après seize hivers, à s'habituer à la rudesse du climat québécois, Créons se sent relativement bien à Montréal. Et s'il lui arrive d'avoir la nostalgie d'Israël, où il n'est jamais retourné depuis le tragique accident qui lui a ravi ses parents, il éprouve désormais pour la terre qui l'a vu naître un fort sentiment d'appartenance. Il se rappelle avoir écrit à Aube, quelque temps après son arrivée à Montréal :

> *Chère Aube,*
>
> *Les racines de mes pieds sont au Québec, je m'en suis aperçu à force de côtoyer les Québécois et de sillonner les routes du pays, et celles de mon cœur en Israël. Comment pourrais-je oublier ce pays, la couleur de ses pierres et la lumière somptueuse dans laquelle il baigne? Comment pourrais-je oublier la terre où dort notre mère? Mon cœur a eu son compte pendant près de vingt ans. Mes pieds, par contre, ont du temps à rattraper. Ceci dit, je suis conscient qu'il me faut accepter de vivre écartelé entre deux pays avec, parfois, le sentiment étrange de n'être jamais tout à fait là où il le faudrait, au moment où il le faudrait, à faire ce qu'il faudrait…*
>
> *Pourquoi, par exemple, ne suis-je pas né en Israël, comme toi? Pourquoi a-t-il fallu que Moshe ne soit pas mon*

père naturel? Pourquoi n'étais-je pas avec Clara au moment de l'attentat terroriste qui lui a coûté la vie?

La réponse de sa sœur l'avait plongé dans l'effroi.

Cher Créons,

Je te connais plus que je ne me connais. Je sais fort bien de quelle mouture sont tes racines, celles de tes pieds, celles de ton cœur et aussi celles de ta mémoire. Te souviens-tu d'un certain petit soldat de plomb? Te souviens-tu d'une certaine matinée du mois de mai 1984? Clara t'avait emmenée avec elle pour acheter mon cadeau d'anniversaire. J'allais avoir quatre ans, et toi, tu venais d'en avoir neuf. Maman et toi étiez allés à Jaffa, à la très courue boutique du Maître de jeu, rue Tzorfin. Le propriétaire des lieux, un certain David Neeman, un colosse d'un mètre quatre-vingt-dix, fascinait notre mère. Selon elle, cet homme étrange, âgé tout au plus d'une trentaine d'années, qui s'amusait à se vêtir de tuniques et de voiles tous plus excentriques les uns que les autres, avait un secret, et elle s'était mis en tête de le découvrir. Tu te rappelles? Quand elle nous parlait de lui, elle affirmait que les yeux de M. Neeman charriaient les loukoums du ciel et les tisons de l'enfer...

Oh! oui, il se rappelait : pendant que Clara parlait avec M. Neeman, en anglais, il avait entrepris de visiter la boutique où s'entassaient, comme l'annonçait le dépliant publicitaire, «les plus beaux jouets du monde, d'hier, d'aujourd'hui et de demain». Au bout de quelques minutes d'errance, il était finalement tombé en arrêt devant un escadron de soldats miniatures posés sur un grand socle recouvert de velours noir. Ses yeux avaient eu tôt fait de repérer, un peu à l'écart du groupe, un étrange duo composé d'une fringante monture et d'un cavalier blessé. Une coulée rouge s'échappait de sa jambe. Ému, il avait éprouvé le besoin irrépressible de s'emparer du soldat, de palper sa blessure. Très instinctivement, sa main s'était posée et refermée sur le jouet. Jetant un regard furtif dans la direction de Clara et de M. Neeman, et constatant qu'ils étaient engagés dans une discussion d'adultes qui risquait de durer, il avait prestement enfoui l'objet dans une poche de son pantalon.

Au moment où sa mère et lui allaient quitter les lieux, le Maître de jeu avait proposé à Clara de le garder. Ainsi, elle pourrait terminer ses courses sans l'avoir à sa remorque. Créons n'aimait pas marcher vite alors que Clara, elle, semblait se déplacer sur un tapis volant. Ah! quelle démarche elle avait! On aurait dit une ballerine s'échappant d'un corps de ballet! M. Neeman s'était penché vers Créons et lui avait expliqué qu'il en profiterait pour lui faire voir l'automate qu'il venait d'acquérir. Il souhaitait s'en servir pour décorer sa vitrine. Clara avait accepté, un peu étonnée par le manque flagrant d'enthousiasme de son fils devant une offre aussi alléchante. Elle ne pouvait deviner que la dernière chose qu'il souhaitait était de rester seul avec M. Neeman!

Une fois Clara partie, le boutiquier lui avait désigné une grande caisse du doigt. Ils avaient commencé à déballer l'automate, en silence. Puis M. Neeman lui avait demandé, en hébreu, de ramasser la ficelle, la paille et les cartons qui jonchaient le sol. N'osant affronter son regard, il avait obéi tout en écoutant les explications de l'homme : l'automate abritait un fantôme chargé de ramener la paix en Israël. Il avait un plan de mission, secret, comme de raison.

C'est alors que, sans avertissement, l'homme avait empoigné Créons et l'avait assis sur ses genoux. «Ainsi, mon homme, tu as fait connaissance avec le petit janissaire slovène? Je t'ai vu, tu sais. Eh bien, ce qui est fait est fait! Il te faudra en prendre grand soin, maintenant.» M. Neeman lui avait parlé en français cette fois, avec un accent qui ressemblait fort à celui de Clara. Qu'il l'ait vu et qu'il ait été capable d'imiter l'accent québécois de Clara lui avaient fait conclure qu'il était en présence d'un sorcier. Inquiet, prêt à demander pardon, il avait sorti le cavalier et sa monture de sa poche dans l'intention de les lui rendre. Le jouet lui brûlait littéralement les doigts. À sa grande stupéfaction, M. Neeman avait souri, saisi ses deux mains et les avait couvertes de légers baisers en rafale : «Tu permets que je fasse les présentations? Le petit soldat que tu tripotes s'appelle Georges Kosiak. Sa blessure est très vilaine. Mais depuis qu'il a connu la chaleur de tes mains, il souffre moins et, ma foi, je lui trouve meilleure mine. Toi seul pourras le guérir, si tu sais t'y prendre, évidemment! La vie est bizarre, mon petit bonhomme. On se promène, la tête en l'air, le museau dans le vent, et on croit qu'on est libre d'aller où bon nous semble. Et puis, tout à coup, vlan! Une petite voix intérieure nous dicte de stopper les moteurs, de faire tel geste, là, tout de suite. Tout à l'heure, quand tu as reçu ton ordre de mission, mes grandes oreilles ont vibré. Et une autre petite voix intérieure, peut-être bien la même que celle qui t'a parlé, m'a dicté de te laisser agir. Elle m'a chuchoté que le petit janissaire avait été créé pour être ton guide, à la condition que tu acceptes de t'occuper de lui. En le prenant, tu t'es engagé… c'est comme si tu avais signé un contrat.»

Créons avait réussi à hocher la tête, ne comprenant absolument pas pourquoi le sorcier était aussi gentil avec lui. En le reposant par terre, l'homme avait ajouté : «Voilà : toi et moi, nous avons un secret et un ami communs, désormais. Il faudra me donner des nouvelles de Georges, de temps à autre. Ce n'est pas dans le contrat, mais ça me fera bien plaisir.»

À son retour à la maison, Créons s'était engouffré dans la chambre de sa sœur et lui avait fait voir le jouet tout en lui racontant ce qui s'était passé.

C'est quand j'ai touché au petit soldat que j'ai compris. Tu te souviens? J'ai déposé le jouet par terre, saisi tes mains et y ai plongé mon visage. Oh! doux miel du tarix mannifera! *Quel drôle de picotement j'ai ressenti! Plus tard, lorsque j'ai été assez grande pour mettre ma sensation en mots, je t'ai expliqué que tu étais un guérisseur et que, tout comme moi, le Maître de jeu l'avait certainement détecté. Il savait que tu allais venir, prendre Georges et l'emmener. Peut-être même qu'il t'attendait. Tu as toujours réussi à éviter que nous parlions de ton don, à t'éclipser au moment où nos conversations devenaient par trop dérangeantes. Tant pis. Aujourd'hui, je t'affirme solennellement que tu es né pour guérir les maux de ceux qui t'entourent. Tu ne peux pas comprendre, parce que tes mains sont encore endormies. Mais elles s'éveilleront le jour où... Et puis non. Tu n'es pas prêt à connaître le reste. Sache seulement que, quand le moment sera venu, il te faudra laisser sortir le fluide et t'en servir pour guérir, et seulement pour guérir. Et si jamais tu le refoules, un feu intérieur t'empêchera de dormir, de penser, il te consumera et tu mourras...*

J'en reviens à tes racines : que tu sois en Israël ou au Québec n'a guère d'importance, en réalité. Ce qui doit arriver se produira là où tu seras. Tu ne pourras pas te soustraire à ton destin. Le fluide a besoin de l'air du temps pour se bonifier, pour se purifier. Il peut le faire n'importe où. D'ici à ce qu'il se manifeste, continue à fréquenter les étoiles, car elles aussi savent...

N.B. : Qu'est devenu le petit soldat? Je parie que tu ne t'en es jamais séparé? Dis-moi si je me trompe...

Créons avait lu et relu la lettre d'Aube. Décidément, le caractère fantasque de sa sœur ne s'améliorait pas. Il se rappelait ses dernières frasques *psi*, alors qu'il terminait ses études à l'université de Jérusalem. Au cours de son adolescence, elle avait peu à peu perdu la faculté de s'amuser avec les métaux. Il ne lui avait guère fallu beaucoup de temps avant de comprendre qu'elle avait plus important et plus utile à faire avec son énergie.

Au retour de vacances passées à la mer Morte, elle avait annoncé à sa famille qu'elle avait trouvé un canal. Grâce à cette fenêtre *psi*, elle pouvait capter des images du passé et aussi l'avenir, proche ou lointain.

Elle avait commencé à flanquer la frousse aux gens de son entourage, et même à des inconnus, les arrêtant parfois dans la rue pour leur annoncer tout de go, sur un ton laconique, une quelconque catastrophe : «Votre maison brûle. Dépêchez-vous d'appeler les pompiers!» «La femme de votre fils a la leucémie. Il faut demander au médecin de pousser les examens plus loin.» «N'allez pas à Haïfa, demain, si vous tenez à la vie. Il y aura un carambolage et plusieurs victimes. Vous risquez d'en être!»

Le plus incroyable, c'est qu'Aube avait souvent raison. Mais pas toujours. Et, selon Créons, qui avait lu sur le sujet juste assez pour se faire une idée, le nombre des erreurs commises par sa sœur était suffisamment important pour lui permettre d'affirmer que la rétrocognition et la précognition ne constituaient pas des phénomènes fiables. Du reste, les scientifiques sérieux qui s'y étaient intéressés, au point de travailler en laboratoire avec des sensitifs pendant un temps, n'avaient jamais réussi à faire se reproduire les phénomènes en quantité suffisante pour satisfaire aux protocoles de recherche. Pis, les experts qui avaient passé en revue les rares expériences jugées concluantes avaient détecté quelques erreurs de méthodologie et… de beaux cas de fraude.

Créons avait, à quelques reprises, fait valoir ses arguments à sa sœur. Selon lui, en persistant à croire qu'elle pouvait voir à distance et faire des prédictions, elle manquait de rigueur intellectuelle. Elle avait du talent pour raconter, pour jouer aux devinettes, soit. Elle était perspicace, elle possédait un sens aigu de l'observation qui lui permettait de déceler les états d'âme des gens qu'elle rencontrait, re-soit. Mais son irrépressible besoin de fabuler l'entraînait dans les eaux de la pensée magique. Ses réussites ne prouvaient rien du tout; elles s'expliquaient par les lois de la probabilité, un point, c'est tout.

Nullement offusquée par le scepticisme tranquille de son frère, Aube se contentait de sourire en hochant la tête : «Ce qui m'attriste, mon cher astrofrérot, ce n'est pas que tu ne ne me croies pas. Ce n'est pas, non plus, que tu remettes en question l'authenticité et la valeur de ce que je vis et de ce que je prédis. Non, ce qui me chagrine, c'est que mes visions ne sont jamais réjouissantes. Je suis étonnée que ça ne t'ait pas frappé, toi qui, tout comme moi, a un sens aigu de l'observation! J'annonce rarement de bonnes nouvelles aux gens, et il m'arrive de penser que je devrais me résigner à porter un bâillon, mais c'est plus fort que moi. Les images m'envahissent et les mots sortent tout seul. J'ai même parfois l'impression que ce n'est pas moi qui parle, mais quelqu'un à travers moi.»

Incapable de taire ses visions, consciente qu'elle agaçait, qu'elle effrayait les gens et qu'elle inquiétait de plus en plus Moshe – il redoutait de voir sa fille arrêtée pour charlatanisme, même si elle refusait farouchement d'être rémunérée par ceux qui la consultaient, de façon plus ou moins ponctuelle –, Aube avait donné un vigoureux coup de barre à son destin. Après avoir, comme toutes les jeunes filles du pays, donné deux années entières de sa vie à Israël et porté l'uniforme militaire, elle avait mis un terme à ses études en histoire de l'art et avait fini par acheter une minuscule boutique de fleurs, le commerce des végétaux lui semblant moins risqué que celui des humains. Tout l'argent que ses grands-parents lui avaient laissé – tous deux étaient décédés à quelques mois d'intervalle – y était passé. Pendant qu'une vendeuse accueillait les clients et prenait les commandes, Aube, dans l'arrière-boutique, composait des bouquets, s'amusant à flairer dans les noms des clients leurs goûts et leurs préférences florales. «Il lui faut du jaune, à cette demoiselle Sylvia, rien que du jaune.»

Régulièrement, trois ou quatre fois par année, Créons recevait de longues missives de sa sœur. Elle n'avait toujours pas réussi à surmonter sa peur maladive des avions, même pour rendre visite à son frère. Dans ses lettres, elle lui traçait, avec ironie et finesse, un saisissant portrait de l'évolution spectaculaire des jeunes Israéliens.

L'amour du pays coule toujours dans leurs veines, mais la religion de moins en moins. Près de soixante-dix pour cent des moins de trente ans sont désormais des laïcs purs et durs. Bientôt, il ne restera plus qu'une poignée de Juifs croyants, persuadés qu'il faut à tout prix respecter le shabbat. *Ce qui ne me chagrine nullement, à bien y penser. Comme avait l'habitude de dire grand-père Ariel, Dieu n'a ordonné le* shabbat *aux Juifs qu'afin de les voir s'adonner à l'étude des textes sacrés. Ce qui m'inquiète, par contre, c'est la prolifération, tant à Jérusalem qu'à Tel-Aviv, de bars et de boîtes qui distillent l'*acid jazz *et la musique* destroy. *J'y suis allée. Je ne suis pas spécialement pudibonde, tu le sais. Pourtant j'ai vu des gamines de quatorze ans s'adonner à des shows scabreux, de jeunes militaires s'asperger de bière en hurlant des insanités comme si un feu intérieur les rongeait et, crois-moi, ce n'était pas le sexe qui les travaillait, mais le pays, son avenir, et cette paix qu'on dirait inaccessible en dépit de tous les efforts consentis, de tous les plans, de toutes les négociations menées par un nombre croissant de personnes et de groupes en faveur de la paix.*

Aube ne se contentait pas de lui parler de politique. Elle lui racontait par le menu tout ce qui meublait son quotidien.

Elle entrait même, sans pudeur, dans des détails très intimes de sa vie sentimentale, ne lui cachant pas qu'elle collectionnait les hommes, à la recherche de son double spirituel et charnel.

Je suis très patiente. Je regarde les hommes me tourner autour (j'aime!), je les détaille, je les déshabille mentalement, et j'allume celui qui me paraît le plus appétissant, au propre comme au figuré. Je vis un peu avec lui, je fouille discrètement ses arcanes, j'écarte les pans de son âme afin de découvrir si ce qui s'y trouve pourrait combler mes chapelles intérieures.

Aube évoquait les qualités et les défauts de ses amants, la couleur et la forme de leur aura et de leur sexe, et comment, inévitablement, elle finissait par rompre avec eux au bout de quelques semaines, parce qu'ils lui abîmaient son don et lui pompaient son énergie. Sur le plan psychique, elle estimait être au meilleur de sa forme lorsqu'elle était entre deux hommes, ou fraîchement amoureuse.

Parfois, la jeune femme lui confiait aussi certaines visions d'ordre sociopolitique concernant des troubles qui, d'après elle, allaient frapper certaines nations. De temps en temps, elle traversait des périodes de crise. Elle recevait des images brouillées qui la préoccupaient beaucoup, parce qu'elle n'arrivait pas à comprendre leur sens ni ce qu'elle devait en faire. Elle savait seulement que cela avait un rapport avec l'avenir de la planète. Fallait-il écrire aux chefs d'État, aux responsables des groupes écologiques et environnementaux militant pour la préservation de la Terre? Pour leur dire quoi? Et si ce qu'elle voyait concernait plutôt le passé? Il n'y avait pas de date d'inscrite sous les images. Il lui était déjà arrivé de confondre rétrocognition et précognition, d'annoncer des événements déjà passés comme étant sur le point de se produire. Peut-être que son don était en train de s'estomper, comme était disparue sa capacité à tordre le métal…

Au cours de ces difficiles périodes de remise en question, Aube avait pris l'habitude de suivre une cure de désintoxication. Elle allait passer quelques jours à la tour des femmes du monastère de Mar Saba, l'un des plus fascinants de Judée. Ensuite, elle se rendait à la mer Morte et se laissait soigner par l'eau, sa mère spirituelle, selon elle.

Créons répondait fidèlement aux lettres de sa sœur. Il lui parlait de ses activités professionnelles et justifiait le vide sentimental de son existence par le fait qu'elle avait des liaisons pour eux deux. Il évitait de commenter les activités divinatoires d'Aube. Pourtant, pour la taquiner, il l'avait un jour mise au défi de lui décrire les lieux qu'il habitait. Aube avait joué le jeu et le portrait qu'elle avait tracé de l'appartement de son frère s'était avéré pour le moins amusant.

Je te vois dans une grande pièce rectangulaire. Il y a du vert, beaucoup de vert. Les murs sont… par l'esprit du Baal-Shem-Tov! Ils sont chargés d'émotions si intenses! C'est comme si des gens avaient pleuré sur eux, comme s'ils avaient fait l'amour en se roulant sur les murs! Et je vois… des coqs courir sur les planchers! Il y en a partout! C'est drôle! Tu n'habites pourtant pas une ferme! J'ai l'impression que tu me caches des choses, mon petit frère. Serait-ce que tu batifoles, certaines nuits, avec une accorte cocotte?

Créons s'était empressé d'envoyer à sa sœur des photos de son appartement de Côte-des-Neiges et aussi du loft un peu délabré du Vieux-Montréal, avec une appréciation doucement ironique de sa vision à distance :

Mazal Tov pour ta performance, ma chère Aube! Tu n'as strictement rien vu de l'appartement que j'habite la plupart du temps, si ce n'est le vert, prédominant en effet dans la salle de bains. Ce que tu as décrit correspond davantage, sur le plan dimensionnel, au loft où je vais me reposer et travailler à mon opéra, trop peu souvent à mon goût, soit dit en passant.

Ce qui m'étonne néanmoins, je l'admets volontiers, c'est ta mention à propos des coqs. Il semblerait que la précédente occupante du loft, une designer douée d'un imaginaire peu commun, aimait beaucoup les artistes peintres. Certains, dont le grand Riopelle, ont même habité et peint chez elle. Or, cette femme avait un faible pour les coqs de clocher et de calvaires. Elle en avait toute une collection, et son loft en était rempli. Il y en avait partout : sur les tables, les murs, sur les bords de la baignoire, etc. À cause de ce détail de... basse-cour, pour le moins pittoresque, je te donne cinq sur dix, ma poulette.

Dans les lettres qu'il expédiait à Aube, Créons glissait un petit caillou pour Clara. Chaque fois que sa sœur se rendait au cimetière, elle le déposait sur la tombe de leur mère, comme c'était la coutume, en Israël. Tous les ans, Créons allait baguenauder sur la plage de Cap-aux-Oies, dans le comté de Charlevoix. À la marée descendante, il se mettait à la recherche de cailloux aux formes et aux couleurs inusitées. Il les rapportait à Montréal et les vernissait pour y emprisonner symboliquement sa tendresse. Il trouvait important qu'ils soient authentiquement québécois pour qu'il n'y ait pas que le poids de la terre d'Israël sur la tombe de sa mère. Aube prenait soin de mettre les cailloux de son frère à part des autres, pour départager les origines.

Moshe reposait maintenant aux côtés de sa Clara. Il était mort dans son sommeil d'un arrêt du cœur, en 2011, sans avoir jamais recouvré la raison. Créons n'était pas allé à ses funérailles. Il ne se sentait pas prêt à remettre les pieds en Israël, pas encore.

Soucieux de ne pas égarer les lettres de sa sœur – elle était, en fait, sa seule parente et amie –, Créons avait acheté un petit classeur en carton recyclé pour les ranger.

C'est en leur compagnie que reposait Georges Kosiak, le petit soldat blessé volé à la boutique du Maître de jeu. Les couleurs de son visage et de son uniforme avaient fini par s'estomper au fil des ans, à l'exception de celle de sa blessure. Avec sa jambe obstinément rouge de sang, le gentil janissaire avait l'air d'une relique, comme celles que certaines églises catholiques italiennes exposaient jadis, une fois l'an, dans l'espoir de les voir saigner et de susciter des conversions…

12

Le rez-de-chaussée de l'immeuble où Créons a loué le loft comporte cinq pièces vétustes; les dernières rénovations effectuées par le propriétaire remontent à 1990. Le lieu avait été occupé pendant quelque temps par des immigrants clandestins qui y avaient fait des travaux d'imprimerie pour leur communauté. Les solvants et les encres avaient considérablement abîmé les planchers. La designer qui occupait alors le loft, fortement incommodée par les vapeurs de ces produits, avait demandé au propriétaire d'intervenir. Un début d'incendie avait précipité les événements. Le propriétaire en avait profité pour rompre le bail et faire nettoyer le logement sans toutefois le rénover. Longtemps désaffecté, le rez-de-chaussée avait fini par trouver preneur, tel quel, et à loyer modique, cela va sans dire.

Les circonstances de sa première rencontre avec la nouvelle locataire du logement resteront irrémédiablement gravées dans la mémoire de Créons.

Il l'avait trouvée assise sur les premières marches de l'escalier intérieur menant au loft. Longue chevelure rebelle, plus sel que poivre, retenue à grand-peine au sommet de la tête par un fichu famélique, visage à l'ovale parfait affichant une peau étonnamment lisse et sans la moindre trace de maquillage, silhouette fine et déliée neutralisée par un amoncellement de vêtements en pelures, la jeune femme – elle paraissait avoir une trentaine d'années – l'avait apostrophé d'une voix belliqueuse :

– C'est vous le locataire d'en haut? Alors, je tiens à vous mettre les points sur les i. Je ne veux pas vous entendre marcher ou pisser ou baiser, c'est clair? Ne vous hasardez pas à sonner à ma porte pour des vétilles de gars esseulé à la recherche d'une épaule compréhensive ou, plus stupidement, pour emprunter une tasse de sucre, si vous tenez à votre intégrité physique. Et ne comptez pas sur moi pour vous prévenir si le feu prend. N'espérez rien de moi, rien du tout, ni comme voisine ni comme femme. J'ai loué cet appart dégueu parce que je suis pauvre et seule, mais je compte bien préserver mon territoire. Je suis bête, fielleuse, hautement asociale et, si on m'astique, méchante comme la gale. J'ai un sacré tonus et je suis capable de vous rendre la vie si infernale que vous vous mettrez à la recherche fébrile de votre placenta pour vous y cacher si vous me contraignez à m'occuper de vous. J'espère que vous prendrez mon avertissement au sérieux. Ne m'emmerdez pas et je ne vous emmerderai pas. Bonsoir.

En se levant, dans un mouvement brusque et quand même étonnamment gracieux, elle avait ajouté en battant énergiquement sa jupe pour la défroisser :

– Ah! j'oubliais… J'ai deux chats, Calamité, un petit rouquin malin aux oreilles couvertes de cicatrices, et Téteuse, une grosse noire peureuse qui sème son poil à tous les vents. Je vous interdis de leur adresser la parole, de leur donner à manger, de les caresser ou de leur foutre une jambette si vous les croisez dans l'escalier. Ce sont mes bêtes, pas les vôtres! J'estime qu'elles ont le droit de circuler dans cet escalier, même si ça vous fait chier. *Any way…* mes chats sont plus intelligents, plus disciplinés, plus organisés, plus autonomes et plus propres que la moyenne des hommes. J'éprouve, il vaut mieux que vous le sachiez, une violente aversion pour

tous les mâles de cette misérable planète, et tout spécialement pour ceux qui portent leur couilles en épaulettes ! J'espère que vous ne faites pas partie de cette catégorie que je
ferais volontiers exterminer comme de la vermine, si la chose
était possible.

Là-dessus, elle avait brandi avec une fougue comique
son majeur dans sa direction et elle était rentrée chez elle
en lui claquant littéralement la porte au nez, laissant flotter
dans son sillage l'odeur caractéristique des grands fumeurs.

Sur la petite boîte aux lettres de l'immeuble, Créons
avait repéré le nom de la furie : Garance Foglia Dulac.
Garance… ce prénom lui rappelait quelque chose. Ah ! oui !
Le fameux film *Les Enfants du paradis*… Madame Arletty.
S'esclaffant intérieurement, il s'était dit que cette Garance
des temps modernes avait une sacrée gueule d'atmosphère…

Par la suite, il avait croisé la jeune femme dans l'escalier à quelques reprises et avait feint de l'ignorer. Un soir
qu'il arrivait comme elle sortait, avec ses félins sur les talons,
la voix de gorge rouillée de Garance l'avait atteint entre les
omoplates alors qu'il s'apprêtait à ouvrir la porte du loft.

– Hé ! *Homo sapiens !* Saluer ne coûte rien ! Ça ne veut
strictement rien dire, mais c'est une forme élémentaire de
politesse. Si vous appreniez à dire bonsoir et bonjour, vous
auriez l'air moins constipé. On dirait que vous transportez
un bilboquet dans votre trou du cul…

Choqué, il s'était retourné. Les yeux de la jeune femme
étaient joyeux et réprimaient mal une lueur de malice.
Cherchait-elle à le provoquer pour ouvrir les hostilités ? Ou
bien était-ce une façon, pour le moins cavalière, de lui
signifier qu'elle souhaitait mettre fin à sa guerre froide ? Il
avait décidé de ne pas réagir à l'attaque verbale et il était
rentré chez lui en refermant la porte avec toute la délicatesse
dont il était capable.

Quelques semaines plus tard, à sa grande stupéfaction, la chipie était venue cogner à sa porte. Il avait ouvert. Elle se tenait sur le seuil, droite, la silhouette perdue dans une sorte de veste en laine d'agneau aux couleurs très passées. Sur ses gardes, croyant qu'elle venait se plaindre du son trop élevé de sa musique, il avait risqué un prudent :

– Oui?

– Vous vous y connaissez en informatique? J'ai bien l'impression que mon ordinateur couve un infarctus, avait-elle annoncé d'une voix très calme. J'ai des documents très importants… je… je n'avais pas prévu que ça pourrait arriver et je n'ai pas fait de copie de sécurité. J'ai un côté atrocement brouillon. Je vous serais très reconnaissante si vous pouviez m'aider à sauver au moins le document sur lequel je travaillais. Le proprio m'a dit que vous étiez informaticien ou quelque chose d'approchant… que vous aviez des appareils très sophistiqués dans votre appartement.

Il l'avait suivie, pas du tout sûr de pouvoir lui être utile. Dès le pas de la porte, ses narines avaient frémi et reconnu la bonne odeur d'un gâteau maison. La mégère savait donc cuisiner… Il s'était assis devant l'appareil au boîtier criblé de taches de doigt.

– Quel âge a-t-il?

– Une quinzaine d'années. C'est un modèle recyclé. Mais la longévité des ordinateurs ressemblant à celle des chats – pour eux, une année de vie équivaut à dix de la nôtre –, cet aïeul est probablement centenaire.

– Mmm… Je crains fort que vous n'ayez vu juste. Le disque dur a un sérieux problème. Je peux essayer d'utiliser mon appareil, à l'IRQHR, pour récupérer le programme que vous voulez préserver. Mais avant, il vaut mieux que je vous donne l'heure exacte. Je ne suis pas informaticien, mais astrophysicien. Et les appareils dont je me sers, là-haut, ont une portée limitée. Par contre, ceux dont je dispose à l'Institut sont très puissants. Passez-moi votre téléphone…

Créons avait mis son ordinateur en marche à distance et réussi à établir la liaison entre les deux appareils.

– Je vais tenter de repêcher le document auquel vous tenez avec la trousse de sauvetage. Comment s'appelle-t-il?

– *Morbis œdificandi.*

Après deux tentatives ratées, entrecoupées par l'apparition inquiétante d'une bombe prévenant qu'un incident grave était survenu dans la fonction système, Créons avait néanmoins réussi à récupérer le document en perdition.

– Maintenant, nous allons vérifier ce que ça donne et demander à mon ordinateur d'envoyer le document. Ouvrez votre télécopieur et croisez vos doigts…

Penché au-dessus de l'appareil, de facture heureusement plus moderne que l'ordinateur, il avait suivi avec attention la sortie des pages. Garance s'était approchée, si près qu'il avait senti sa respiration lui chatouiller la joue. En lui remettant les feuillets, Créons avait, du regard, repéré des mots, au passage : coupole, voûte d'arête, absides, déambulatoires, arcatures aveugles…

– Vous êtes architecte?

– Non, professeur d'histoire à l'Université du Québec de la Rive-Sud. Ce texte porte sur l'explosion de l'art roman au XIe siècle. En fait, c'est mon prochain plan de cours.

– Que veut dire *morbid œdificandi*?

Elle avait ri, en secouant la masse compacte de ses cheveux, exactement comme Aube :

– *Morbis,* pas *morbid!* Ça signifie «fièvre bâtisseuse».

Une fois l'opération de sauvetage terminée, elle lui avait offert un morceau de gâteau à l'orange, en s'excusant du désordre de l'appartement.

Le mot «désordre» était faible, avait pensé Créons, en jetant un regard discret autour de lui. Il n'avait encore jamais vu un tel fouillis : livres, cassettes, coussins, vêtements, sachets de nourriture pour chats, cendriers, tasses et assiettes sales se donnaient la réplique, tantôt en pile sur les meubles, tantôt en vrac à même le sol. Garance déambulait au milieu de ce champ de bataille, sans paraître le moins du monde incommodée. Sa démarche sensuelle, son regard pénétrant, l'étrangeté de ses propos lui avaient, encore une fois, fait penser à sa sœur. Les deux femmes avaient des choses en commun, du moins en apparence.

Après l'incident de l'ordinateur, Garance et Créons avaient été plusieurs semaines sans se revoir. Quand il passait devant sa porte, il ne pouvait s'empêcher de tendre l'oreille, espérant entendre un quelconque bruit ou encore un miaulement. Le logement paraissait vide, et des chats et de Garance. Il en avait éprouvé une vague tristesse teintée d'inquiétude.

Au cours d'un de ses voyages en Europe, il avait trouvé, en furetant chez les antiquaires, un vieux livre sur la *musica plana*. Il l'avait acheté, à cause de sa passion pour le chant grégorien. C'est en le lisant à bord de l'avion, au retour, que l'idée lui était venue d'en faire cadeau à Garance. Il l'avait déposé dans sa boîte aux lettres, avec un mot délibérément bref et aseptisé : «Pour vous et vos étudiants.» Il ne voulait surtout pas avoir l'air de la relancer.

Garance avait fini par réapparaître. Il l'avait entendue arriver, très tôt, un dimanche matin. Il s'était levé et l'avait observée par la fenêtre donnant sur la rue Saint-Paul. Elle tenait la cage de ses chats à deux mains, tandis que le chauffeur de taxi déposait une valise et plusieurs sacs de jute élimé sur le trottoir.

La semaine suivante, Créons avait trouvé une grande enveloppe accrochée à la poignée de sa porte à l'aide d'un ruban de confiserie. Elle contenait un petit mot de remerciement et la photocopie d'une communication portant sur l'antiphonaire de Grégoire le Grand. Le texte était d'elle et il avait été publié en 2016. Avant de quitter le loft, il avait préparé à son tour un mot de remerciement.

De mots en mots, ils en étaient venus à se rendre de brèves visites au cours desquelles ils buvaient du café du Brésil tout en écoutant des chants grégoriens. La jeune femme taisait obstinément son passé, se contentant de parler de ses recherches et de l'écouter évoquer les siennes.

Créons n'avait jamais rien tenté pour forcer ses confidences. Il craignait de perdre sa confiance en se montrant trop curieux, aussi se contentait-il de ce qu'elle consentait à donner. Même s'il la trouvait très attirante, il n'éprouvait pas le désir de tenter un quelconque rapprochement physique. Peut-être lui faisait-elle vraiment trop songer à sa sœur ? Et pourtant, il se passait quelque chose entre elle et lui…

Quand il s'était risqué, dans une de ses lettres, à parler de Garance à Aube, cette dernière avait réclamé, avec beaucoup d'insistance, une photo ou un cheveu de la jeune femme afin de capter ses vibrations et, peut-être, de déclencher une vision.

Amusé, il avait profité d'une pause biologique, alors qu'il était chez Garance, pour prélever une petite touffe des cheveux de la jeune femme, coincés dans les poils de sa brosse. Il l'avait aussitôt glissée dans une de ses poches, et les cheveux avaient eu droit à un voyage gratuit Montréal-Jérusalem, maintenus en place sur un carton à l'aide d'un morceau de papier collant. La tentation de mystifier Aube en lui envoyant plutôt des poils de la dodue Téteuse lui était venue. Mais la malhonnêteté du geste et la curiosité dévorante qu'il éprouvait pour Garance l'avaient enclin à jouer franc-jeu. L'enfant, qui était en lui, faisait toujours totalement confiance à Aube, mais il prenait grand soin de cacher ce sentiment à Créons l'adulte. Créons l'adulte, de son côté, feignait d'ignorer la foi de l'enfant, mais ni l'un ni l'autre n'était dupe, surtout pas Créons le scientifique : «Tout pour savoir, hein! Tu comprends pourquoi les médiums auront toujours des clients? Regarde-toi aller, Créons Furtadeau, et ne te perds surtout pas de vue. Te voilà engagé sur les sentiers très éculés et très glissants de la crédulité, et tout ça pour une femme!» s'était-il dit intérieurement en se morigénant.

La lecture capillaire d'Aube l'avait laissé perplexe :

Ta Garance est une grande fugueuse, mon cher astro-frérot. Elle fuit sa famille, son enfance, et un homme en particulier, dont je ne peux dire s'il s'agit d'un père ou d'un amant. Elle me fait penser à un délicat soliflore fêlé. Pour l'instant, elle essaie de réparer la blessure. Je pense qu'elle arrivera à se refaire, mais ce sera très long. Un homme l'y aidera, mais heureusement ou malheureusement pour toi, ce ne sera pas toi. L'homme en question est grand, jeune et… par l'esprit du Baal-Shem-Tov, totalement chauve! Je le vois comme je vois la photo de nos parents, sur ma table de chevet.

Créons avait rangé cette lettre avec les autres. Vraie ou fausse, cette prédiction le soulageait tout en l'attristant. Garance n'était pas une femme pour lui, il n'avait pas besoin qu'Aube le lui signifie pour le comprendre, mais il aurait aimé… il aurait souhaité jouer un rôle dans son existence. Pour l'heure, Garance lui donnait cette présence féminine qui lui avait si longtemps fait défaut. C'était un cadeau inespéré, et il souhaitait seulement que la jeune femme ne rencontre pas trop vite le grand chauve qui deviendrait son compagnon, *dixit* Aube!

Garance, quant à elle, semblait apprécier sa compagnie, mais, à sa grande déception, elle avait systématiquement refusé toutes ses invitations au cinéma et au concert. «Quand on me situe trop, on me tue. Je suis déjà morte un nombre suffisant de fois, merci! Ici, dans cet appart, j'ai la maîtrise de mon image, de celle que je donne et de celle qu'on me renvoie. Dans un lieu public ou chez des étrangers, je suis trop à découvert. Et puis j'ai froid, j'ai toujours froid quand je sors, et ça me rend féroce. Je vous ai déjà prévenu, Créons, je suis très asociale. Garance Foglia Dulac? Infréquentable. Point à la ligne.»

Créons avait fini par se faire aux imprévisibles disparitions de la jeune femme, lesquelles pouvaient durer plusieurs semaines. Jamais elle ne lui avait fourni d'explication sur ses allées et venues et jamais il n'avait cherché à savoir. Ni où elle allait ni ce qu'elle pouvait bien transporter dans ces sacs de jute à la trame essoufflée qui lui collaient aux flancs.

13

Avant de quitter son appartement du quartier Côte-des-Neiges, Créons retourne à l'unité centrale de domotique et l'informe de son absence nocturne afin de permettre au cerveau de l'immeuble de mettre en marche le système d'alarme et d'abaisser le chauffage de l'appartement. Puis il enfile un blouson de mi-saison et sort. Trois minutes après son départ, toutes les lumières de l'appartement s'éteignent. Dans chaque pièce, des capteurs sensibles à la présence humaine en commandent l'ouverture et la fermeture. Dans sa tanière du *Vieux*, c'est lui qui allume et qui éteint, c'est aussi lui qui monte et baisse le chauffage.

Créons remonte le col de son blouson. Il fait beau, mais frisquet. Le soleil a commencé à lécher le brouillard matinal à petits coups de rayons paresseux. Il a tout le temps de se montrer, de venir à bout de cette transpiration vagabonde de la terre, se dit Créons. En allongeant le pas, il franchira les portes de l'IQRHR dans une dizaine de minutes. Dans quinze, il sera assis à son poste de travail, en train de taper les quatre mots de code qui lui permettront d'accéder au grand ordinateur de l'Institut et au reste du monde, si besoin est, par l'intermédiaire des autoroutes électroniques. Et dans trente minutes, Max Letellier, le secrétaire général de l'IQRHR, l'appellera pour lui signifier qu'il est attendu, toutes affaires cessantes, à l'*aquarium*.

Le bureau occupé par André Caradin est doté de trois murs de verre légèrement bombé qui le font ressembler à un bocal à poissons rouges, d'où son surnom. Le quatrième mur comporte un spectaculaire plan d'eau rappelant les grands fonds marins. De beaux spécimens de poissons y évoluent et attirent irrésistiblement le regard du visiteur.

Chaque vendredi, à moins que Créons ne soit à l'étranger, c'est le même rituel : à dix heures pile, le minuscule interphone accroché sur le côté de son bureau sonne. La voix faussement funèbre de Max annonce : «Mon cher Créons, j'ai le vif regret de vous apprendre que le Requin vous réclame. Dépêchez-vous, vous savez qu'il a horreur des retards, même insignifiants.»

C'est l'instant où, s'armant de tolérance, Créons ramasse en vitesse ses dossiers majeurs en vue d'une brève saucette dans l'*aquarium* du Requin.

Tout ce que veut André Caradin, au cours de ces entretiens, c'est être mis au courant des intrigues qui se déroulent au sein du groupe international de travail Daetanus, dont Créons fait partie depuis près d'un an.

Préoccupé par l'image de l'IQRHR, en réalité par la sienne propre, le P.D.G. cherche à s'immiscer dans tous les comités externes auxquels participent les chercheurs de l'Institut, à se faire valoir dans tous les grands colloques internationaux, à croquer toutes les subventions passant à la portée de ses puissantes mâchoires de gestionnaire et à s'accaparer les contrats les plus avantageux.

Si tout se déroule selon l'échéancier prévu, un vaisseau très spécial, inhabité et alimenté à l'hélium trois, quittera bientôt la Terre à destination de l'Étoile de Barnard, fortement soupçonnée d'être entourée d'un cortège de planètes. Après avoir refait le plein sur Jupiter, le vaisseau traversera le désert intersidéral grâce à l'énergie de fusion.

Les réunions du groupe international de travail, dont les membres, triés sur le volet et comptant spationautes, ingénieurs, chimistes, physiciens et astrophysiciens, ont lieu une fois par mois, alternativement à Paris, San Francisco et Montréal. Près de la moitié des membres du comité ont travaillé à la conquête de Mars. Les autres, dont Créons, ont participé, directement ou non, aux travaux d'aménagement de la toute première station orbitale, située à quelques centaines de kilomètres de la Terre.

Flatté de voir un de ses chercheurs choisi pour mener à bien une mission aussi importante, sur le plan tant du prestige que des possibles retombées économiques, André Caradin a accepté de relever temporairement Créons de ses fonctions de professeur. Mais, chaque vendredi, il le soumet à un interrogatoire digne de la grande Inquisition. Il veut savoir tout ce qui se dit, tout ce qui se décide au sein du comité, il veut connaître la nature et la provenance de tous les documents qui y sont distribués, officiellement ou officieusement, et il harcèle littéralement Créons afin que celui-ci déniche des renseignements qui lui permettraient d'abattre de bonnes cartes au bon moment, comme il dit.

À la fin de chaque rencontre qui ne dépasse jamais vingt minutes, le Requin récite le même discours de clôture : «Surtout, mon cher Créons, n'oubliez pas de faire valoir notre expertise, de distribuer nos CD-ROM. Apprenez à pratiquer l'opportunisme scientifique», lui enjoint-il en affichant son célèbre sourire de carnassier.

14

Créons grimpe deux par deux les marches menant à la grande entrée de l'IQRHR. Il en franchit le seuil, salue machinalement les gardiens de sécurité, s'engouffre dans un des ascenseurs de service et appuie son pouce droit sur la plaque de contrôle des identités dont chaque cabine est munie. Un bip sonore se fait entendre, suivi d'une voix annonçant : «Contrôle d'identité terminé, veuillez appuyer sur le bouton de votre choix.» Créons enfonce le six.

En entrant dans son bureau, il aperçoit la grande enveloppe qui, chaque année à la même époque, le fait grincer des dents. Elle contient les rapports, sur disquettes, des pays participant au Programme international de cosmovigilance, une vieille idée de Créons.

En 1995, le professeur Yval Freidman, spécialiste de la physique des particules et directeur de l'Institut de recherches Sackler à l'université de Tel-Aviv, avait, avec deux éminents physiciens français, fait partie du comité organisateur d'un grand colloque sur les champs des vitesses cosmiques. Pour stimuler les jeunes étudiants engagés dans les sciences de la physique et de l'astronomie, le professeur Freidman avait organisé un concours à leur intention. Les participants devaient concevoir un projet portant sur un aspect des nouvelles technologies de l'espace. Le gagnant serait invité à présenter le sien à Paris, dans le cadre des miniconférences du colloque.

Créons avait tenté sa chance et gagné, comme le lui avait prédit sa sœur, tout heureuse d'avoir, pour une fois, annoncé du bonheur.

Il s'était donc rendu dans la Ville lumière en compagnie d'une délégation de professeurs de son université et, devant une salle archicomble, il avait expliqué aux scientifiques présents qu'il fallait prendre, et vite, des mesures de sécurité pour éviter que l'espace ne soit transformé en un vaste dépotoir. D'une voix vibrante, de plus en plus assurée au fur et à mesure qu'il entrait dans le vif du sujet, il avait brossé un affligeant tableau de la situation : «Selon les données du service américain de surveillance spatiale, le NORAD, il y a actuellement 7 000 débris d'un diamètre supérieur à dix centimètres autour de la Terre. Et entre 30 000 et 70 000 fragments de moins de un centimètre de long. Tous ces débris constitués d'étages de fusées, de fragments de satellites, d'écrous, de boulons, de débris de peinture, d'outils oubliés, d'ordures ménagères larguées hors des navettes par des astronautes et même… des glaçons formés de leur urine, représentent un véritable danger.

«Lorsque des astronautes de vos pays respectifs font des sorties dans l'espace, dites-vous bien qu'ils peuvent, à n'importe quel moment, être mortellement touchés. Sans compter qu'une collision débris-satellite peut entraîner de sérieux et coûteux dommages.

«À l'heure où nous nous apprêtons à utiliser l'espace pour expérimenter la cristallisation en micrograité, dans le but d'améliorer les lasers et les systèmes de télécommunication par infrarouge, à mettre en orbite des complexes industriels où seront fabriqués, à la chaîne, de nouveaux médicaments et de nouveaux matériaux, nous devons nous montrer responsables et prudents. Je propose donc qu'un programme de contrôle des déchets cosmiques soit mis sur pied et qu'un protocole d'entente soit envoyé aux huit cents sociétés américaines, japonaises et françaises qui participent actuellement à des projets de recherche sur la microgravité.»

Le Comité international de cosmovigilance avait vu le jour l'année suivante. Créons avait été invité à en faire partie, à titre d'observateur. Cinq ans plus tard, il avait constaté, navré, que plusieurs représentants des pays membres déposaient des rapports truffés d'omissions et de vœux pieux. Il avait donc écrit une lettre de protestation au président du Comité. Le résultat ne s'était pas fait attendre. Trois semaines plus tard, on l'avait informé qu'étant donné le bilan déficitaire du dernier état financier le poste d'observateur au sein du Comité international de cosmovigilance avait été aboli. Néanmoins, à titre d'initiateur, Créons continuerait à recevoir le rapport annuel émis par le Comité.

Créons soupèse l'enveloppe. «Combien de mensonges, cette année?» lâche-t-il d'un ton sarcastique. Il laisse retomber le document sans l'ouvrir, s'assoit, allume son ordinateur et tape les quatre mots de code : Hubble-M31-Buse-Hatikva. Les trois premiers sont des choix de son service, et le quatrième, le sien. La Hatikva, c'est l'hymne national de l'État d'Israël.

15

Au même moment, une sonnerie discrète retentit tandis qu'un minuscule téléphone gris tacheté de jaune s'affiche à l'écran et se met à clignoter. Créons actionne le bouton du mini-combiné intégré à son ordinateur. Grâce au développement des satellites, du câble à fibres optiques et de la numérisation des données, les téléphones traditionnels et leur cortège de fils encombrants ont disparu. Ils ont été remplacés par la nouvelle petite merveille de la technologie des communications, le standard PUT. Familièrement baptisé le «petit Put» (tout le monde prononce Pot), l'appareil a sensiblement le même format que les anciens cellulaires. Il pèse un peu moins de trois cents grammes et il est directement relié aux satellites du réseau TRESSE-Inmarsat.

– Salut, mec. Je t'appelle depuis la terrasse des crapets-soleils. Il y a eu un crash. Besoin de toi, tout de suite.

– Je viens juste d'arriver à l'Institut. En partant immédiatement, je suis chez vous dans une quinzaine de minutes. Ça ira?

– On t'attend…

Voilà un changement de programme qui risque fort de faire piquer une crise au Requin, pense Créons. Il n'aura pas sa pitance, aujourd'hui. Tant pis. Il enfonce les touches *communication urgente*, et *enregistrement*, s'assure que le micro

de l'ordinateur est bien ouvert et il dicte son message :
«Salut, Max. Je dois m'absenter pour régler un problème qui
ne peut attendre. Je serai de retour dès que possible. S'il te
plaît, excuse-moi auprès du président…» Et pour être sûr que
Max n'essaiera pas de le retenir, il demande au messager
électronique de retarder de cinq minutes la transmission de
son avis.

En levant le bras droit pour héler un taxi, Créons
ressent, avec une exaltation qu'il a du mal à réprimer, des
impatiences au bout de ses doigts. «À l'hôpital Sainte-
Justine», commande-t-il au chauffeur, en faisant claquer la
portière.

Pour que son ami ait décidé de l'appeler à l'Institut, il
faut vraiment qu'il se passe quelque chose de grave.

16

Créons a rencontré Tom voilà bientôt deux ans, dans des circonstances plutôt farfelues. C'était le 31 décembre 2018. Ayant décliné poliment les deux ou trois invitations de collègues sensibles à sa solitude de célibataire pur et dur, mais peu désireux de célébrer l'an neuf tout seul, il avait décidé, vers la fin de l'après-midi, de se rendre au centre commercial Côte-des-Neiges. Avec un peu de chance, il parviendrait peut-être à se trouver un compagnon – en fait, il espérait une compagne, mais ne se faisait pas trop d'illusion – avec qui il pourrait passer quelques heures, le temps de partager un repas arrosé d'un bon vin et d'échanger, à minuit, les traditionnels souhaits du jour de l'An.

Garance n'était toujours pas là et elle allait lui manquer. C'était avec elle qu'il avait festoyé, l'année précédente. En moins de deux, elle avait transformé le loft en un décor surréaliste : sur le parquet, elle avait construit un grand cercle de branches de pin ponctuées de bougies géantes. Ils avaient réveillonné au milieu, sur une table recouverte d'une nappe dorée et bordée de fourrure blanche, empruntée à une décoratrice de vitrines de grand magasin. Ils s'étaient gavés d'huîtres gratinées au fromage de chèvre, de saumon fumé de Gaspé et d'asperges blanches, en écoutant un pot-pourri de chansons médiévales. Seule ombre au tableau : la jeune femme avait catégoriquement refusé de boire le champagne qu'il avait acheté pour célébrer joyeusement la Nouvelle Année.

Créons s'était rendu au centre commercial à pied, en se remémorant chaque instant de son dernier réveillon. À quelques reprises, il s'était fait accoster par des jeunes qui proposaient discrètement aux passants des objets de luxe à des prix d'amis, et par des mendiants qui chantaient.

À cette époque de l'année, de pauvres hères s'échappaient à la sauvette des haltes sociales de quartier, mises sur pied par l'État à l'intention des «sans domicile fixe», et se glissaient subrepticement dans la foule des consommateurs, histoire d'admirer les vitrines du temps des fêtes et de se faire offrir quelques jetons alimentaires qu'ils pourraient échanger contre des victuailles. Les forces de l'ordre et de la paix sociale, chargées d'encadrer les allées et venues des bénéficiaires de l'aide sociale et des «sans domicile fixe» ainsi que de protéger les quartiers d'affaires et certaines zones résidentielles contre d'éventuelles «visites de groupes de démunis», patrouillaient consciencieusement les secteurs les plus achalandés et les mieux nantis. Depuis quatre ou cinq ans, il ne se passait pas une semaine sans que les bulletins de nouvelles ne rapportent des incidents fâcheux : *Une horde de démunis est allée «magasiner» en force chez les riches!* En cette période de festivités, les patrouilleurs fermaient les yeux, comptant sur la tolérance et la compassion des passants et des boutiquiers.

Déambulant dans l'allée centrale du centre commercial, Créons avait assez vite repéré un grand gaillard noir, affalé sur un siège, en contemplation devant un gigantesque automate représentant saint Nicolas, dressé comme un phare à la croisée des allées. Toutes les trois minutes, le bras droit du saint homme plongeait dans sa besace et ramenait à la surface un paquet de sucettes qu'il lançait droit devant lui. Les enfants s'agglutinaient devant l'automate et piaillaient comme des moineaux flairant des croûtes de pain. L'homme, qui ne devait pas avoir plus de trente ans, ne payait pas de mine. Coiffé d'un galurin qui n'arrivait pas à réprimer un énorme coussin de cheveux crépus et vêtu d'un anorak aux manches trop courtes, il paraissait infiniment fatigué. Pourtant, il y avait dans ses yeux une telle bonne humeur qu'on s'attendait à le voir éclater de rire à la façon du père Noël : «Ho! Ho! Ho! Sacré Nicolas! Tu as fini par te faire une clientèle à mes dépens… Fais attention, je ne suis pas tuable! Je reviendrai prendre ma besace et mon butin, et c'est toi qui retourneras au chômage!»

Attiré par le personnage, Créons s'était approché :

– Bonsoir! Je m'appelle Créons Furtadeau. J'ai réservé une bonne table à *La Chèvre qui fume*, et je vous invite à souper en ma compagnie. J'ai l'impression qu'un bon repas vous ferait le plus grand bien et je serais très heureux de vous l'offrir.

Le Noir l'avait dévisagé sans broncher :

– Aboule, missié blanc. Tu vends des billets pour une tombola, tu cherches une bonne poire bien mûre pour laver tes chiottes, tes frusques et astiquer ton murvision, ou tu es un amateur de bite noire nappée de graisse d'oie parfumée au cumin?

Créons avait haussé les sourcils de surprise, plus gêné que fâché d'être pris pour ce qu'il n'était pas.

– Désolé de vous avoir importuné, monsieur.

Puis il avait poursuivi son chemin. Il valait mieux qu'il renonce à faire du recrutement avant de s'enferrer dans une histoire qui finirait mal. Tant pis. Il célébrerait l'arrivée de l'An nouveau tout seul, et la seule diversion qu'il pourrait s'offrir serait l'excursion télévisée *Cinquante façons originales et insolites de fêter l'An nouveau*, tant annoncée sur toutes les chaînes, en buvant un peu plus que de raison, avant de s'enfouir sous sa couette et d'attendre le lever du nouvel An. L'homme l'avait relancé, à son grand étonnement :

– Hé! t'en vas pas si vite. T'as bien cinq minutes, quand même. T'as pas répondu à ma question. Qu'est-ce que tu vends, exactement ? Si tu vends rien, si tu cherches juste un convive pour te regarder mastiquer, tu le dis, mec, et tu précises qui c'est qui paiera l'addition. C'est quoi, au juste, ton resto de chèvre qui broute ?

Créons avait souri et était revenu vers lui :

– J'ai été maladroit. J'ai le don de me mettre les pieds dans le plat. C'est dans ma nature… Mon invitation est tout ce qu'il y a de plus désintéressé, monsieur, et c'est moi qui paierai tout, y compris le taxi, y compris le vestiaire.

– Bon… faut m'excuser aussi. J'ai un revers verbal terrible. J'adore *splasher*, spécialement les inconnus. Décline ton C.V., mon frère, et je t'offrirai le mien après. Ton invitation pourrait bien m'intéresser, mais je veux savoir avec qui je vais festoyer, même si je n'ai rien à payer.

– Je me suis déjà présenté. Créons Furtadeau. Je suis astrophysicien, sans attache sentimentale et sans famille. J'ai bien une sœur, mais elle habite à l'étranger. J'ai aussi une bonne copine, mais elle est en voyage. Habituellement, je m'entends assez bien avec ma solitude, mais ce soir, j'ai un coup de cafard. Les grandes fêtes me déstabilisent, en vieillissant… À votre tour, maintenant.

– Ben, tu vois, moi, je suis un splendide spécimen de la race noire arrosé de sang de nénette blanche. Sur mon C.V. il y a écrit : Chissanno, Tom Joachim, né à Paris. Père diplomate de carrière et frère cadet de l'ancien président du Mozambique. Mère poule française, grande ballerine recyclée en professeure de danse, érudite et marginale, cramponnée à son art et aux hommes de sa vie : mon père, le café noir, décédé, Dieu ait son âme, et moi, le café moka, bien vivant, du moins je le pense. À ma couleur de base, il faut ajouter la couleur du moment présent : vert-de-gris cerné sur le point de trépasser. Je dois faire très mauvais genre… Je t'explique, avant que tu ne coures signaler le 911 : tel que tu me vois, je suis vidé, claqué, déshydraté, parce que je viens de me taper quarante-huit heures de travail *non stop*. Je suis si fatigué qu'il ne me reste même plus assez d'énergie pour décrocher. Ça turbine encore là-dedans, avait avoué Bubble Tom en désignant sa tête. Tu sais ce que c'est, quand le corps est épuisé et que l'esprit refuse de se débrancher? J'ai les cylindres encore trop fébriles pour que je puisse espérer trouver le sommeil. Mes guibolles m'ont mené ici sans même que je leur aie demandé et, depuis dix minutes, j'attends que saint Nicolas me remarque et me lance quelques sucettes à la valériane… En y pensant bien, je ne suis pas certain d'être un bon convive pour toi. Je risque fort de roupiller dans mon assiette.

Puis, en s'étirant, il avait ajouté :

– Hé! heureusement que t'es arrivé, j'étais en train de prendre racine, moi. Je vois d'ici la tronche de mes collègues en apprenant que j'ai opté pour une carrière végétale!

– Vous travaillez donc? avait questionné Créons, un peu surpris.

– Et comment, que je travaille! À quelques pas d'ici, à la plus grande mecque des virus, des infections, du sang et des larmes de Montréal, mon frère. Je suis pédiatre et psychiatre pour enfants. Pour éviter de dire trop de bêtises aux gosses, je mâche souvent de la gomme. Alors, les *kids* m'ont baptisé Bubble Tom. Mais comme tu es un grand garçon, j'aimerais mieux que tu m'appelles Tom tout court.

Créons avait réitéré son invitation :

– Si Tom tout court veut bien faire un petit gueuleton avant d'aller dormir, il pourrait peut-être m'accompagner au restaurant?

– J'accepte! Oh! J'y pense… J'ai filé mon Kanuk polaire à un type qui claquait des castagnettes. Le malheureux m'a laissé cet anorak en échange. Je ne sais pas si ta chèvre qui pue me laissera entrer, attifé comme je suis, mais elle ferait mieux parce que j'ai une faim de loup! Dis donc, t'es sûr que tu t'appelles pas monsieur Seguin, par hasard? J'ai l'impression de me faire entraîner dans une histoire porno. Elle a quel âge, la petite chèvre que tu veux me faire brouter?

Créons avait pouffé de rire, soulagé de la tournure des événements. Le destin avait mis sur sa route un drôle de numéro et il était preneur.

— Écoutez, si vous voulez aller vous changer, je vous attendrai, je ne suis pas pressé.

— C'est pas une mauvaise idée, ça. J'ai un vieux blouson de cuir dans mon vestiaire, à l'hôpital. Je passe le prendre, comme ça, je ferai moins guignol. Tu viens avec moi? Si jamais je m'évanouis de fatigue en route, tu arrêteras une jolie fille et tu lui demanderas de me faire le bouche-à-bouche!

17

Ce soir-là, ni Créons ni Bubble Tom n'avait eu le temps d'aller souper au restaurant. Le médecin avait été happé, dès son arrivée, par une résidente exténuée. On avait besoin de lui au service des urgences. On avait téléphoné à son domicile, en vain. Bubble Tom avait soupiré, grogné, râlé et lancé, d'une voix tonitruante, une généreuse bordée de jurons à saveur gastronomique douteuse :

– Confiture de tamanoir hystérique ! Brandade de poisson rouge cachère ! Cuisse de chacal à la sauce Soubise ! Cils de coyote bandé ! Ramequin de mulot napolitain ! Tartare de mites au cumin ! Langues de crotale au lait caillé ! Cervelle de perruche au beurre de tahin ! Ballottine de chacal communiste ! Babines de singe polyglotte braisé ! Boudin d'autruche épilée ! Plus moyen de se reposer ! Non mais ! J'ai droit d'aller au pieu, moi, des fois ! Pourquoi ils n'arrivent pas à m'oublier pendant quelques heures, ces enfoirés ? Je ne suis pourtant pas le seul médecin disponible, dans cet hosto ! Ils finiront par avoir ma peau, je te dis !

Il s'était calmé aussi subitement qu'il s'était mis en colère. Il avait enfilé une blouse bleue et il en avait tendu une autre à Créons, tout en lui proposant de l'accompagner à ce qu'il avait appelé «la corrida» :

– Mon frère, je t'invite à voir, aux premières loges, les sales tours que le plus grand menteur de tous les temps joue régulièrement aux enfants. Puis, ricanant : «Laissez venir à moi les petits enfants», qu'il n'arrêtait pas de dire. Un hypocrite de première, ouais! Des fois, mon vieux, je voudrais bien qu'on me le prête, ce grand Christ de vicieux, là! Je te le ferais rôtir sur un volcan en éruption après l'avoir fait mariné dans un baril de larmes de Judas! Je comprends vachement son père de l'avoir laissé crever! Et dire qu'ils se prennent tous pour des dieux dans la famille! Z'auraient besoin d'un bon psychanalyste pour sortir de leur psychose… Inutile de te retourner dans ta tombe, Freud, tu fais pas le poids! Le docteur Jeckill, par contre, je dis pas…

En entrant dans la salle réservée au personnel médical du service des urgences, avec Créons sur les talons, Bubble Tom s'était dirigé droit vers un mur-écran et y avait apposé sa main droite :

– Docteur Chissanno! Quel est le menu, Sandrine? J'espère que ça n'est pas trop mastoc, parce que mon copain et moi avons la ferme intention d'aller festoyer. C'est le 31 décembre, au cas où tu l'aurais oublié, ma chère enfant…

Puis, à l'intention de Créons, il avait précisé en se léchant les babines à la façon d'un fauve affamé :

– C'est ma communicatrice-répartitrice préférée… Vingt piges, des nénés à te faire remonter les valseuses au menton, vavoum! et un cœur tendre comme une petite asperge du printemps… Et elle travaille comme un ange! Pas moyen de la détourner de son devoir d'état quotidien, de la dévergonder un brin, cette enfant-là.

La tête de Sandrine était apparue sur le mur-écran.

– Il y a encore eu une bagarre de rue au centre-ville. La brigade de répression a cerné une centaine de jeunes en train de piller des boutiques. Les jeunes ont refusé de se rendre. Ils ont foncé dans le tas. Les policiers aussi. Nous avons hérité des jeunes éclopés, l'hôpital Royal Victoria, des policiers, et l'hôpital Saint-Luc, des civils. Voici les détails consignés par les résidents, à l'accueil.

Des fiches de dossiers médicaux avaient défilé à l'écran, rapidement commentés par la communicatrice-répartitrice :

– Outre les deux cas de blessures mortelles – deux garçons de quatorze et seize ans, dont nous n'avons pu que constater le décès à leur arrivée –, nous avons des lacérations et des ecchymoses mineures à la tonne, des irritations des voies respiratoires supérieures causées par les gaz tranquillisants, six états de choc légers, quelques blessures et fractures par balles, un cas d'intestin perforé, un pneumothorax et un coma.

Le visage de Sandrine était réapparu, légèrement altéré par l'émotion :

– On vous a réservé la pièce de résistance, docteur Chissanno : une enfant de neuf ans, fille d'un des boutiquiers cambriolés. Sa jumelle est aussi hospitalisée. Le commerçant a fait feu sur ses agresseurs – ils étaient une dizaine –, et il en a neutralisé deux avant d'être assommé à coups de bâton. En guise de représailles, les chefs de la bande s'en sont pris aux jumelles. Violées, toutes les deux. L'une a été poignardée. C'est sérieux, mais elle va s'en tirer, nous l'avons transfusée juste à temps. Elle est en salle d'op. C'est Paulette Dugré qui dirige l'équipe chirurgicale. L'autre jumelle, pourtant moins amochée, nous inquiète davantage. Elle ne réagit pas à la médication administrée et son état se détériore. L'équipe du bloc six l'a prise en charge et vous attend, docteur. La fillette se prénomme Lobélia. Bonne chance ! Et si jamais vous avez encore le goût de festoyer après ce que vous allez voir, appelez-moi, je vous préparerai moi-même un coquetel que vous n'oublierez pas de sitôt, avec de l'arsenic, de la mort aux rats et du venin de scorpion ! Bonne année, et l'enfer à la fin de vos jours, de la part de mes nénés !

95

Bubble Tom avait regardé Créons brièvement et murmuré :

– Lobélia ? Lobélia, mais c'est un nom de fleur, ça… Ses feuilles contiennent un alcaloïde, la lobéline, reconnue pour ses propriétés antiasthmatiques. Le massacre des fleurs me répugne… Viens, mon frère, nous allons au jardin des suppliciées.

Il s'était élancé dans le corridor, comme un coureur décidé à remporter un marathon, et Créons l'avait suivi tant bien que mal, en se demandant s'il n'était pas en train de rêver. Lui qui voulait célébrer tranquillement l'An neuf en dégustant des plats insolites et raffinés, arrosés de grands vins français, se trouvait plongé au cœur d'un mélodrame et il ne comprenait pas comment il en était arrivé là. Tout s'était passé si vite ! Il aurait bien voulu retourner sur ses pas, sortir de cet hôpital, fuir l'odeur de drames à la chaîne qui imprégnait les corridors et lui rappelait un autre hôpital, un autre drame…

Depuis la mort de Clara, il n'avait jamais remis les pieds dans un hôpital. Soucieux de préserver sa santé, il se présentait consciencieusement aux quatre examens préventifs prévus par le service de santé de l'IQRHR. Les centres locaux des services communautaires faisaient un remarquable travail de dépistage. Des techniciens en prévention et des infirmières recevaient tous les patients, à l'exception des accidentés du travail et de la route, et seuls les cas faisant problème étaient envoyés aux médecins de première barrière. Depuis son arrivée au Québec, Créons s'était retrouvé à cette barrière une seule fois, terrassé par une vilaine bronchite après un voyage outre-mer. Le jeune médecin qui l'avait examiné lui avait récité, en griffonnant une ordonnance, quelque chose qui ressemblait à une comptine : «Petit nez enchifrené au décollage, grosse grippe à l'atterrissage !» Curieux comme il suffit de peu pour qu'un détail insignifiant remonte à la surface et vous éclate au visage, même dans les situations graves, même quand on se retrouve suspendu aux basques d'un inconnu qui fait la course dans un corridor d'hôpital, s'était-il dit.

Le docteur Chissanno s'était finalement arrêté devant deux grandes portes vitrées. Il y avait prestement posé la main droite pour en activer le mécanisme d'ouverture. En franchissant le seuil, il s'était retourné à demi, pour vérifier si Créons suivait toujours.

Les blocs de traitement étaient numérotés et leurs portes, vitrées et coulissantes, glissaient automatiquement sans qu'il soit besoin d'y toucher.

Dans le bloc six, trois personnes, deux femmes et un homme, s'affairaient auprès de la petite victime. Le trio s'était retourné et avait paru soulagé en voyant surgir Bubble Tom.

— Contente qu'on ait réussi à vous sortir du lit, docteur Chissanno, avait lancé l'une des femmes, la seule Blanche occidentale du groupe, en guise de salutation.

Bubble Tom avait hoché la tête et fait très brièvement les présentations :

— Docteur Durepos, docteur Lien et docteur Ueshiba.

Puis, désignant Créons :

— Docteur Furtadeau, un ami, en visite d'observation. Alors, comment ça se présente, ici ?

Le docteur Lien avait tendu une feuille à Bubble Tom, en précisant d'une voix chantante :

— Voilà le dernier bilan. Nous avons procédé aux examens et prélèvements habituels en pareil cas. Rien d'inquiétant en ce qui concerne l'appareil reproducteur… Lobélia a quelques bonnes ecchymoses, mais pas de blessures sérieuses. Pourtant, son état général ne cesse de se dégrader. C'est incompréhensible ! Elle ne réagit plus à aucun stimulus. Quand elle est arrivée, il y a bientôt deux heures de ça, elle était pourtant consciente et nous a même parlé, elle voulait voir sa jumelle… Nous lui avons administré du diazépam et c'est un peu après cette injection que nous avons noté les premiers signes d'un léger état de choc. Nous avons d'abord cru à une réaction allergique… Nous l'avons aussitôt mise sous perfusion et nous lui avons injecté de l'épinéphrine. Depuis vingt minutes, elle présente des signes d'hypothermie.

Bubble Tom s'était approché du lit dans lequel reposait l'enfant :

– Tu entends ça, ma petite fleur? C'est le grand ramdam dans ton corps, on dirait. As-tu mal quelque part? Tu n'es pas obligée de me parler avec ta voix. Tu peux me dire des choses juste en remuant les doigts, ce sera moins fatigant… Tu parais avoir très froid, dis donc.

Tout en repoussant légèrement la couverture chauffante pour procéder à un examen rapide de son abdomen, il avait continué à lui parler à voix basse :

– Je suis là pour t'aider, pour te soigner, et je vais le faire si bien que tu ne voudras plus partir d'ici, c'est moi qui te le dis.

Pendant quelques minutes, Bubble Tom avait tenté d'établir le contact avec l'enfant, en vain. Le visage de la fillette paraissait de cire. Ses bras reposaient le long de son corps frêle et agité d'un tremblement constant. La masse de ses cheveux bruns emmêlés couvrait presque entièrement l'oreiller et lui faisait comme une auréole funèbre. Sur ses poignets, ses épaules et ses tempes étaient collées des pastilles blanches et veloutées, reliées entre elles par un réseau de fils branchés à un ordinateur placé juste au-dessus de sa tête. Régulièrement, l'écran affichait le bilan des signes vitaux de l'enfant : pouls, rythme cardiaque, tension artérielle, température corporelle.

Le docteur Durepos, visiblement inquiète, avait constaté :

– La température a encore baissé ! Il faut absolument trouver ce qu'elle a, et très vite, autrement, on risque de la perdre !

En apercevant l'enfant, Créons avait eu la sensation très nette de recevoir un coup violent dans le bas-ventre et avait retenu à grand-peine un gémissement de douleur. À la vitesse de l'éclair, la masse compacte de la souffrance avait fait son chemin, de son ventre à ses poumons. De là, elle s'était diluée pour se glisser jusqu'au bout de ses doigts. La masse poussait, comme si elle avait voulu les étirer pour l'obliger à toucher l'enfant, à entrer en communication avec sa souffrance.

Il s'était alors souvenu des dernières paroles de Clara : « Une fleur, toute jolie, toute petite, mon Dieu, et si abîmée ! Son vase s'est brisé. L'eau s'est répandue et la fleur n'a plus de quoi vivre ! Il lui faut retourner en arrière, au moment de sa naissance… il lui faut la respiration artificielle de l'âme… »

Une voix, venue de nulle part, lui avait dicté la conduite à tenir. Il s'était entendu commander, d'une voix ferme :

– Écartez-vous tous.

Les quatre médecins s'étaient retournés en même temps. Créons leur avait demandé :

– Y a-t-il une baignoire, pas trop loin d'ici ?

Bubble Tom avait scruté le visage de Créons en plissant les yeux pendant quelques secondes avant de réagir :

– Une piscine, ça ira ?

– C'est encore mieux. Allez chercher un grand drap et faites vite, le temps presse !

Stupéfaits, les quatre médecins l'avaient dévisagé, sans broncher. Bubble Tom avait fait claquer ses doigts.

– Ho ! Vous avez entendu ce que le docteur Furtadeau a demandé ? Grouillez-vous ! Lien, Ueshiba, trouvez un drap qui fasse l'affaire.

– Si nous allons à la piscine, nous n'aurons qu'à en prendre un en passant, dans une des salles de massage, avait proposé le docteur Lien.

– O.K. Débranchez tout. On y va. Couvrez-la bien, surtout.

Le cortège des médecins poussant la civière, suivi de Créons, impassible, les deux mains enfoncées dans les poches de sa blouse, avait traversé deux longs corridors, pris un ascenseur, franchi de nouveau deux autres corridors, plus courts cette fois, avant de parvenir à l'aile où était située la piscine du service d'ergothérapie, inoccupée à cette heure. Le docteur Lien avait quitté le groupe, le temps de prendre le drap demandé par Créons, et elle l'avait rejoint au moment précis où il franchissait le seuil de la salle d'eau. Elle avait déposé le drap sur la civière.

Sans mot dire, Créons avait prestement enlevé pantalon, chaussettes et chaussures, puis il avait prié les médecins de faire comme lui.

– Hé! Une minute! s'était alors exclamé le docteur Ueshiba d'une voix aiguë. Peut-on savoir ce que vous avez l'intention de faire, au juste?

Comme s'il ne l'avait pas entendu, Créons avait ordonné d'une voix sourde :

– Le drap. Dépliez-le, étendez-le par terre, et mettez la petite fille dessus, bien au centre.

Le docteur Ueshiba, d'abord indécis, avait jeté un regard rapide vers Bubble Tom, en train de se déchausser. Le pédiatre l'avait apostrophé rudement :

– Grouillez-vous, Ueshiba, sinon c'est moi qui vous déculotterai, purement et simplement.

Indifférent à tout ce qui se passait et se disait, Créons était entré dans l'eau et, se retournant, il avait expliqué aux médecins ce qu'il attendait d'eux :

– Que chacun de vous prenne un des quatre coins du drap. Ensuite, rejoignez-moi dans la piscine, lentement, sans soubresaut inutile. C'est bien… Maintenant, vous allez plonger l'enfant dans l'eau, de manière à ce que seul son corps soit immergé, pas sa tête, et vous allez la balancer très doucement tout en répétant les sons que je vais prononcer.

Créons s'était glissé entre Bubble Tom et le docteur Lien, de manière à voir le visage de l'enfant. Il avait posé une main sur son front, fermé les yeux, pris une longue inspiration et lancé un son :

– SOUUUUU!

Le groupe avait répété le son une bonne douzaine de fois, jusqu'à ce que Créons lève une main et se taise pendant quelques secondes. En ouvrant les yeux, il avait annoncé, avec l'ombre d'un sourire :

– Ça y est! Nous y sommes. Lobélia va sortir de sa prostration. Il vous faudra maintenir le drap très solidement, parce qu'elle va probablement se débattre. Ne vous inquiétez pas, restez calmes et tout se passera bien. Maintenant, vous allez immerger tout le corps de l'enfant, y compris sa tête, et, au moment précis où vous allez la remonter, vous allez prononcer un autre son avec moi, le son AWA. Vous êtes prêts? Immersion à trois. Un, deux, trois.

Ils avaient fait ce que Créons avait demandé. Autant le son SOUUU avait été lancé et répété d'un ton doux, autant le AWAAA avait été propulsé avec puissance. On aurait dit un ordre semblant surgir de l'âme de l'eau. Le corps de Lobélia s'était raidi et le docteur Ueshiba s'était exclamé :

– Elle a des convulsions! Il faut cesser toutes ces simagrées!

La fillette s'était mise à crier et le son de sa voix, strident, avait couvert le dernier AWAAA de Créons qui l'avait aussitôt prise dans ses bras. D'une voix forte mais sereine, il s'était adressé à l'enfant :

– Lobélia, tu peux maintenant respirer. Tu le peux! Il n'y a plus d'obstacle! Tu viens de renaître, Lobélia. Tu as été bien plus forte que tes bourreaux. L'eau t'a aidée à te débarrasser du mal qu'ils t'ont fait. Tu dois maintenant retrouver toutes tes forces pour aider ta petite sœur. Laisse sortir ta colère. Tu en as le droit!

Et, disant cela, Créons s'était approché de Bubble Tom et il lui avait remis le corps recroquevillé et agité de spasmes de la petite fille.

– Des serviettes! Enveloppez-la, afin qu'elle ait bien chaud! Et laissez-la crier si elle en a envie, il n'y a plus de danger, c'est fini.

Avant même que le groupe ait eu le temps de réagir, Créons était sorti de l'eau, il s'était rhabillé, sans même prendre la peine de se sécher, puis il s'était dirigé vers la porte et avait rapidement quitté l'hôpital.

Il était exactement minuit dix quand il s'était couché, au bord de l'épuisement. Il s'était endormi presque aussitôt avec, au bout des doigts, une sensation indéfinissable : était-ce un picotement ou un engourdissement?

18

Créons avait dormi pendant près de douze heures, et c'était finalement la soif qui l'avait réveillé. Il avait bu deux grands verres de jus de pamplemousse et s'était aussitôt recouché pour sombrer de nouveau dans le sommeil. Quand il avait rouvert les yeux, quelques heures plus tard, le 1er janvier de la nouvelle année faisait ses adieux au jour.

Il avait essayé de se remémorer ce qui s'était passé à l'hôpital Sainte-Justine. Une image, une seule, s'imposait à lui avec une netteté parfaite : celle d'une petite fille enveloppée dans un linceul métallique. Elle lui souriait et des bulles d'eau s'échappaient de sa bouche. Chaque bulle représentait un mot, et il en découvrait le sens au moment où elle éclatait silencieusement à la surface de ses lèvres.

Il avait fini par reconstituer toutes les séquences de sa rencontre avec Lobélia et avait pris conscience de son comportement aberrant, inspiré, sans aucun doute, par l'étrange déclaration de Clara sur son lit de mort. Si la fillette s'était prénommée Bianca, Séverine ou Zoé, rien d'anormal ne se serait produit. Lorsque Tom avait précisé que Lobélia était un nom de fleur, il y avait eu un déclic, et c'est vraiment dans un état second qu'il avait exécuté l'ordre de mission donné par sa mère. À moins que…

Le 3 janvier, en arrivant à l'IQRHR, Créons avait reconnu de loin la silhouette dégingandée de Bubble Tom faisant les cent pas devant l'immeuble. En l'apercevant, le médecin était venu à sa rencontre.

– Salut, on peut causer cinq minutes?

– Sûr, avait répondu Créons. Je vous inviterais bien à entrer, mais vous n'êtes pas enregistré et on n'a pas vos empreintes. Il vous faudrait fournir des preuves d'identité et tout le saint-frusquin. Vous pouvez me croire sur parole : cet édifice est aussi bien gardé que le bureau du président du Québec! On n'y détient pourtant aucun secret d'État... Allons marcher par là, nous serons tranquilles. Je suppose que vous êtes venu me demander des explications à propos de ce qui s'est passé la veille du jour de l'An?

– Ouais. Quel psy t'a formé, dis-moi? Quel cours as-tu suivi? Tu n'es pas seulement astrophysicien, toi...

Surpris par le ton direct du médecin, Créons s'était tu. Tom avait insisté :

– Écoute, je t'ai vu à l'œuvre avec la petite Lobélia. Elle était en train de nous filer entre les doigts, cette gamine! Et toi, tu nous l'as ramenée en moins de deux, avec un art consommé, bien que peu orthodoxe. Alors, je veux savoir le nom de l'école où tu as étudié, le nom du psy, du thérapeute, du gourou ou du chaman qui t'a initié. Je me suis intéressé, il y a quelques années, à une technique d'exorcisme thérapeutique pratiquée chez les Thongas du Mozambique. Il y avait un peu de ça, dans le rituel que tu nous as fait pratiquer.

– Personne ne m'a initié à quoi que ce soit, et j'ignore pourquoi j'ai fait toutes ces choses, avait répondu Créons, se refusant à évoquer les propos tenus par Clara juste avant de mourir.

Et il avait néanmoins ajouté :

– Je présume que la détresse de Lobélia m'a ému. J'ai voulu lui venir en aide, à ma manière. Si vous vous posez des questions sur ma conduite, dites-vous que je m'en pose, moi aussi. J'ignore ce qui m'a pris.

Bubble Tom s'était arrêté de marcher tout net, et il lui avait asséné, les poings sur les hanches :

– Tu veux dire que tu as tout improvisé : le coup de l'eau, le bercement, les sons cradingues que tu nous as fait psalmodier en chœur ? Non, mais tu me prends pour une poire Belle-Hélène avec une cerise en polymère de vinyle en guise de chapeau ? Je ne te demande pas de te justifier, mec, juste de m'expliquer…

Créons comprenait fort bien la curiosité de l'homme qui lui faisait face et qui ne demandait finalement qu'une seule chose, comprendre. Mais comment pouvait-il justifier sa conduite, alors que lui-même ne comprenait pas parfaitement ce qui s'était passé ? Il s'était rabattu sur l'outil qui avait si fort impressionné Tom et enclenché le sauvetage de la petite victime.

– Depuis une quinzaine d'années, je pratique une discipline qui s'appelle le Kototama. Ça me dépollue, ça me défatigue, ça me calme, physiquement et mentalement. L'idée m'est venue d'utiliser les trois sons principaux du Kototama pour offrir une bouée de sauvetage vocale à l'enfant. Je vais essayer de vous l'expliquer en quelques mots : le son SU, mais on prononce SOU, correspond au chaos, à l'absence totale de lumière qui a précédé la création de l'Univers. En projetant ce son sur Lobélia, nous l'avons retournée dans l'éther, là où elle était avant de naître. Cette petite, écrasée par le poids de l'agression sauvage dont elle a été victime, en avait déjà pris le chemin. Elle était incapable de continuer à vivre, et elle faisait tout ce qu'elle pouvait pour cesser de respirer, pour s'extraire du cauchemar, donc de sa vie. Il fallait la soulager, d'une manière ou d'une autre, la décharger du poids… Évidemment, ensuite, il fallait la faire revenir !

Les sons A et WA que je vous ai fait répéter, très haut et très fort, lui ont servi de carburant et de couloir de navigation. Le son A correspond à l'apparition de la lumière et de la vie. C'est un son d'expansion, d'ouverture vers l'extérieur. Le A part dans la lumière, comme une flèche, il revient sur sa vibration, rencontre son écho, forme un double A, et la fusion donne naissance au WA. Le AWA reproduit les vibrations de l'instant fabuleux de la création, de la naissance de l'Univers, du moment où tous ceux qui se sont incarnés sur cette terre depuis le début existaient à l'état d'intention, de pur désir. En fait, votre équipe et moi avons programmé la renaissance d'une petite fille.

Bubble Tom écoutait, médusé, les explications de Créons.

– Très bien! Admettons que nos voix ont pu avoir un quelconque écho dans l'inconscient de Lobélia. Mais l'eau? Pourquoi avoir réclamé un plan d'eau? Et pourquoi ce bercement dans l'eau?

– Peut-être pour permettre à la fillette de se laver de la violence qui lui avait été faite… Je vous assure, Tom, je suis incapable de vous fournir une explication rationnelle de ma conduite. C'est peut-être difficile à croire, mais c'est ainsi. Depuis l'événement, je n'arrête pas de me questionner, moi aussi, et…

– O.K.! s'était exclamé Bubble Tom, en levant ses grandes mains dans un geste de pondération bienveillante. Tu as droit à tes secrets, après tout, alors je te les laisse. Tu vas certainement être content d'apprendre que la petite fleur va mieux, grâce à toi. Mais pourquoi tu t'es tiré aussi sec, après ton exploit? Tu as manqué le meilleur : tu n'avais pas sitôt franchi la porte que Lobélia nous est tombée dessus. On aurait juré qu'elle avait la rage! Elle nous a tous cognés ferme et j'ai été sa première cible, vu que tu avais eu la délicate attention de me la mettre dans les bras. Si je ne craignais pas de me les geler, je te montrerais mes tibias. Ils ont sûrement doublé de volume, grâce à ses mignons petits pieds ! Nous l'avons laissée hurler, taper, cracher… À la fin, elle s'est collée contre le docteur Lien et elle s'est endormie comme un chaton. C'était plutôt touchant à voir. Je parle de la petite, évidemment. Parce que l'équipe ne payait pas de mine ! Le docteur Ueshiba avait l'air d'un sushi rescapé d'une tempête en mer ! Dans l'espoir d'échapper à Lobélia, il a plongé tout habillé dans la piscine ! Quant au docteur Durepos, elle paraissait transformée en perroquet de chapelle et n'arrêtait pas de répéter : «Mon Dieu, mon Dieu, mon Dieu, mais il faut faire quelque chose !»

— Je suis bien content que la fillette soit tirée d'affaire. C'est tout ce qui importe, au fond.

— Tu m'enlèves les mots de la bouche, mec. Maintenant, si nous passions aux choses sérieuses ? Ce foutu festin de chèvre en vapeur auquel tu m'as convié, la veille du jour de l'An, quand est-ce qu'on se le farcit ?

— Mais… ce soir, si vous voulez, avait proposé Créons, tout surpris de la tournure de leur deuxième rencontre.

— Extra, mec ! Je passe te prendre à ton bunker à dix-neuf heures pile. Ah ! oui ! j'oubliais… d'ajouter Bubble Tom en lui tendant la main : si jamais tu me vouvoies encore une fois, je te fais manger mes doigts de pied en salade, et sans vinaigrette. Vu ?

19

Bubble Tom avait été ponctuel et, au cours du plantureux repas qui avait suivi, il avait raconté à Créons comment il en était arrivé à choisir la médecine, plus précisément la pédiatrie et la psychiatrie.

– D'aussi loin que je me rappelle, j'ai toujours été fasciné par les comportements et par la biologie. Mon père, à la minute même où je suis né, avait décrété, *urbi et orbi*, que je deviendrais chirurgien. Ma mère était d'accord, comme d'habitude. Tout ce que décidait mon père lui convenait. Je ne me souviens pas de l'avoir vue ou entendue remettre en question une de ses opinions, de ses réflexions, jamais. Elle était une vraie «Ouiouichéri», ma mère !

»J'ai eu droit à une éducation de gosse de riche, avec cours privés pour les matières dans lesquelles j'éprouvais des difficultés, aux classes de neige à Chamonix, aux classes vertes dans les gorges du Verdon, etc. Tu vois le menu ? Rien que du trois étoiles ! avait spécifié Tom d'un air guindé, tout en faisant un sort à la dernière moule marinière de son entrée. Tu vois, on peut dire que, jusqu'à mon entrée à l'université, j'ai été un bon fils, catégorie «Ouiouipapa». J'ai fait médecine, comme il le voulait. Mais quand est venu le temps de me spécialiser, alors là, j'ai pensé à moi.

» Le jour où j'ai annoncé à mon père que j'avais choisi la psychiatrie et non la chirurgie, il a fait une colère monumentale et il est mort, mec, comme ça, en m'engueulant ! Anévrisme cervical. Il s'est écroulé à mes pieds, foudroyé… Paf ! Et moi, docteur en médecine, tu sais ce que j'ai fait ? Au lieu de lui prodiguer les soins de réanimation cardio-respiratoire appropriés, j'ai appelé « Ouiouichéri » au secours ! Elle était dans sa salle de bains, en train de brosser ses cheveux, et quand elle est entrée en courant dans le bureau de mon père et qu'elle l'a aperçu, étendu de tout son long sur la moquette, elle a poussé un drôle de petit soupir, elle a laissé tomber sa brosse, elle s'est enfoncé une touffe de cheveux dans la bouche, comme si elle avait voulu la manger, et elle s'est évanouie. Tu imagines un peu la scène ? Deux corps allongés, et un grand fada planté juste entre eux deux, indécis quant à la conduite la plus appropriée à adopter…

» En bon fils crétin, je me suis d'abord accroupi au chevet de ma mère et j'ai pris son pouls. J'ai bien vu qu'elle n'avait rien de très sérieux. Je me suis retourné vers mon père et j'ai su qu'il était mort avant même de l'examiner. Et pendant que mes mains s'acharnaient à battre son thorax en cadence, j'ai senti comme un fil se dénouer là, dans la région du cœur … avait avoué Bubble Tom en baissant la voix.

Le maître d'hôtel avait surgi à cet instant et il avait présenté à Créons la bouteille de vin qu'il avait commandée :

– Chablis premier cru 2017, domaine des Fourchaumes, monsieur, avait-il annoncé d'une voix pincée.

Pendant le cérémonial du débouchage et de la dégustation, Bubble Tom s'était tu. Créons l'avait relancé, sitôt le maître d'hôtel reparti.

– Alors, après le décès de ton père… ?

– Je me suis longtemps cru responsable de sa mort, avait poursuivi Bubble Tom, en fait, tout le temps des trois années passées à étudier la psychiatrie que je n'ai finalement pas terminée, à cause d'un mal de l'âme grandissant. Le fil dénoué m'avait soulagé d'un poids, celui de l'image paternelle trop pesante pour mes épaules, mais il avait, en cassant, laissé une plaie béante. Je me sentais tellement mal ! Je me reprochais d'exister, de respirer, de ne pas souffrir dans mon corps pour expier. Le temps entre mes deux oreilles était à l'orage. J'étais persuadé d'avoir été un mauvais fils, désobéissant et fourbe. Pourtant, une partie de moi, celle qui avait choisi la psychiatrie au lieu de la chirurgie, insultée, se taisait et persistait. Elle estimait qu'elle était dans son bon droit, que mon père aurait dû comprendre qu'il s'agissait de ma vie, pas de la sienne. Et c'est pour rompre ce maudit carnaval d'affrontements dingues entre mes deux «moi» que j'ai finalement quitté l'Europe.

»Je suis d'abord allé au Mozambique, dans l'espoir de retrouver mes racines de nègre ! C'est dans ce pays que mon père était né et avait grandi. C'est là qu'il avait rencontré ma mère, à l'issue d'un spectacle donné par une compagnie de danse dont elle était la vedette… Là qu'il avait dû se mettre dans le crâne que si jamais il avait un fils, celui-ci deviendrait un grand chirurgien pour pousser encore plus loin le prestige de la distinguée famille Chissanno ! Les parents ne devraient jamais rêver à la place de leurs enfants… Bref, une fois au Mozambique, je me suis promené, j'ai regardé, j'ai écouté, à l'affût des moindres signes du destin. J'ai travaillé bénévolement, pendant trois semaines, dans une clinique très fréquentée par les femmes enceintes. On y faisait le suivi des grossesses et des nourrissons. C'est de là que me vient mon amour des enfants. Ah ! le premier nouveau-né qu'on m'a mis dans les mains… J'en ai chialé d'émotion ! Après, dans une autre région, j'ai donné des cours de premiers soins et j'ai tenu des cliniques de vaccination. J'étais médecin, fier de l'être, fier d'être utile, et pourtant en manque de quelque chose. Et je commençais à comprendre que ça n'avait rien à voir avec mes racines. J'ai continué à errer comme une âme en chagrin d'amour. C'est en m'intéressant à la façon dont on traitait la folie dans un village où j'étais de passage que j'ai découvert le rituel de l'exorcisme Thongas.

»Les Thongas sont persuadés que les maladies mentales viennent de dieux malicieux qui se glissent dans le corps d'un humain et le font tourner en bourrique. La prise de possession se manifeste par un brutal état d'inconscience chez le ou la malade qui se comporte alors de manière très excentrique. La famille se réunit, elle appelle un guérisseur et le supplie d'utiliser tout son pouvoir pour transformer l'agitation chaotique, erratique de la personne possédée en une possession rituelle. L'exorcisme comporte des gestes, des chants, des rythmes auxquels la famille – et parfois tout le village – participe. Le but du cérémonial consiste à obliger le dieu caché dans le corps du ou de la malade à révéler son identité. Et à le faire sortir en lui promettant un autel particulier, une quelconque récompense ou encore un objet de transfert. Le plus souvent, il s'agit d'un animal.

– Je comprends mieux, maintenant, que vous… pardon! que tu aies pensé à ce rituel en me voyant agir avec Lobélia, avait conclu Créons.

Puis, craignant que la conversation ne bifurque sur les résultats obtenus, il s'était hâté de relancer Tom sur la piste de ses souvenirs :

– Mais comment as-tu abouti à la pédiatrie?

– Je crois que le désir de mon père de me voir devenir chirurgien était encapsulé dans mon inconscient. C'est pour ça que, malgré le dépaysement, le dévouement, le renoncement, je n'arrivais à rien. La blessure s'était refermée sur le désir paternel. J'ai décidé d'en finir en l'expulsant d'une manière symbolique et je me suis inspiré du rituel Thongas. J'ai acheté un poupon de chiffon chez un brocanteur. J'ai pris une photo de mon père, celle que j'avais dans mon portefeuille. J'ai ouvert le ventre de la poupée avec un bistouri et j'y ai enfoui la photo. Ensuite, je me suis adressé à mon père, comme s'il avait été vivant et en face de moi : «Écoute, papa, ces mains que tu m'as données, je veux qu'elles servent à autre chose qu'à trancher, qu'à couper dans la chair humaine. Je veux qu'elles servent la cause des enfants malades. Tu as engendré bien mieux qu'un chirurgien; tu as engendré un médecin capable de sauver de futurs chirurgiens. Peut-être dix, peut-être vingt!» Le pacte a marché. Mon père est venu reprendre son désir pendant la nuit. Je l'ai vu en rêve, comme je te vois. Le lendemain, en me réveillant, j'ai su que j'étais enfin libre de faire ce que je voulais. J'ai retrouvé ma sérénité, ma joie de vivre, je me suis remis à rêver et à baiser heureux. Et pour finir de me persuader que j'étais désormais le seul maître de mon destin, j'ai mis le cap sur l'Amérique. En arrivant au Québec, je me suis inscrit à la faculté de médecine de l'université de Montréal. Finalement, mes trois années de psychiatrie n'ont pas été totalement perdues. Pendant ma résidence qui a duré six ans, j'ai mené de front pédiatrie et pédopsychiatrie.

L'amitié n'avait pas tardé à tisser ses fils entre Tom et Créons. Les deux hommes s'étaient découvert des affinités, à commencer par leur amour inconditionnel des enfants.

Créons avait pris l'habitude d'aller chercher son nouvel ami à l'hôpital, chaque jeudi soir. Tous deux avaient choisi ce jour de la semaine pour manger ensemble et faire relâche dans leur esprit. Tous deux aimaient le vin, s'avouaient petits gourmands et grands gourmets, et sans attaches sentimentales ou familiales. Créons avait préféré ne pas parler de sa sœur à son nouvel ami. Quant à Garance, à quoi bon? Il vaut mieux taire le passage des comètes en colère. La jeune femme traversait sa vie, de temps à autre, mais sa *garde* était toujours levée.

Chaque jeudi soir, donc, Créons commençait par attendre patiemment son nouvel ami, faisant les cent pas dans le vaste hall de l'hôpital. Se sentant irrésistiblement attiré par le service où travaillait Tom, il finissait par s'y rendre. Il prenait l'ascenseur jusqu'au cinquième étage, entrait dans le petit salon réservé aux parents et aux visiteurs, s'asseyait et feuilletait distraitement un magazine en jetant, à intervalles réguliers, un coup d'œil vers le corridor principal qui aboutissait au service de Tom. C'est dans cette unité que séjournaient les enfants ayant subi un grave traumatisme, physique ou psychologique; et aussi les jeunes malades venus de l'étranger, dans le cadre d'un programme d'aide aux pays surpeuplés et endettés. Chaque année, l'hôpital recevait une centaine de garçons et de fillettes, tous atteints de graves maladies, surtout celles que la médecine occidentale avait appris à maîtriser.

Le travail de Bubble Tom consistait, dans un premier temps, à expliquer aux enfants ce dont ils souffraient et ce qu'on allait leur faire. Parfois, il devait leur annoncer de mauvaises nouvelles concernant leur intégrité physique ou, pire, le temps qu'il leur restait à vivre. «J'interviens presque toujours dans des situations de crise, avait-il expliqué à Créons. Et je t'assure que c'est pas jojo d'apprendre à un enfant qu'on va devoir l'amputer, qu'il va subir une opération comportant des risques certains, ou une transplantation, etc. On est parvenu à les faire naître parfaits, nos *kids* américains, mais on n'a pas encore trouvé le moyen de les protéger des accidents, des attentats, et des mauvais traitements de certains adultes au cerveau fêlé! Tu vois, dans le fond, je suis un passeur, un *lifeguard* et un bricoleur : j'aide les enfants à traverser les zones de turbulence sans trop de casse, j'essaie de repêcher ceux qui ont coulé à pic, de recoller les facettes éclatées de personnalités qui ont volé en éclats à la suite d'une tragédie. Parfois, quand il n'y a plus rien à faire – cela arrive, hélas –, je les accompagne jusqu'à l'ultime frontière… Je le fais à ma manière, qui n'est pas toujours bien vue de certains de mes confrères, mais comme j'ai des résultats intéressants et surtout comme j'ai une excellente réputation auprès des mômes…»

Habituellement, à peine Créons avait-il mis le nez dans un magazine que Bubble Tom surgissait et le faisait entrer. «Je te vois arriver sur les écrans de contrôle et je me rappelle alors que nous avons rendez-vous! Bon, qu'est-ce que t'attends? Tu veux prendre racine dans le fauteuil? Suis-moi, y a pas de danger, c'est pas le service de quarantaine chez nous», ronchonnait-il en faisant claquer une énorme bulle de gomme violette ou jaune.

Le service comprenait cinq chambres réservées aux cas les plus graves et une grande salle où étaient alités, séparés par des paravents, une douzaine d'enfants. En entrant dans la salle, Bubble Tom faisait le pitre, bousculait Créons pour le plaisir, ce qui ne manquait pas de faire rire les petits malades et, au moment où son ami s'y attendait le moins, il lui flanquait un plateau ou un enfant dans les bras, fulminant bruyamment à cause du retard d'un infirmier ou d'une infirmière :

– J'achève la tournée des petits ducs et duchesses, mec… Si tu me faisais manger ce gamin-là, il a droit à la purée, enfin, ben, on partirait plus vite. Moi, je m'occupe du petit dernier arrivé, chambre deux : brûlé au troisième degré, à quatre-vingts pour cent de sa surface corporelle. Il nous faudra deux ans avant de lui rendre son physique d'origine. Remarque, c'est un progrès. Il y a tout juste vingt ans, on arrivait, avec un peu de chance, à réchapper les grands brûlés, mais pour les raccommoder en beauté, c'était une autre histoire! Maintenant qu'on a découvert comment cultiver la chair humaine à partir d'un lambeau de peau saine appartenant à la victime, et qu'on a trouvé le moyen de neutraliser la myofibrille et le métabolisme du collagène responsables des cicatrices, on est entré dans l'âge d'or de la plastie et de la chirurgie. On coupe, on taille, on remplace, on ajuste, on greffe et puis on colle! Une petite retouche au stylo laser, si nécessaire, et le tour est joué. On ne peut pas toujours redonner aux personnes défigurées leur visage d'avant, mais c'est toujours très esthétique, sans tissu cicatriciel, et je peux te dire que certains y gagnent au change! Attends-moi, je reviens.

20

Créons était vite devenu le copain des enfants hospitalisés dans le service de Bubble Tom. Ses grands yeux bleus, sa tignasse rebelle et sa voix mélodieuse faisaient fureur. Chaque jeudi, dès qu'ils le voyaient arriver derrière le médecin, ceux qui étaient en mesure de se déplacer le suivaient à la trace et lui réclamaient une histoire.

Créons prenait un réel plaisir à satisfaire leurs désirs et à leur raconter des choses qui les fascinaient, sur les étoiles, la lune et le soleil. Il abordait aussi des thèmes nouveaux, dont ils n'avaient encore jamais entendu parler. Par exemple, les cordes cosmiques de Gott, ces immenses filaments de matière hyperdense, primitive et indifférenciée, qui se baladent dans l'univers : « Vous imaginez un peu, les enfants, un seul petit centimètre de corde cosmique pèse autour de treize millions de milliards de tonnes ! Si je vous mettais à bord d'une fusée et que je parvenais à vous lancer dans les parages d'une de ces cordes, vous pourriez faire une excursion dans du temps froissé comme une feuille de papier. Et vous auriez la surprise de vous observer en train de décoller de la terre, au moment précis où j'ai lancé votre fusée dans l'espace. Vous savez pourquoi ? Parce que les cordes cosmiques sont si lourdes qu'elles creusent l'espace-temps et qu'elles forment des raccourcis. Grâce aux cordes de Gott, nous allons peut-être finir par trouver le moyen de voyager dans le temps.»

En attendant que Bubble Tom s'éjecte de la corrida, comme il disait, Créons divertissait les enfants, à sa manière, et il en retirait une extraordinaire satisfaction. Il avait cru, jusque-là, qu'il n'avait pas de goût particulier pour les enfants, ni pour en avoir un, bien à lui, ni pour s'en occuper. Il découvrait des petites personnes attachantes, vulnérables, exigeantes et pourtant courageuses, généreuses, terriblement lucides et merveilleusement promptes à déployer les ailes de leur imaginaire.

Un certain jeudi soir, il était arrivé avec son livre d'histoire préféré, *Le Petit Prince*, d'Antoine de Saint-Exupéry, et il leur en avait fait la lecture en prenant soin de déguiser sa voix, exactement comme l'avait fait Clara pour Aube et lui, dans le temps. Il avait un faible pour le personnage du renard, et il s'appliquait à parler dans le masque pour donner à l'animal les couleurs vocales qu'il méritait.

Le récit avait plu aux enfants, et cela avait donné une idée à Bubble Tom qui n'avait pas manqué de commenter l'événement : «Belle histoire, mon frère, mais elle a comme un relent de naphtaline. Si on lui faisait une suite un peu éclatée, plus près des enfants de cette époque qui n'est déjà plus tout à fait la nôtre? avait-il proposé à Créons. Ce serait fameux pour célébrer Pâques… Parce qu'il n'est pas question de laisser tous ces jeunes canards stagner seuls dans leur mare en un pareil jour!»

La suite en question avait pris l'allure d'un spectacle intitulé *Le Petit Kid*, d'Avoine de Saint-Charivary. Les deux hommes l'avaient conçu avec énormément de plaisir et, pour la première fois depuis qu'ils se connaissaient, Bubble Tom avait invité Créons à son appartement situé rue du Fort, dans l'ouest de Montréal. Le séjour était tout ce qu'il y a de plus

ordinaire. La cuisine, ultra-fonctionnelle, débordait d'us-
tensiles et de bocaux de verre contenant des pâtes et des
légumes secs, de fines herbes en pot, du vulgaire persil au
précieux cumin, trahissant les penchants de l'occupant pour
les plats bien épicés. La chambre, d'aspect monacal, abritait
un lit, une commode à moitié décapée et un superbe fauteuil
de cuir fauve placé juste en face du murvision. «Accroche-
toi, maintenant, l'avait prévenu Bubble Tom en ouvrant la
porte de la dernière pièce, c'est là-dedans que je me débul-
litionne, que je me dilate les boyaux, que je me déconstipe
les hémisphères, que je me défripe la rate, que je me reprise
le cœur et… que je déguste parfois de belles et tendres
gazelles, consentantes, il va sans dire. Voici mon oasis de
poche, mon havre de folie. Enlève tes chaussures et tes bas
et donne-moi la main…»

Créons n'avait pu retenir un «Eh ben!» de surprise.
Tout le sol de la pièce était recouvert de sable. Un curieux
éclairage, paraissant venir du plafond et des murs, donnait
l'impression d'un soleil en train de se coucher. Ça et là, des
cactus aux formes généreuses et insolites semblaient se livrer
un combat pour l'occupation de la place.

– Si tu ne peux aller au désert, invite le désert chez toi!
avait commenté Bubble Tom en désignant à son ami un tapis
circulaire supportant une armada de coussins aux couleurs
crues. C'est ici, sur cette table en métal martelé achetée à
un Bédouin, que nous allons pondre notre chef-d'œuvre.
Puis, mettant ses grandes mains en cornet, il avait lancé : Ho!
Bouche-toi les oreilles, Saint-Ex; ce que nous allons écrire
ne sera pas sage! La poésie a foutu le camp, mon vieux. Elle
a décampé sans rien dire, et des rumeurs veulent qu'elle se
soit mise en ménage avec l'amour dingue! Alors, c'est pas
demain la veille du siècle où elle va nous remontrer ses
cuisses de nymphe…

C'est donc avec les orteils enfoncés dans le sable, en
buvant des litres de thé à la menthe très sucré et en se gavant

de dattes fourrées à la pâte d'amandes que les deux hommes avaient accouché de l'histoire du fils du Petit Prince.

L'action se déroulait dans l'espace :

Smarties, le fils du Petit Prince et de la sémillante psychologue des roses, dans l'espoir d'échapper à ses cours d'informatique 1, 304, a enfilé son blouson à ventilation autonome et ses bottes de coursier intersidéral, enfourché sa cosmocyclette dotée de huit systèmes antivol et s'est glissé dans le couloir strastospériphérique numéro vingt-six, en réparation ce jour-là.

Le voilà tout content, libre comme l'air, à l'abri des caméras et des moniteurs de surveillance, de son prince de père et de sa psypétalique de mère. Il se laisse dériver dans l'espace en profitant pour répéter, tête en bas, quelques mouvements compliqués de taï chi cosmique, quand il aperçoit un cosmonaute venant dans sa direction. Encore un terrien, pense-t-il, il n'y a plus qu'eux pour porter de tels costumes aussi encombrants.

– Bonjour, petit. Mon vaisseau a été abîmé par un météorite que mon ordinateur central n'a pu repérer, déclare le voyageur en guise de salutation.

Le petit kid le regarde en silence, un brin dubitatif. Cela lui rappelle les aventures survenues à son père, lorsque les recteurs de la planète l'avaient obligé à aller faire un stage sur la Terre. Quelques minutes à peine après son atterrissage dans le désert, il avait rencontré un drôle d'aviateur dont l'appareil était tombé en panne, et il lui avait aussitôt demandé de lui dessiner un mouton. Pourquoi un mouton ? Pardi ! cela tombait sous le sens : parce qu'il était fatigué de devoir, soir après soir, en compter dans sa tête pour s'endormir. Avec un vrai mouton, en laine et en gigot, ce serait tellement plus amusant. Il n'aurait qu'à l'installer sur un trampoline et à lui demander de sauter... Le Petit Prince était bougrement futé. Il faut toujours rapporter un souvenir utile d'un voyage, lui avaient appris ses parents, deux poètes spécialisés dans le compostage des rimes perdues.

Smarties, lui, n'avait que faire des moutons. Désormais, sur sa planète, quand on voulait dormir, on s'enfermait dans un cabinet baptisé le reposoir Lidort, on actionnait le compte-minutes, et bonjour-bonsoir! En moins de quarante minutes, le Lidort vous alphatisait les ondes cérébrales, vous resynchronisait les systèmes, sympathique et antipathique, vous détendait les muscles, lisses, striés et cafécrispés, bref, il vous rendait fringant et dispos comme un gardon de lune.

Smarties, lui, a bien mieux à demander au cosmonaute, et il ne voit pas pourquoi il se gênerait. Où il y a de la gêne, il n'y a pas de recyclage possible, même en pochette-surprise, et pas d'économie de la pensée, même en granules homéopathiques.

– S'il vous plaît... dessine-moi un lac de chocolat noir!

– Hein!

– T'es sourdingue ou quoi? Dessine-moi un lac de chocolat noir, suisse de préférence et en trois dimensions.

Le cosmonaute saute sur ses bottes comme s'il avait été frappé par une comète. Il ôte son casque et ses gants, et ajuste ses lentilles de contact à courte distance en clignant des yeux. Il regarde attentivement le kid qui le considère avec curiosité. Voilà le meilleur portrait que, plus tard, il a réussi à faire de lui : dix ans, pas plus, des yeux changeant de couleur toutes les trente secondes. Il est vêtu d'un curieux blouson : on dirait de la peau de roses noires traitée à l'antimoine...

Bref, pendant vingt minutes, les enfants avaient eu droit à un beau délire de mots et de situations drôles, un brin chocolatées. En guise de décor, Créons avait projeté au plafond, une fois toutes les lumières éteintes, des hologrammes d'étoiles. Tom avait trouvé une vieille bande de musique Nouvel Âge qui, selon lui, faisait très sidéropascal.

Pendant qu'il donnait la réplique à Bubble Tom, Créons avait soudain pris conscience que son ami ignorait encore tout de l'existence de son impressionnante banque de sons. Habitué à dialoguer avec son miroir, il éprouvait une grande gêne à parler de son passé. Curieusement, la première chose qu'il avait partagée avec Bubble Tom, c'était son amour des enfants, un sentiment dont il se croyait totalement démuni…

À la fin du spectacle présentant les aventures du *Petit Kid*, d'Avoine de Saint-Charivary, les deux hommes s'étaient amusés à bombarder les enfants avec des œufs en chocolat, noir comme de raison.

21

Dix mois après leur première et très singulière rencontre, Bubble Tom avait proposé à Créons de l'accompagner pour une fin de semaine à Saint-Jovite. Les codirectrices du tout nouveau delphinarium *Le Berceau*, dont il avait fait la connaissance peu après son arrivée au Québec, l'avaient invité à assister à l'inauguration officielle du lieu, en compagnie d'une personne de son choix.

Bubble Tom avait aussitôt songé à son ami. Créons ayant manifesté une certaine hésitation – il n'aimait ni les foules ni les mondanités et, en vieillissant, il supportait de moins en moins l'idée de devoir faire semblant –, le pédiatre-psychiatre lui avait habilement fait valoir le caractère original de l'événement. Il leur serait possible de nager avec trois dauphins, les mascottes et *thérapeutes* du centre, dans un immense bassin alimenté en eau de mer. Un projet de cent dix millions de dollars, du jamais vu au Québec, dans le domaine des centres de thalassothérapie familiale. Ils pourraient également visiter la maternité où les femmes qui le souhaitaient auraient la possibilité d'accoucher dans le petit bassin des naissances, contigu aux chambres de travail. Deux matinées et deux soirées par semaine, parents et enfants étaient aussi invités à nager avec les dauphins ou à se reposer dans des nacelles flottantes.

Des dispositions avaient été prises pour permettre à Bubble Tom et à quelques autres invités, triés sur le volet, d'expérimenter tranquillement le grand bassin et ses nacelles, avant les cérémonies d'ouverture officielle et la réception qui devait suivre. Tenté par l'expérience, Créons avait finalement accepté l'offre de son ami.

Les deux hommes avaient quitté la ville tout de suite après le petit-déjeuner, à bord de la camionnette de Bubble Tom, celle qui lui servait à emmener certains de ses petits protégés à la Maison de l'ostéopathie, rue Sterling, juste au pied de l'université de Montréal, afin qu'ils puissent recevoir des traitements dispensés bénévolement par une équipe de kinésithérapeutes, d'ostéopathes et de massothérapeutes chevronnés.

— Quand nous serons arrivés au *Berceau*, je te ferai voir quelque chose de pas mal fantastique, mon frère, avait annoncé Bubble Tom à Créons, à mi-chemin du voyage.

»Rassure-toi, ce n'est pas ma bite ! Cette précieuse pièce de mon anatomie, c'est tous droits réservés à Marika, ma nouvelle copine, une rousse plantureuse qui me secoue le générateur du sous-sol avec ses yeux de grande démone… J'ai fait sa connaissance pas plus tard qu'hier, et j'avais hâte de t'en parler. La mignonne est venue nous expliquer le fonctionnement d'un nouveau logiciel de chronobiologie. Le bidule, très haut de gamme, nous permettra de déterminer, pour chaque petit patient, à quelle heure du jour ou de la nuit il convient de lui administrer un médicament ou un traitement, si nous voulons en optimiser l'efficacité et en réduire les effets secondaires les plus fâcheux. Bientôt, mec, je te le dis, on nous proposera un logiciel qui nous indiquera à quelle heure il faut couvrir son ou sa partenaire de bisous mouillés pour un investissement maximum, et à quel moment de la journée il vaut mieux pisser pour un déversement d'urée classée grand cru de l'année… Bof ! On finira par s'y faire.

»Laisse-moi maintenant m'étendre sur un sujet beaucoup plus voluptueux, j'ai nommé : Marika la roussette. Tout en écoutant son boniment, je lui ai fait mon numéro de charme et, à la fin de la présentation, je lui ai refilé mes coordonnées en prétextant que j'étais un peu lent à comprendre les programmes informatiques et qu'une leçon particulière m'était indispensable. La divine a réagi au quart de tour en me proposant une formation intensive, avec des babines moulées en cœur de guimauve. J'ai répliqué avec un feu d'artifice de sourires, les babines en hamac émoustillé. Elle m'a fait un frotti-frotta avec son pied, bref... bon, ben, j'aboule : nous allons souper ensemble la semaine prochaine, rassure-toi, pas jeudi. Je compte bien te la présenter un de ces quatre, si ma chance dure, évidemment ! Avec les nanas, tu sais quand la boum commence, mais tu ne peux jamais prévoir quand elle se termine. Il y a des fois où j'ai cru avoir un ticket pour le bout du monde, et je ne me suis pas rendu plus loin que le bout de mes baskets...

Les deux amis étaient arrivés au *Berceau* vers la fin de l'avant-midi. Ils s'étaient empressés d'aller nager avec les dauphins, afin de profiter de la tranquillité temporaire des lieux. Ils avaient eu un plaisir fou à se laisser traîner par le grand Fats Domino, un mastodonte de plus de deux mètres cinquante-cinq de long, sa compagne, la très gracieuse Marilyn, et leurs fils, Ruper.

Les trois cétacés avaient été dressés dans un centre aquatique de l'Arizona, et ils avaient déjà pris leurs habitudes dans le bassin, prêts à frayer avec les enfants autistiques, à stimuler les déprimés et à faire la conquête des timides pathologiques. Harnachés de selles et de poignées, les mammifères marins se laissaient docilement monter, et ils semblaient être capables d'évaluer rapidement le genre de contact souhaité : discret, affectueux, stimulant ou taquin.

Bubble Tom avait eu droit à une rafale amicale de petits coups de rostre sur ses jambes, de la part de Ruper. D'après les spécialistes des delphinidés et de la thalassothérapie, les propriétés exceptionnelles de l'eau de mer jointes à l'influence des dauphins favorisaient une croissance harmonieuse des bébés et, sur le plan énergétique, des échanges bienfaisants pour les enfants atteints d'un problème de comportement ou de psychomotricité. C'est, du moins, ce qu'assurait le communiqué remis à chaque invité par la relationniste de l'établissement.

«Rien de bien neuf là-dedans, avait décrété Bubble Tom en le feuilletant rapidement. Le chercheur soviétique Igor Tiarkovski a longuement étudié les effets de l'eau sur les enfants, il y a une vingtaine d'années. Il était fermement convaincu qu'en laissant naître les bébés dans l'eau on assisterait à une évolution de l'espèce humaine. Il appelait ses petits cobayes, dont ses propres rejetons initiés à l'eau dès leur naissance, les enfants de l'Océan. Quant à l'influence du dauphin sur l'être humain, nous sommes à peu près certains que c'est grâce à son sonar, son système d'écholocation, qu'il peut faire une sorte de lecture rapide des ondes électriques produites par notre cerveau. Une chose est sûre, pour toi et moi l'évolution par l'eau, c'est trop tard. Nous sommes les vieux enfants de la Terre, et nous ne sommes pas en meilleure forme qu'elle, à mon avis… Si nous continuons à trop travailler de la tête, nous risquons de mourir d'un choc toxique des neurones!»

Après être passés sous la douche et sous le séchoir, Créons et Bubble Tom s'étaient rhabillés et étaient allés s'asseoir dans la serre attenante au grand bassin. On y faisait la culture de roses à très longues tiges, de toutes les couleurs, tout spécialement la Jackie O. Kennedy dont les pétales rose vif étaient ourlés d'un feston noir largement dentelé. Un maître d'hôtel était venu leur offrir un coquetel de jus de fruits exotiques et des beignets aux pétales de roses.

Affalé dans une bergère, Bubble Tom avait sorti de sa poche un petit carnet gris dont les quatre coins étaient ornés de bandeaux violets et il l'avait tendu à Créons.

– Je voudrais que tu y jettes un coup d'œil. J'ai pris la peine de consigner là-dedans, avec un scrupule qui m'honore, toutes tes bonnes actions des dix derniers mois, mec. Rassure-toi, les ordinateurs ne sont pas au courant. Ces bavards programmés, je m'en méfie comme de la grande peste bubonique… Ce qu'il y a dans ces pages, je suis le seul à le savoir.

Intrigué, Créons avait ouvert le carnet. Sur chaque page, figurait un prénom d'enfant suivi d'un diagnostic médical, de dates et de graphiques auxquels il n'avait strictement rien compris.

– C'est quoi, tout ça? s'était-il enquis en tendant le carnet à Bubble Tom qui n'avait rien fait pour le reprendre.

– Je suis, et je m'en vante, mon frère, un excellent observateur. Pour je ne sais trop quelle raison, je t'avais à l'œil, après l'histoire de la petite fleur… J'ai fini par constater un phénomène bizarre. Le lendemain de chacune de tes visites, un des mômes de mon service se mettait à aller mieux. Un mieux surprenant, inespéré, inexplicable, parfois physiologiquement impossible. Tout est consigné là-dedans, tu n'as qu'à vérifier. Tu as fait s'envoler des poussées de fièvre, tu as fait se résorber des infections, des œdèmes et des hématomes à une vitesse stupéfiante. Tu as fait se cicatriser de vilaines plaies en un temps record. Et, la mayonnaise sur le koulibiac, dans un cas, tu as fait disparaître des métastases osseuses en quinze jours. Les oncoradiologistes n'ont rien compris au phénomène. Ils ont noté «régression spontanée», dans leur rapport. Les enfants qui allaient mieux étaient ceux que tu avais tenus dans tes bras.

– Es-tu en train d'écrire un autre conte surréaliste, Tom? avait demandé Créons d'une voix blanche.

– Pas du tout! avait riposté Bubble Tom d'un ton joyeux. Et, se servant de ses index comme de baguettes pour taper sur la table et ponctuer la suite de son discours, il avait ajouté : J'essaie de te démontrer que tu sembles avoir la capacité de guérir. Je ne sais pas ce qu'il y a au bout de tes doigts, mon vieux, mais tu es plus efficace que les meilleurs spécialistes de mon équipe! Je suis jaloux!

Créons s'était tassé sur sa chaise et ses joues s'étaient empourprées. La prédiction de sa sœur Aube s'était brusquement réveillée dans sa mémoire, en même temps qu'il lui semblait entendre sa voix : «Je t'affirme solennellement que tu es né pour guérir les maux de ceux qui t'entourent. Tes mains s'éveilleront le jour où…» Lentement, il avait passé une main sur son front et ses yeux, comme si ce geste pouvait effacer l'instant présent, Bubble Tom et son regard mi-admiratif mi-goguenard, et surtout, surtout, le maudit carnet gris. Puis il avait tenté de se ressaisir. Il ne devait surtout pas céder à la panique, mais s'efforcer de retrouver son calme et remettre Tom à sa place :

– Tu tiens des propos scientifiquement inacceptables, Tom, et tu le sais, avait-il enfin répliqué, en broyant nerveusement entre deux doigts la capucine accrochée au bord de son verre.

– Tu as raison, mon frère. Ce que tu as fait est scientifiquement… je ne dirais pas inacceptable, mais impossible. Et pourtant, tu l'as fait!

– Tu penses vraiment que je suis pour quelque chose dans cette histoire à dormir debout? Je suis un astrophysicien, Tom, pas un médecin, et j'ai une sainte horreur des maladies. Je ne comprends absolument rien à tes divagations et je ne me sens absolument pas concerné par ce tu as écris dans ce carnet! Si quelque chose d'anormal ou d'exceptionnel est survenu dans ton service, je n'y suis pour rien! avait affirmé Créons en haussant le ton. Puis, conscient de son emportement, il avait baissé la voix, comme gêné d'ajouter :

– Écoute, ce que tu prétends avoir observé a sûrement une explication logique. Les enfants ont une capacité de récupération extraordinaire, et tu es particulièrement bien placé pour le savoir. Admettons que mes visites ont eu sur eux, tout au plus, un effet réconfortant, apaisant, distrayant... du même coup, leur moral s'en est trouvé amélioré et la nature a fait le reste! C.Q.F.D.!

Tom avait repris le carnet et s'était mis à l'agiter sous le nez de Créons comme s'il s'était agi d'un éventail :

– Toi, tu as peur, et pas qu'un peu! Pourquoi? Je te fais simplement part de ce que j'ai observé et je soulève une hypothèse : on dirait bien qu'il existe un lien entre tes visites et les guérisons que j'ai constatées. Il n'y a pas de quoi prendre le mors aux dents! Ferais-tu donc partie de ceux qui ne supportent pas que l'on entrouvre la porte de l'intangible, du *psi*, comme disent les fins connaisseurs? Ça me surprends!

Cette fois, Créons avait explosé :

– Le *psi ?* Tu voudrais me faire gober des histoires de guérisons paranormales, toi, un médecin, toi, un scientifique? Tu me prends pour quoi, au juste, un fakir, un illuminé, un gourou? Le plus surpris des deux, c'est moi!

– C'est parce que je suis médecin que je me sens obligé de remettre constamment en question les notions que l'on m'a apprises. Les résultats qui sont consignés dans ce carnet ne doivent rien aux traitements ou aux médicaments que mon équipe a administrés. Ils sont liés à tes visites, aux contacts physiques que tu eus avec mes patients. Je suis loin de parler à travers ma tignasse de grand nègre, mon frère. J'ai fait ma petite enquête, figure-toi. Tape les mots *guérison paranormale* sur ton ordinateur, en rentrant. Moi, je l'ai fait. J'en ai eu pour une journée à voir défiler des références de récits, d'articles, de conférences et de recherches consacrés au sujet. J'y ai trouvé de tout, du meilleur et du pire.

»J'ai retenu les résultats d'expériences originales et fort bien menées au Allan Memorial Institute de Montréal, entre les années 1980 et 1990. Le chercheur, docteur en biologie, après avoir soumis un guérisseur volontaire à une fouille en règle, a suivi un protocole qui m'a paru sans faille : il lui a demandé de promener ses mains, pendant quinze minutes, cinq jours d'affilée, sur le dos de souris blanches auxquelles il avait ôté un lambeau de peau de la même grandeur pour toutes. Un même nombre de souris, de même souche et ayant subi le même traitement, ont été exposées aux mains d'étudiants en médecine littéralement pliés en quatre à l'idée de participer à une expérience *psi*. Un autre groupe de souris a été exposé à une source mécanique produisant la même chaleur que celle dégagée par les mains humaines ; et, enfin, un quatrième groupe a servi de témoin et n'a été exposé à rien du tout, sauf au bistouri du chercheur. Tous les jours, pendant dix jours, le chercheur a photographié chaque groupe. Résultat ? Les souris du groupe exposé aux mains du guérisseur ont guéri nettement plus vite et mieux que les souris des trois autres groupes. Vise un peu la suite : intrigué, le chercheur a recommencé ses expériences à trois reprises. Encore une fois, le guérisseur a travaillé plus vite que la nature. Le biologiste a ensuite demandé à des collègues de l'Ouest canadien de reprendre l'expérience dans leur laboratoire, avec un guérisseur recruté par eux, cette fois. Même troublant résultat… Ce serait très long de te raconter tout ce que j'ai dégotté au cours de ma petite enquête. La conclusion à laquelle j'en suis arrivé est la suivante, mon frère : tu as forcément un don, le même que celui de ces guérisseurs, j'imagine.

Muet, les bras croisés, Créons avait écouté, impassible, le long discours de son ami :

– J'aime les enfants, tu le sais, et c'est pour aider ceux qui sont malades, dans leur corps ou dans leur tête, que je suis devenu psy-péd. Or, voilà que je découvre que mon pote semble capable de stimuler chez eux, et à leur insu, le processus naturel de la guérison... Je ne sais pas comment il fait et, au fond, je m'en tamponne le coquillard! Je ne vais pas lever le nez sur un filon qui marche, jusqu'à ce que la médecine me fournisse une explication acceptable du mécanisme et m'autorise à m'en servir! Je suis preneur, là, tout de suite, parce que les mômes malades n'ont pas le temps d'attendre! Pour moi, tous les moyens qui marchent sont bons, pourvu qu'ils marchent! Quant au mode opératoire, si je trouve à comprendre en chemin, tant mieux; autrement, tant pis! Au cours de ma petite enquête, je suis tombé sur une phrase qui mérite d'être mastiquée longtemps : «Oublie ce qu'on t'a appris, tu comprendras mieux ce qui se passe autour de toi.

Accablé, Créons avait conclu qu'il était peut-être temps de révéler à Tom les bizarres talents de sa sœur. De lui raconter ce qu'il lui avait vu accomplir, lorsqu'elle était toute petite. De lui parler de la façon dont elle était passée de ses exploits avec le métal à ses visions de drame et de catastrophe. Des crises de délire qui la frappaient soudainement et la figeaient sur place, de la voix de transe, monocorde, qu'elle prenait pour rapporter ce qu'elle voyait ou entendait. De son scepticisme à lui, quant à la valeur réelle des prédictions de sa sœur. Et tout spécialement de celle qui se rapportait à ce don de guérison qui, selon elle, dormait en lui. Enfin, de ses doutes sur l'équilibre mental d'Aube. Sa sœur prenait plaisir à naviguer en eaux troubles, à caracoler avec insouciance à la lisière de la réalité. Elle était une incorrigible rêveuse, incapable de départager imaginaire et réalité, de garder les deux pieds dans le réel. Une femme entre deux mondes, fragile de partout, plus près des elfes et des fantômes que des humains. Peut-être qu'en avouant à son ami de qui il était le demi-frère il éclaircirait la situation. Peut-être qu'en réfléchissant à haute voix il trouverait une explication…

Pendant le récit de Créons, qui s'exprimait lentement et semblait peser soigneusement chacun de ses mots, Bubble Tom n'avait pu retenir quelques sifflements de surprise.

– Ta sœur a des dons de médiumnité, tiens donc!

– Je ne crois pas à la médiumnité. Aube a énormément d'instinct et d'imagination, avait fini par reconnaître Créons, et c'est ce qui explique, d'après moi, qu'elle arrive à faire mouche, de temps à autre. Mais, de là à admettre qu'elle peut réellement prévoir ce qui va se passer dans la vie d'une personne, et dans la mienne en particulier, il y a un énorme pas que je refuse de franchir, au nom de la juste raison!

Après un silence, il n'avait pu s'empêcher d'ajouter :

– Le jour de la mort de notre mère, Aube n'a strictement rien vu. Si elle avait pu prévoir cette catastrophe, alors oui, peut-être que… Mais elle n'a pas vu venir l'attentat qui allait anéantir la personne la plus importante de notre univers, celle que nous chérissions entre toutes, et notre père, par ricochet! Alors, je te pose la question, Tom : comment veux-tu que j'accorde le moindre crédit à sa prédiction me concernant? Et, désignant le carnet : Comment veux-tu que je prenne ce que tu as écrit là-dedans au sérieux? On dirait qu'Aube t'a donné des cours par correspondance, ma parole!

Bubble Tom avait laissé échapper un long fchhh! agacé :

– Est-ce que j'entends bien? Tu es en train de m'avouer qu'il aurait suffi que ta sœur prévoie la mort de ta mère pour que tu croies en son don et peut-être aussi au tien? Réponds, mec!

– Oui et non, peut-être, je ne sais plus… Je suis dérouté par ce que tu viens de me révéler. Mets-toi un instant à ma place. Je veux bien essayer de comprendre ce qui se passe dans ton service, moi aussi, mais les arguments que tu m'as servis ne valent rien. Je suis incapable d'accepter les éléments de preuve qui semblent te suffire, à toi, avait murmuré Créons avec lassitude. Des souris écorchées, des photos possiblement truquées, un biologiste rongé par une crise de mysticisme... De vieux rapports aux sources invérifiables... Où est le lien entre tout ce délire et ça ? avait-il demandé en désignant le carnet du bout du doigt. Il y a une faille dans ton histoire, Tom, forcément. Comme il y en a aussi une pour les cuillères et les aiguilles que ma sœur tordait quand elle était petite.

– Minute ! Tu l'as vue faire ou pas ?

– Je me souviens très bien de l'avoir vue faire, d'accord. C'était suffisamment spectaculaire pour que je n'oublie pas. Mais si j'avais pu filmer la scène, analyser les lieux, je suis certain que je serais aujourd'hui en mesure de découvrir pourquoi ces phénomènes survenaient. Une chose est sûre : Aube ne pouvait pas tricher comme l'ont fait d'autres manipulateurs que des journalistes ont d'ailleurs réussi à prendre en flagrant délit de fraude, elle était bien trop petite ! Peut-être s'agissait-il d'un champ de force électromagnétique ?

Bubble Tom s'était penché vers son ami :

– Moi, je te dis ceci, mon frère : il y a des formes d'énergies que nous connaissons bien et que nous avons appris à maîtriser, pour le meilleur et pour le pire. Mais il existe aussi des énergies plus subtiles qui nous échappent totalement. Toi qui as choisi le cosmos comme terrain d'exploration, tu es bien placé pour le savoir, pourtant ! Je suis très content que tu m'aies parlé de ta sœur. Elle et toi avez un point en commun : vous êtes capables de canaliser une forme d'énergie qui donne des effets spéciaux. Tu l'as vue agir, tu l'as entendue annoncer des choses qui sont arrivées. Moi, je t'ai vu agir et j'ai pu observer les résultats. Vous semblez tous deux avoir accès, sans le vouloir et sans en connaître vraiment le mode d'emploi, elle à une banque de renseignements, et toi à… appelons ça une centrale d'énergie. Ça, pour moi, c'est une hypothèse tout à fait acceptable qui m'autorise à poursuivre l'aventure. En conviens-tu?

Créons n'avait pas bronché. Bubble Tom avait poursuivi :

– Tu sais ce qui t'empêche d'accepter l'idée que mon hypothèse soit valable? Tu sais ce qui empêche la plupart des scientifiques de notre époque, et des autres qui l'ont précédée, de progresser dans l'observation et la compréhension des phénomènes *psi*? Ce sont les préjugés auxquels ils se cramponnent jusqu'à en devenir ridicules et parfois méchants. Toute l'histoire de la science est une lutte perpétuelle contre les préjugés. Chaque époque a connu ses épisodes d'ostracisme. On a ridiculisé William Harvey, lorsqu'il a découvert la circulation sanguine. Il y a tout juste vingt-cinq ans, on a salement emmerdé et cherché à discréditer Jacques Benvéniste quand il a publié ses premiers résultats sur la mémoire de l'eau, et aujourd'hui…

Créons l'avait interrompu plutôt sèchement :

– Puisque tu t'intéresses tant à l'histoire, Tom, je te suggère, quand tu rentreras chez toi, de taper les mots : ésotérisme, secte et aussi Temple solaire, Jonestown, pendant que tu y es. Tu verras jusqu'où peut mener l'enthousiasme fanatique ou le fanatisme enthousiaste de ceux qui font fi des acquis de la science, qui quittent la route bien balisée de la raison pour les sentiers obscurs de l'irrationnel!

– Pourquoi opposes-tu des tragédies, imputables à d'odieuses tricheries liées à une soif pathologique de pouvoir, à des faits bien réels et bien concrets? J'essaie de t'expliquer mon hypothèse, mais tu ne m'écoutes pas.

– Ce que tu me racontes est insensé, irrecevable!

– Fort bien. Abordons la question autrement. La semaine dernière, tu m'as parlé de ces étoiles ratées, vouées à un refroidissement sans fin, que vous avez baptisées, vous les astromachins, des naines brunes. Tu m'as avoué qu'après trente ans de recherche vous n'avez toujours pas découvert où elles créchaient. Et pourtant, selon toi, elles existent! Eh bien, cette énergie dont je te parle, elle existe aussi, même si je ne suis pas en mesure de te dire où elle se planque. C'est pareil!

Devant le silence obstiné de Créons, Bubble Tom avait baissé les bras :

– Je ne veux pas que notre fin de semaine soit gâchée… alors, convenons que nous reprendrons ce débat plus tard, d'accord?

– Oh! non! avait sèchement riposté Créons. Finissons-en. Qu'est-ce qu'on fait, maintenant? Je suppose qu'il vaut mieux que je n'aille plus te chercher à l'hôpital, que je me tienne loin des enfants pour t'éviter de sombrer dans le ridicule et ne pas t'obliger à réclamer ma canonisation pour faveurs obtenues?

La réponse de Bubble Tom, franchement indigné, avait fusé :

– Jamais de la vie, mon frère! Par la babouche en airain du Prophète, mais tous tes orifices corporels sont bouchés, ma parole! Qu'est-ce qu'on fait? Mais on continue comme avant, sans rien changer à nos habitudes! Et sans rien dire à qui que ce soit, en tout cas pour l'instant. Je te propose un contrat : quand j'aurai des enfants qui traverseront des zones de grosse turbulence, qui me poseront problème, je ferai appel à tes services, je devrais plutôt dire à tes mains! Au fond, tout ce qu'il y aura de changé entre nous, à partir de maintenant, c'est que quand je mettrai un gamin abîmé dans tes bras, désormais, tu sauras que je veux faire un retrait rapide à ta banque énergétique… Tu seras mon gérant de caisse, mon frère!

Devant la mine exaspérée de Créons, Bubble Tom, nullement démonté, avait insisté :

– Alors, qu'en dis-tu ?

– Tu veux m'utiliser comme si j'étais un instrument de soins, un médicament ? Tu crois mordicus que je suis en mesure de faire des miracles ?

– Au nom de l'amour que nous portons aux enfants, je veux seulement vérifier mon hypothèse. Et, pour ce faire, j'ai besoin que tu acceptes d'être mon amplificateur, mon catalyseur d'énergie. Tu n'as pas le droit de refuser. Si tu as un don, il n'est pas à toi, donc il doit servir !

En entendant ces mots, Créons s'était soudainement rappelé l'avertissement donné par sa sœur : « Si jamais tu refoules le fluide, un feu intérieur t'empêchera de dormir, de penser, il te consumera et tu mourras… »

Incapable de voir clair, trop troublé par ce qu'il venait d'apprendre, il avait demandé à réfléchir. Bubble Tom s'était incliné :

– Évidemment, tu es le premier concerné, je comprends. Si cela peut te rassurer, dis-toi que je continuerai, en bon et honnête scientifique, à observer ce qui se passe et à t'en rendre compte. Si jamais je m'étais trompé, compte sur moi pour le reconnaître et pour arrêter l'aventure. Mais si jamais j'ai vu juste, alors, on verra, on verra bien…

22

En revenant à Montréal, tard le dimanche soir, Créons avait téléphoné à l'appartement de sa sœur, à Jérusalem. Aube avait décroché à la première sonnerie :

— Comme c'est amusant ! J'avais décidé de me rendre à la boutique plus tôt, ce matin. Il y a une grosse réception à l'Espace communautaire Rabba Emounatekha, demain, c'est leur vingt-cinquième anniversaire, et c'est moi qui décore les tables. J'étais partie… et puis j'ai eu l'impression, subitement, d'avoir oublié quelque chose d'important. Je suis revenue sur mes pas, j'ai ouvert la porte, je me suis rendue devant ma table de travail en me demandant sérieusement pour quelle raison j'étais revenue et… le téléphone a sonné !

— Tu vas bien ?

— Oh ! la drôle de voix ! Je sens que quelque chose ne tourne pas rond. Je sens que…

— Aube ! Si je t'appelle de Montréal, il y a cinquante pour cent de chances que j'aie une bonne nouvelle à t'apprendre et cinquante pour cent, une mauvaise !

— Je vois que…

— Je t'en prie, Aube, ne vois rien, ne sens rien, ne dis rien, s'il te plaît, et laisse-moi t'expliquer dans quel pétrin je me trouve. J'ai besoin de quelqu'un qui me connaît pour me renvoyer la balle…

Créons lui avait fait le récit de ses involontaires prouesses thérapeutiques et de la proposition de Bubble Tom. Quand, enfin, il s'était tu, Aube avait exulté :

– Je suis tellement heureuse et tellement soulagée ! Depuis quelques mois, je voyais une grande ombre noire dans ton aura. Elle t'encerclait de partout… J'ai cru que c'était un mauvais présage et je n'ai pas osé t'en parler dans ma dernière lettre. Peut-être parce que je n'éprouvais pas ce pincement au creux de l'estomac, celui qui accompagne généralement mes visions de drame. Maintenant, tout est clair. C'est ce Bubble Tom, l'ombre… Mais c'est une ombre de protection, pas une menace. Ce n'est pas pour rien que vous vous êtes rencontrés. Il est sans doute ton guide sur cette terre. Tu en as de la veine, le tien s'est enfin manifesté. Moi, j'attends toujours le mien, avait-elle avoué en soupirant.

– Tom a la peau foncée, mais il n'a rien d'une ombre, crois-moi, Aube. C'est un bulldozer et il fonce droit devant !

– En tout cas, c'est grâce à lui si le fluide s'est enfin réveillé. Lui et toi, Créons, vous êtes désormais comme deux frères, comme le moulin et le vent. Ton frère le vent a mis tes ailes en marche… C'est exaltant !

– Tu ne sembles pas comprendre dans quel dilemme je me trouve, Aube ! Je suis un astrophysicien, un chercheur. Je suis engagé dans un projet international qui demande toute mon attention. Je ne peux pas collaborer à l'expérience, je devrais dire au délire de Tom. Si jamais on venait à apprendre ce que je fais, je perdrais toute crédibilité auprès de mes pairs ! Et puis, il y a une chose que Tom et toi refusez de comprendre. Je ne crois pas à vos histoires.

Aube l'avait apostrophé d'une voix doucement ironique :

– Mais qui te demande de croire ? Tu veux rester dans le camp de ceux qui pensent et agissent uniquement de façon rationnelle et objective ? Eh bien, restes-y, puisque cette position te paraît plus confortable ! Ton scepticisme n'empêchera pas le fluide d'agir. Et, tôt ou tard, tu devras bien accepter de croire en ce que font tes mains.

Créons avait soupiré bruyamment, trop fatigué pour répliquer. Aube avait essayé de le convaincre :

– Au fil des siècles, nous sommes parvenus à comprendre bien des formes d'énergies invisibles. Mais nous ne sommes pas au bout de nos surprises. D'ici peu, nous basculerons dans une ère de lumière sans précédent…

Après une brève pause, la jeune femme avait ajouté d'une voix feutrée :

– Je vois un train de lumière foncer sur ton aura et passer littéralement à travers ton corps. Je n'ai jamais rien vu de pareil… Tu es lumière au cœur de la lumière…

Exténué, écœuré, Créons avait jugé bon de clore l'entretien :

– C'est ça… en attendant que je m'allume ou qu'on me fasse flamber sur un bûcher, retourne préparer tes bouquets, ma petite sœur. Et envoie-moi des photos, j'aime les doux tourments que tu fais subir aux fleurs. Il y a des moments où je voudrais n'être qu'une fleur, un arbre, un caillou, un saphir, tiens. Tout serait tellement plus simple ! Au fait, c'est de quelle couleur déjà, un saphir ?

23

Bubble Tom avait relancé Créons, tôt le lendemain matin, avant même son départ pour l'Institut. Tout ce qu'il attendait de lui, c'était qu'il continue de venir le chercher à l'hôpital, chaque jeudi soir. Qu'il se conduise de façon normale avec les enfants hospitalisés, en prenant dans ses bras ceux qui demandaient à être réconfortés ou cajolés, comme avant. Qu'il laisse ses mains faire leur travail, sans y mettre la moindre intention.

Par amour pour les enfants et poussé par le besoin impérieux de savoir ce qui se passait réellement entre eux et lui, Créons avait accepté, en se réservant néanmoins le droit d'interrompre l'aventure, quand il le jugerait pertinent.

Au début, il s'était énormément méfié de ses mains. Il s'était mis à les laver plusieurs fois par jour, comme si l'eau et le savon avaient pu le débarrasser des fourmillements fugaces, parfois agréables et parfois désagréables, qu'il ressentait en touchant certains enfants. Il avait bien dû finir par admettre l'existence d'une mystérieuse pulsion qui se manifestait uniquement quand il était en présence d'enfants malades.

Après chaque séance, Bubble Tom et lui allaient souper quelque part. Créons avait d'abord craint que son ami ne fasse de leur petite expérience l'unique sujet de leurs conversations. Mais, comme s'il avait pressenti qu'il valait mieux faire preuve de discrétion, le médecin l'entretenait plutôt de son idylle avec la pulpeuse Marika, se contentant, de temps à autre, de commenter brièvement et sobrement la convalescence foudroyante d'un petit patient. Créons écoutait et se contentait de répliquer : «Sans commentaire, Tom, sans commentaire. Je ne veux pas savoir.»

Les visites à l'hôpital se déroulaient comme avant. La seule différence était qu'après les séances de don de fluide, pour reprendre l'expression de sa sœur, Créons se sentait très fatigué. C'était essentiellement physique : comme une lourdeur aux extrémités et des tiraillements dans la nuque et les épaules.

Après une douche très chaude qui suffisait à le débarrasser de ces symptômes, il se couchait et s'endormait en quelques minutes. Il basculait dans une cascade de rêves qu'il aurait été bien en peine de raconter au réveil. Quand il émergeait du sommeil, il avait l'impression de se souvenir, pourtant. Mais au fur et à mesure qu'il tentait de harponner un détail, un voile recouvrait les visages, les couleurs, les lieux, les mouvements. Sur l'ardoise de son inconscient, seules subsistaient de vagues sensations impossibles à mettre en mots. Peut-être couvait-il une grave maladie? Pourtant, il ne s'était jamais senti aussi bien. À certains moments, une sorte d'euphorie s'emparait de lui. Il lui avait fallu une bonne douzaine de semaines avant de constater et d'admettre que ce geyser émotif jaillissait généralement le mercredi, la veille du jeudi.

24

Créons s'engouffre dans la cage d'un des ascenseurs de l'hôpital Sainte-Justine. Il est persuadé qu'il se passe quelque chose de grave. Autrement, Tom ne l'aurait pas relancé à son travail, si tôt le matin. En entrant dans le salon attenant au service de Bubble Tom, il remarque un homme et une femme assis, figés dans une pose trahissant lassitude et inquiétude. La femme a la tête appuyée sur le dossier du divan. Ses yeux sont clos et ses mains triturent nerveusement la courroie de son sac à main. L'homme paraît plus accablé qu'elle. Le corps ployé vers le sol, le visage perdu dans ses mains, il semble sur le point de s'effondrer. Créons s'avance, et aussitôt le couple le dévisage. Mal à l'aise, il se demande s'il doit les saluer ou feindre de les ignorer. Il opte pour un hochement de tête discret, poli, mais distant. Alors qu'il avise un fauteuil inoccupé, non loin d'eux, un infirmier surgit :

— Docteur Furtadeau, le docteur Chissanno vous attend. Si vous voulez bien me suivre…

L'homme avait prononcé le mot «docteur» avec une emphase ironique, pour faire comprendre qu'il n'était pas dupe. Interrogé par quelques membres du personnel sur la réelle indentité de son ami, Tom s'est contenté de leur rappeler que la détention d'un doctorat, peu importe en quelle discipline, donne droit au titre de docteur. «Je n'ai jamais dit qu'il était médecin, soit dit en passant. Mais je tiens à préciser que ses connaissances et ses compétences dépassent les miennes.» Lorsque Tom lui a rapporté l'incident, Créons a soupiré : «Toute cette histoire finira mal. Je t'aurai averti…»

Créons emboîte le pas à l'infirmier, soulagé d'échapper à la lourde atmosphère du salon d'attente. Bubble Tom vient à sa rencontre. Il a sa tête des mauvais jours.

– Viens par là, on sera plus tranquille pour causer.

Il ajoute, à l'intention de l'infirmier :

– Vois à ce qu'on ne nous dérange pas, Grégoire. Nous en avons pour dix minutes, pas plus.

Bubble Tom ouvre la porte d'une petite pièce, sommairement meublée, et s'empresse de la refermer sur eux.

– Je vais m'efforcer d'être concis, mon ami. Cette nuit, on nous a amené un jeune garçon de onze ans. Il a été attaqué par un chien, avant-hier. Un peu plus et le molosse lui bouffait la main gauche. Les lacérations sont importantes. Fractures de deux métacarpiens et de quatre phalanges, section du fléchisseur du majeur et du pouce. Une bouillie, quoi! Un chirurgien du Centre hospitalier de Saint-Justin, dans les Basses-Laurentides, a fait de son mieux, mais les lésions étaient trop graves. En dépit de ses efforts pour réduire les fractures et pour reconstruire ce qui pouvait l'être, l'opération est un échec. L'infection s'est mise de la partie, il y a même des signes de nécrose et notre équipe de chirurgiens envisage sérieusement l'amputation dès demain matin.

La voix de Bubble Tom marque un temps d'arrêt.

– Je t'écoute, Tom, continue… croit bon de dire Créons. Il connaît suffisamment son ami pour deviner qu'il est rendu au nœud de l'affaire. Il a vu juste.

– Le hic, vois-tu, reprend Bubble Tom en lui tournant le dos et en marchant jusqu'au mur auquel il flanque un coup de poing de dépit, c'est que le gamin en question est un jeune prodige! Il joue du violon à te faire fondre les tripes. Il donne des concerts avec les orchestres les plus réputés…

Puis, se tournant de nouveau vers Créons et s'adossant au mur qu'il continue de frapper avec sa tête, cette fois, il ajoute :

– Alors, si on ampute ce gamin, *exit* le violon! Il devra faire un feu de chagrin avec son instrument et ses partitions… Parce que la plus sophistiquée des prothèses ne lui redonnera pas la capacité de jouer en virtuose. Quel gâchis! Tout ça à cause d'une bête vicieuse!

– C'est dramatique, en effet, convient Créons qui commence à craindre la suite du discours de son ami.

– Ouais, mais il nous reste une petite chance de plaquer le destin au sol. Voici le plan de match que je te propose. Mes collègues lui ont concocté un coquetel d'antibiotiques de la dernière génération, mais ils n'ont pas beaucoup d'espoir. Ils vont réévaluer son état à dix-neuf heures. D'ici là, le gamin est à nous. Nous disposons donc d'un répit d'une dizaine d'heures pour agir. Après, il nous échappe.

– Qu'est-ce que tu as en tête, cette fois? interroge Créons, alarmé.

– Je voudrais seulement que tu fasses ton possible afin que nous puissions éviter l'amputation au gamin, c'est tout. Maintenant, je vais te conduire à son chevet et te laisser seul avec lui. Il est parfaitement conscient, un peu amorti à cause des drogues, mais capable de participer à notre stratégie…

– Tu vas trop loin, cette fois, Tom! s'exclame Créons en secouant la tête.

Comme s'il n'avait pas entendu le commentaire de son ami, Bubble Tom l'empoigne par les épaules et le pousse doucement vers la porte.

– Suis-moi, mon frère. Tu as accepté d'être mon gérant de caisse, rappelle-toi. Ce matin, j'ai besoin de faire un gros retrait. Tu ne peux pas me refuser ça. Notre petit malade est dans la zone stérile, alors tu vas devoir t'habiller en conséquence. Au fait, il s'appelle Lucien, mais tout le monde le surnomme Lulu, et ça lui va bien. Il a une tête d'angelot sage, une peau de rosière en train de se farcir un angélus consentant, et il sent la crème à la vanille que c'en est un péché mortel !

Créons se laisse conduire sans protester. Il sait qu'il est trop tard pour discuter. Son ami lui fait penser, plus que jamais, à un bulldozer fonçant à toute vapeur dans un mur. Rien ne peut l'arrêter, une fois qu'il est en branle. Tant pis. Créons se dit qu'il fera pour l'angelot à la vanille ce qu'il a fait pour les autres enfants qu'il ne connaissait pas, pas plus et pas moins. Il est grand temps, selon lui, que Bubble Tom retrouve un peu de lucidité et admette que son service n'est pas, comme il le croit, la cour aux miracles instantanés. En y réfléchissant bien, il tient peut-être l'occasion rêvée pour lui démontrer qu'il se trompe !

Juste avant d'entrer dans la chambre du petit malade, Bubble Tom, visiblement fébrile, prévient son ami :

– Si tu réussis ce coup-là, je te donnerai la lune, mon frère, et tant pis pour l'ami Pierrot… il devra déchanter et se faire une raison !

– Tu pourrais au moins me laisser choisir ma récompense, tu ne crois pas, lui rétorque Créons, mi-figue mi-raisin. La lune, pour un astrophysicien, c'est un peu riquiqui. Et si j'échoue, quel sort me réserves-tu ? Tu as envisagé cette éventualité, Tom ?

– Alors c'est toi que j'enverrai dans la lune, mon frère ! Et maintenant ravale ton ironie et ouvre grand ton guichet, ronchonne Bubble Tom en apposant sa main sur la plaque de contrôle du bloc stérile.

Depuis son lit d'eau, l'enfant accidenté observe silencieusement les deux arrivants, vêtus de combinaisons bleu azur et de masques transparents.

— Salut, chérubin, je te présente le docteur Furtadeau, un ami à moi.

— Il ne vient pas pour me la couper, j'espère ? Vous aviez dit que vous attendriez jusqu'à demain matin, des fois que les médicaments me feraient un bon effet… plaide l'enfant d'une voix inquiète et flûtée, tout en dévisageant intensément Créons.

Tom fouette l'air avec ses bras comme s'il voulait chasser un escadron de mouches.

— Parole donnée, parole tenue, Lulu. Ne crains rien, mon ami est un fameux spécialiste et il est venu ici exprès pour t'aider. Sa spécialité, c'est la motivation, un médicament qui ne se voit pas et qui ne fait pas mal. Des fois ça marche, et des fois pas. Je me suis dit qu'il fallait le laisser essayer, des fois que ça marcherait avec toi ! Tu es doué, il est doué, bref, ça devrait cliquer.

Pour permettre à l'enfant de retrouver son calme et de se familiariser avec la présence de Créons, le médecin se met à discourir d'une voix volontairement nasillarde :

— Comme vous pouvez le constater, cher docteur Furtadeau, Lulu a droit au grand jeu : cette petite glissoire sur laquelle repose sa main est un appareil à résonance magnétique nucléaire miniature qui vit en concubinage avec un doppler vasculaire : l'appareil nous permet de voir ce qui se passe sous la peau, dans les os, les muscles, les articulations, s'il y a ou pas circulation, j'en passe et des subtiles. En outre, ce bidule hors de prix enregistre des tas de mesures et les transmet à l'ordinateur du poste de garde. Nous avons, grâce à tout cet attirail haut de gamme, un bulletin météo du front, minute par minute. Bon, je vous laisse faire connaissance tous les deux et je reviens dans une petite demi-heure. Pas de match de lutte dans la boue et pas d'acte de cannibalisme, vu ?

Une fois son ami parti, Créons s'approche du lit et pose une main sur le front de Lulu. Sa paume et le bout de ses doigts captent de faibles vibrations. Il n'a jamais rien ressenti de comparable avec les autres enfants.

– Salut, Lucien. On dirait que quelqu'un joue de la musique dans ta tête, laisse-t-il échapper, étonné. Tu penses à quoi, en ce moment ?

– Ben, justement, je m'exerce dans ma tête, pour me rassurer. J'ai peur de ce que vous allez me faire. Je vais encore avoir mal, hein ?

– Je te promets que non. Tu sais comment travaillent les psychologues ?

– Oui, l'an dernier, j'en ai rencontré une. C'était une femme, une Amérindienne. Elle m'a fait passer des tests.

– Ça n'a pas été douloureux ?

– Ben, non. Plutôt naf, même. Elle avait une valise pleine de trucs : des dessins capotés, des blocs de *styrofoam*, des grosses billes de plastoc avec du liquide en mouvement au centre, des plumes, des chiffons de couleur, des blocs de cire molle. Elle s'intéressait aux enfants artistes, qu'elle m'a dit. Elle voulait comprendre comment je travaillais avec mon violon. Elle m'a fait écouter de la musique et elle m'a demandé d'essayer de la matérialiser en utilisant ce qu'il y avait dans sa valise.

– Je vois… Eh bien, moi, comme te l'a dit le docteur Tom, je m'intéresse aux forces qu'il y a à l'intérieur de toi. Plus exactement à celles qui pourraient t'aider à guérir cette vilaine blessure, là… Je voudrais qu'on travaille ensemble, toi et moi. Il y a peut-être moyen de récupérer cette main que je ne peux pas voir avec mes yeux à cause des pansements, mais que je vois et que je sens autrement. Tu veux bien m'aider à t'aider ?

– Ben oui. Qu'est-ce que je dois faire ?

– Tu vas fermer les yeux, te concentrer et jouer du violon dans ta tête, ton air préféré, tiens. Et moi, je vais t'écouter en posant ma main sur ton front. On commence ?

Docile, l'enfant s'exécute et Créons en profite pour passer précautionneusement son autre main au-dessus du bras immobilisé du petit patient. Une vive sensation de brûlure le fait sursauter.

– Qu'est-ce qu'il y a ? questionne l'enfant en ouvrant les yeux.

– Rien, répond Créons. J'ai ajusté les microamplificateurs au bout de mes doigts… Je ne veux rien rater du concert ! Referme tes yeux et joue encore !

– Je ne savais pas que les mains pouvaient entendre la musique comme les oreilles. Mes répétiteurs vont être surpris quand je vais leur dire ça… Je pense que je fais mieux de reprendre depuis le début. Tu devrais fermer les yeux, toi aussi. Ça me gêne d'avoir un spectateur aussi près, j'ai pas l'habitude !

– D'accord.

Paupières closes, Créons laisse fuir son esprit au bout de sa main. Tout son corps boit avidement le rythme de la mélodie et sa tête dodeline en cadence.

– Je ne suis pas très ferré en musique, Lucien. Qu'est-ce que tu interprètes ? J'entends bien que c'est allègre, gai, très léger. Ça me plaît, ça me donne le goût de flotter, de quitter le sol…

– C'est le concerto numéro 9 en ut mineur pour violon et orchestre à cordes, d'Antonio Vivaldi. Je suis dans l'*Allegro moderato*… C'est ça que j'ai joué en solo avec l'Orchestre métropolitain, l'an dernier, pendant la tournée en Asie. J'aime bien cette pièce à cause du rythme, ça va vite par bout !

– Bien… Je voudrais que tu reprennes encore l'*Allegro*, Lucien, depuis le début. Mais cette fois, c'est pour ta main malade que tu vas jouer. Dis-toi que l'archet que tu manipules dans ta tête est une baguette magique capable de recoller les os brisés dans ta main, de réparer les tissus abîmés. Mon esprit à moi va te diriger. Tu es prêt? Je vais compter jusqu'à cinq et, à cinq, toi et moi, nous allons procéder au lancement de notes pleines de vie et chargées de messages de guérison. Tu es le soliste, et moi, le chef d'orchestre. Tu vas donner le concert le plus important de toute ta carrière et tu vas le dédier à cette petite main souffrante…

– Je ne veux pas qu'on me la coupe, t'as compris? lance Lucien d'une voix pleine de détermination. Je veux qu'elle guérisse! Peut-être qu'elle sera handicapée, mais au moins elle pourra tenir un violon. Et cette autre main, ajoute-t-il en brandissant son bras valide, devra apprendre à faire tout ce que l'autre faisait… Je travaillerai fort et je sais que j'y arriverai!

– Chut! Ne t'énerve pas. Prépare-toi. Je commence à compter. Fermons nos yeux… un, deux, trois, quatre, cinq!

Les doigts de Créons pressent doucement le front de l'enfant et ils s'imbibent de notes à la façon de minuscules éponges. Une fois bien gorgés de musique, ils s'élèvent et se dirigent au-dessus de la région accidentée. Une douleur atroce les heurte de plein fouet. Créons sent les crocs du molosse agresseur se refermer sur eux, et les tirer, les secouer, les broyer… Le temps, comme un fruit trop mûr, semble s'être fendu en deux pour céder le passage à l'instant terrible de l'accident. Créons mord sa lèvre inférieure pour ne pas crier. Son instinct lui dicte qu'il doit, sur-le-champ, sortir de la séquence de l'accident et revenir dans l'instant présent. Il parvient à repousser la bête en formant un grand bouclier avec les notes qui suintent au bout de ses doigts. L'animal s'enfuit et la douleur s'estompe progressivement.

Il ordonne alors à la musique de se liquéfier, de se répandre sur les blessures, de les baigner, de décharger tout son potentiel de guérison. Les deux mains de Créons glissent lentement au-dessus de celle du petit malade, elles tournoient, décrivent des cercles qui tantôt s'imbriquent les uns dans les autres, tantôt se superposent. Il s'abandonne à la force qui le traverse et perd totalement la notion du temps.

La voix de l'enfant le ramène à la réalité.

– Qu'est-ce que tu es en train de faire? demande Lucien avec une pointe d'inquiétude.

Créons ouvre les yeux. Il éprouve une sensation étrange : comme si ses pieds rentraient dans ses pieds, ses mains dans ses mains, ses poumons dans ses poumons… La réintégration de tous ses morceaux s'accomplit sans effort et de façon fulgurante.

– Je… j'ai dirigé le concerto. Un motivateur doit savoir orchestrer l'invisible, tirer parti de tout ce qui est source d'énergie positive. Tu as très bien joué, Lucien, je te félicite!

– C'est… très étonnant, le métier que tu fais. Tu sais quoi? Pendant que je jouais, j'ai entendu une sorte de rumeur… Comme quand les spectateurs se préparent à écouter. Mais ça ne m'a pas empêché de jouer, heureusement. Ouf! La tête me tourne un peu et j'ai très chaud… Je boirais bien un verre de jus d'orange. Tu veux demander qu'on m'en apporte? Bubble Tom a dit qu'il fallait que je boive beaucoup pour faire plaisir à mes reins qui doivent filtrer des tas de cochonneries.

Puis, observant la mine défaite de Créons :

– Ça ne va pas, on dirait…

– Toi, tu as chaud et moi, j'ai froid, comme si nous étions en plein hiver!

– Tu respires fort. On appelle ça de l'hyperventilation. Ça m'arrive, des fois, juste avant que le chef d'orchestre me donne le signal. Il faut respirer lentement, avec profondeur, pour inspirer l'émotion et la faire sortir d'un coup : schlac! Après, on se sent mieux! Tu devrais essayer.

– Je vais suivre ton conseil, après être allé te chercher quelque chose à boire.

Au moment où, vaguement étourdi, il se dirige vers la porte, Bubble Tom surgit. Créons le soupçonne d'être resté là, derrière la porte, à mariner dans son espoir fou...

– Alors, Lulu, tu as aimé ta séance de motivation? demande-t-il au gamin avec un large sourire.

– Ben, c'était assez naf!

Les yeux interrogateurs du pédiatre scrutent ceux de Créons qui se contente de hocher la tête en murmurant :

– Il y a une fameuse turbulence sous ces pansements... Jamais rien ressenti de pareil jusqu'à maintenant. Je crois que le fauve qui lui a broyé la main m'a bouffé le cerveau. Je me sens tout drôle et j'ai la sensation désagréable d'avoir la main droite qui traîne par terre, tant elle est pesante.

– Par ici la sortie, mon cher motivateur. Je reviens, Lulu, je vais juste reconduire le docteur Furtadeau.

– Hé! Je veux du jus d'orange! Un litre! J'ai vraiment très soif!

– On s'en occupe, moustique. Ouvre le bec et prépare-toi à pomper!

25

Créons traverse lentement la rue Saint-Paul, non loin du marché Bonsecours. Habituellement, il aime marcher parce que cet exercice, en apparence insignifiant, a un effet apaisant et régénérateur sur lui. Mais, en cette fin de matinée, il éprouve du mal à mettre un pied devant l'autre, tant il est épuisé.

En le reconduisant jusqu'à l'ascenseur et constatant sa mine défaite, Bubble Tom lui a ordonné de rentrer chez lui au lieu de retourner travailler.

— Tu es fatigué, parce que tu as bossé très fort sur le gamin. Tu t'es vidé en lui donnant tout ce que tu avais. J'ai peut-être réclamé un trop gros retrait… en tout cas, toi et moi, nous aurons tenté l'impossible. Tu as besoin de repos, maintenant; aussi, je t'interdis d'aller travailler, vu? Allez, disparais de ma vue, sale petit Blanc fripé comme un bol de lait caillé! Je t'appellerai en début de soirée, dès que mes collègues auront pris une décision.

— Tu ne pourras pas me joindre, Tom. Je m'en vais au loft, dans le Vieux. Tu sais que ce lieu, où personne n'a jamais mis les pieds à l'exception de Garance, est «ma» tanière bien-aimée. Pas de murvision, pas de communication possible avec l'extérieur, juste moi avec moi, et mes sons avec moi… Je t'appellerai demain matin, tu seras là?

Avant de quitter l'hôpital, Créons a téléphoné au secrétaire général de l'IQRHR pour l'informer de sa défection. «Si le Requin veut des explications, dis-lui que je dois prendre connaissance de certains documents avant la prochaine réunion du groupe Daetanus, à la fin du mois, et que j'en ai marre qu'il me siffle comme si j'étais son clébard!»

26

Créons entre dans le vestibule et s'arrête, au passage, devant la porte de Garance. Aucun bruit. Il en conclut qu'elle est, encore une fois, partie avec ses chats et sa panoplie de sacs en jute bouffés aux mites. Mais qu'est-ce qu'ils peuvent bien contenir ? Des feuilles de tabac, peut-être ? Voilà qui expliquerait l'odeur dont les murs de l'immeuble semblent littéralement tapissés. Garance fabrique discrètement des cigarettes qu'elle revend, sous le manteau, à un réseau de fumeurs irréductibles et déterminés à passer outre à la *Loi du 21 janvier 2016*, bannissant la culture du tabac et, par ricochet, le commerce de cigarettes. Et puis après, quand cela serait, ce ne sont pas ses oignons. Bien des gens continuent de fumer chez eux. La Loi en a fait des consommateurs clandestins, résolus, plus que jamais, à s'approvisionner là où ils le peuvent.

Créons monte l'escalier lentement, soulagé de s'être sorti sans trop de mal du dernier projet fumeux de Bubble Tom. Comment ce médecin, pourtant consciencieux, a-t-il pu imaginer un seul instant qu'il pourrait, lui, Créons Furtadeau, docteur en astrophysique, régénérer une main d'enfant réduite en bouillie et en train de pourrir ? Il s'oblige à balayer l'image qui l'a obsédé pendant toute la durée du trajet, depuis la Côte-Sainte-Catherine jusqu'au Vieux-Montréal : celle d'un courageux petit Lucien baroudeur, faisant tournoyer son violon au-dessus de sa tête à la façon d'un moulinet, dans l'espoir de tenir en respect un gros chien noir au pelage si court qu'on jurerait qu'il vient juste d'être rasé par un toiletteur de canins et de félins.

Il bannit de sa pensée tous les petits signes, en apparence anodins, qui ont tambouriné aux fenêtres de sa conscience depuis qu'il a rencontré Tom, tout spécialement les fourmillements, de plus en plus fréquents, au bout de ses doigts, et ce besoin lancinant de sommeil qui s'empare de lui tous les jeudis soirs.

Il s'oblige à se remémorer la série la plus récente de photographies de la galaxie barrée NgC 1365 et celles de la magellaire irrégulière IC 2574, dont on vient de terminer la caractérisation de la totalité de la masse obscure : «Tu es un astrophysicien, mon cher, et rien d'autre!»

Créons sort la clé de sa poche et la glisse dans le trou de la serrure. *Exit* Bubble Tom, *exit* l'IQRHR, *exit* les rapports à finir et à remettre au Requin, *exit* les consultations avec les étudiants en travail postdoctoral, les comités et les groupes de travail truffés de scientifiques déguisés en vampires financiers et politiques. L'heure est venue de plonger dans sa fontaine de Jouvence, de libérer le petit homme aux grandes oreilles affamées qui n'en peut plus d'être laissé pour compte…

Garance étant absente, il se dit qu'il fera enfin ce qu'il rêve de faire depuis des mois et des mois : écouter ses bandes *fortissimo*, en toute tranquillité, sans craindre de déranger la jeune femme qui, à défaut d'avoir le nez fin, a les oreilles fragiles. Pour la taquiner, il se souvient de lui avoir déjà dit qu'elle devait être née avec le nez dans les oreilles. La riposte n'avait pas tardé : «J'aime mieux ça qu'être née avec le cerveau dans le trou du c… comme certains!»

Habituellement, sitôt qu'il referme sur lui la porte du loft, Créons troque allègrement sa défroque d'astrophysicien contre celle de bruiteur-musicien-créateur. Mais aujourd'hui n'est vraiment pas un jour comme les autres. Jamais encore il n'est venu dans ce lieu en plein jour, pendant ses heures de travail. Il se sent désynchronisé et comme entre parenthèses. Bizarrement, les objets et les meubles lui paraissent vivants, pleins de bonnes intentions à son égard, comme si, conscients de sa grande fatigue, ils s'étaient donné le mot pour le réconforter.

L'air de la pièce lui saute au cou et lui fait la fête. La vieille baignoire emmitouflée dans ses voiles de coton écru lui décoche un sourire maternel. Trop harassé pour résister à cette invisible et surprenante réception de bienvenue, il attend, debout, les yeux dans le vague et les bras ballants, en souhaitant que le débonnaire divan-lit de velours râpé, laissé par l'ancienne occupante, vienne à sa rencontre et lui offre ses vieux flancs rembourrés et sa rassurante odeur de vétiver. Dès la première soirée passée au loft, son nez en a repéré la trace persistante. Clara aimait particulièrement cette plante indienne, cultivée pour le parfum envoûtant de ses racines.

Selon Garance, l'explication de cette imprégnation tenace est simple : de belles et ardentes femelles s'étaient probablement fait garnir le bénitier sur les coussins ou les accoudoirs de la vieille chose. Et, dans le feu de ces charnelles célébrations, l'indienne fragrance dont s'aspergeaient probablement leurs amants a fini par s'imprimer dans la peau du divan : «Les mâles marquent toujours leur territoire et parfois aussi leurs femelles, d'une manière ou d'une autre. Certains hommes te mordent ou te griffent la peau; d'autres encore t'enduisent de l'odeur de leur transpiration. M'est avis que ceux qui ont galopé nu-fesses dans cette vaste pièce devaient se peinturer les aisselles au jus de vétiver avant d'astiquer leur égérie, avait-elle lâché en gloussant. Les belles ont ouvert leurs narines, leurs bras, et le reste, et le divan a encaissé de sacrées raclées…»

Pour un peu, Créons aurait cru entendre Aube se moquer et il l'avait fait remarquer à Garance : «Tu affiches le même humour narquois que ma sœur, et tu portes le même regard mordant sur la vie, l'amour et les hommes, en plus désabusé, peut-être.» Il se souvient maintenant de la terrible réponse de sa belle amie : «Attends seulement qu'un homme la blesse, dans son arrière-pays, et elle me rejoindra en enfer, ta petite sœur! Si elle le veut, je lui montrerai comme on broie la cervelle d'un salopard. J'en ai déjà un à mon tableau de chasse…»

Créons se masse machinalement la nuque en pensant à leur entretien. Et pour faire taire le malaise qu'il sent monter en lui – il ne sait jamais quelle attitude adopter quand Garance lui laisse entrevoir, avec une maladroite pudeur, l'incommensurable souffrance qui la ronge –, il s'efforce d'imaginer les joutes amoureuses des couples qui, selon la jeune femme, ont dû se payer bien des heures de bon temps dans ce cénacle typiquement féminin, fréquenté par de célèbres plasticiens et devenu aujourd'hui sa salle de concert privée. Il fixe, en soupirant, le divan comme si deux amants s'y vautraient encore. Puis il s'étire, non sans réprimer une grimace de douleur. Il a mal partout, jusqu'au bout du bout de ses orteils, et il paierait cher pour que des mains compatissantes le déshabillent, le couchent et le bordent. «Inutile de songer à Garance, mon vieux, ce n'est pas sa tasse de thé que de dorloter les hommes fatigués, même les gentils. Quand elle voit un spécimen de sexe masculin, c'est un bourreau potentiel qu'elle aperçoit, alors, à moins de changer de sexe, tu n'as aucune chance de l'attendrir…»

Ses yeux font le tour de la pièce et reviennent se poser sur le divan-lit. Il poursuit son monologue intérieur : «Les objets inanimés devraient avoir le droit de bouger quand les humains en ont vraiment besoin! Ce serait tellement commode, s'ils pouvaient lire nos pensées et leur donner corps!» Vidé, au bord de l'évanouissement, il se dirige vers l'unique objet de sa convoitise. Lui qui a toujours tenu le sommeil à distance ne souhaite, en cet instant, qu'une seule chose : se coucher là, tout de suite, tout habillé, sans même prendre la peine d'ouvrir le divan, et fermer les yeux…

C'est exactement ce qu'il fait, à la façon d'un automate.

À son réveil, il a du mal à se réinsérer dans l'espace-temps. La nuit s'est faufilée partout, chassant en douceur les derniers vestiges de la lumière du jour. Un voile gris et mat adoucit le contour des meubles et s'approprie les couleurs les plus vives. Créons est sur le point de demander l'heure au robot Luciole, quand il se souvient de l'endroit où il se trouve : le loft, un havre de paix, une zone *sauvage* que la domotique n'a pas encore *civilisée*. Il bâille à s'en décrocher les mâchoires, déplie et étire les jambes, et le vieux divan gémit sous son poids.

Il se sent reposé, à la fois vide et plein, mais il serait bien en peine de dire de quoi. Il se dicte mentalement quoi faire : se lever, faire bouillir de l'eau, préparer une infusion. Il n'a ni dîné ni soupé, mais il n'a pas vraiment faim. L'heure est venue d'ôter la muselière à sa passion, de donner à manger à ses oreilles qui crient famine, bien plus que son estomac.

Les collages sonores qu'il a réalisés au fil des ans lui ont permis de créer un étrange opéra. Chaque fois qu'il y travaille, il commence par le reprendre depuis le tout début. Il en écoute religieusement chaque séquence et se remémore mentalement l'instant de sa fécondation et toutes les étapes de sa croissance. Cet opéra est un peu son enfant, rêvé, porté, accouché, nourri, protégé…

En 1998, il a suivi un atelier d'interpolation des formes au studio *Image et Son* de Neuchâtel, en Suisse. Il y a appris à associer les sons en fonction de leur hauteur et de leur puissance, à doser l'amplitude de certaines harmoniques et à y insérer les signaux sonores de voix humaines. Le programme informatique qu'il a mis au point, par la suite, lui a permis d'isoler de minuscules fractions de sons, de les déplacer, de les fertiliser avec un autre gène sonore jusqu'à ce que l'audition de chaque séquence lui paraisse satisfaisante.

Il enfile une paire de gants de coton pour ne pas abîmer les délicates bandes de sons pendant leur manipulation, s'installe à la console, allume les appareils bricolés de manière à pouvoir *sculpter* les sons, déverrouille et active la banque contenant les milliers d'enregistrements faits au cours des trente dernières années, et met la bande maîtresse de son opéra en route.

Paupières closes, il écoute et ouvre tous les pores de sa peau à la musique. Il a toujours eu l'intime conviction que cet organe, le plus important du corps humain en étendue, est capable de capter les sons, au même titre que les oreilles. La peau a peut-être même sa propre grille pour décoder le sens de ce qu'elle entend.

L'opéra débute par un souffle léger qui donne l'impression de s'étirer, exactement comme il l'a lui-même fait tantôt, en s'éveillant. Puis le souffle se gonfle, dresse la tête à la façon d'un serpent sortant de son panier, et se met à siffler :

– SSSHHH…

Au plus fort du sifflement, un deuxième son émerge.

– TSEEE TSEEE.

La stridulation envahit l'espace, elle se glisse dans ses moindres replis, tout en entraînant dans son sillage le germe du SSSHHH. Un silence de quatre secondes se plaque sur le souffle comme pour le terrasser. Puis, semblant surgir de partout à la fois, un grondement sourd avale le SSSHHH et le TSEEE. Le son rugissant se transforme progressivement en un magistral fa majeur, si grave que tous les pores de la peau de Créons en tressaillent :

– FAAAAAA !

Porté par la note, un chœur de cinq cent mille voix d'enfants pénètre dans le FAAAAAA et lance un gigantesque et joyeux point d'exclamation :

– AHHHHHH !

L'arrangement de ce chœur lui a demandé des heures et des heures d'écoute et de patients et minutieux dosages. Certaines voix ont été multipliées par cent et d'autres par mille. Huit cents, placées en éclaireuses, tirent le chœur, tandis que cinquante mille autres lui servent d'arc de voûte.

À chaque audition de ces séquences, Créons a éprouvé le besoin de faire diverses modifications. Il n'était jamais totalement satisfait du résultat.

Ce soir, pour la première fois, il croit tenir enfin la projection sonore parfaite. Pour s'en assurer, il reprend l'écoute de l'opéra depuis le début.

– SSSHHH ! TSEEE ! FAAAAAA ! AHHHHHH !

La peau et les oreilles comblées par la deuxième audition, il arrête la bande. Cette introduction, selon un rite auquel il ne manque jamais de sacrifier, est immanquablement suivie par la pratique des trois principaux sons du Kototama.

Après le SOOUUU vient le AWAAA. Puis le salut traditionnel et amical à Clara et à Moshe :

– Shalom, Moshe, shalom, Clara, shalom !

– Shalom, mon fils !

Créons renverse la tête en arrière et sourit. L'hallucination auditive le ravit. La voix de sa mère lui paraît être une récompense venant souligner la réussite des trois premières minutes de son opéra.

«Ainsi donc, tu y es arrivé. Le canal est enfin ouvert...»

Cette fois, Créons sursaute. La voix de Clara est là, dans la pièce. Un geyser d'émotions contradictoires gonfle son thorax. Instinctivement, il plaque une main sur sa bouche pour ne pas hurler. Effrayé, il se demande ce qui se passe. Peut-être est-il toujours endormi et rêve-t-il, tout bêtement?

– Du calme, tu ne rêves pas, Créons, le rassure la voix maternelle. C'est bel et bien ma voix que tu entends. Tout comme moi, j'entends la tienne, celle qui sort de ta bouche et aussi celle de ta psyché ou, si tu préfères, de ta pensée. Depuis des siècles, des hommes et des femmes ont tenté de communiquer avec l'autre dimension sans jamais y parvenir, du moins de façon satisfaisante. Certains ont réussi à entrouvrir le canal, mais l'espace obtenu n'a jamais pu permettre une communication claire, cohérente et intelligente, comme en cet instant. Tu as trouvé la formule, mon fils, et j'en suis très heureuse.

– La formule... quelle formule? balbutie Créons dans un souffle.

– La solution était dans l'exploitation de l'énergie des sons, dans le déploiement des voix, chacune porteuse d'énergie. Je savais que tu y arriverais. Je l'ai compris dès l'instant où nos regards se sont croisés pour la première fois, le lendemain de ta naissance. J'ai su que nous accomplirions ensemble quelque chose d'extraordinaire, sans pour autant savoir quoi. Je te l'ai si souvent répété... tu t'en souviens, n'est-ce pas?

Immobile, Créons tente de retrouver son calme. Son cerveau travaille à une vitesse phénoménale. Il est probablement en train de sombrer dans la folie. Dans une tentative désespérée pour se ressaisir, il s'interpelle à haute voix :

– Mazal Tov ! Tu entends des voix, maintenant, Créons Furtadeau ! C'est Aube qui serait contente si elle te voyait ! Voilà où t'ont mené les divagations de ton ami et tes ridicules manœuvres de guérison : à une dissociation de ta personnalité. Tu sais ce qu'il te reste à faire si tu ne veux pas que ton cerveau se transforme en pois chiche, comme celui du Requin ? Cesser tes singeries de thaumaturge et t'attacher les mains, jusqu'à ce qu'elles aient enfin compris qu'elles doivent désormais se tenir tranquilles !

– J'en ferais du *hommos* de ce pois chiche, réplique malicieusement la voix maternelle, mais après l'avoir gonflé à l'hélium, évidemment ! Quant à tes mains, qu'elles soient ou non attachées ne leur enlèvera pas la capacité qu'elles ont de déclencher le processus de la guérison. Non, Créons, tu n'es pas en train de rêver et tu ne délires pas. J'entends non seulement ta voix, mais aussi tes pensées, je te l'ai dit. Écoute-moi très attentivement, maintenant. Les minutes nous sont comptées. Le canal que tu viens d'ouvrir est doté d'un mécanisme de sécurité. Il commence à se refermer à l'instant même de son ouverture. L'espace-temps a ses règles ! Nous disposons encore de quatorze minutes pour nous parler. Essayons tous deux d'en profiter.

– Tu es morte, maman ! Il est donc impossible, je dis bien IMPOSSIBLE, que j'entende le son de ta voix. C'est un retour de mémoire longue, quelque chose qui cède dans ma tête parce que je suis trop fatigué, profère Créons en enlevant les gants de coton et en les lançant par terre.

– Mon corps est mort, déchiqueté par le souffle d'une bombe, c'est vrai, et alors ?

– Si tu es morte, comment peux-tu prétendre être en train de me parler ? Et si je suis sain d'esprit, comment puis-je t'entendre ? Les morts ne parlent pas ! Ils n'ont plus…

– Plus de corps, soit, mais l'âme, qu'en fais-tu ?

– Il subsisterait donc quelque chose de nous après la mort? Quelque chose qui continuerait à penser et qui serait en mesure de communiquer? Allons donc!

– La mort est un passage. Nous sortons d'une dimension pour entrer dans une autre. C'est une autre naissance, avec un travail et des contractions, comme un accouchement à l'envers.

– Attends... tu as dit tantôt que j'avais trouvé le canal grâce à une formule. Maintenant, tu parles d'un passage. J'ai du mal à suivre.

– Tu as découvert le *souton*, Créons, l'unité de mesure énergétique qui commande l'ouverture du passage entre deux univers, celui de la vie terrestre et l'autre...

– Le *souton*, le *souton*, le *souton*, scande Créons, en se mettant à marcher de long en large dans la pièce. Ce mot n'existe pas. Jamais entendu parler! Tout ça ne tient pas debout! Ah! Je sais ce qui se passe : on me joue un tour. Qui? Qui est entré ici? Qui se cache et s'amuse à mes dépens? La blague est terminée! Qui que vous soyez, ayez au moins le courage de vous identifier! Tom, ce n'est pas toi, j'espère?

La voix de Clara le chatouille derrière les oreilles :

– Créons, que puis-je faire pour te convaincre? Mets-moi à l'épreuve, puisqu'il le faut, je ne me déroberai pas.

– Très bien. Nous allons vite en finir. Tu es ma mère, dis-tu? Alors je lance un défi à la voix qui prétend être celle de ma mère. Quelle était l'histoire préférée de Moshe, celle qu'il nous servait volontiers, quand Aube ou moi perdions le sens de la mesure? Si tu es qui tu affirmes être, tu sais bien sûr qui sont Moshe et Aube! Alors, j'attends la réponse...

De nouveau, le rire musical de Clara le fait frissonner comme si un doigt s'amusait à glisser et à tournoyer sur la peau de ses bras.

– Je sais à quoi tu fais allusion. Bon... espérons que la réponse te convaincra. Tu veux bien rafraîchir la mémoire de Créons, Moshe ?

La voix feutrée et amicale de son père adoptif encercle, en un souffle tiède, le sommet de sa tête :

– Un Tsaddik, adversaire du Rabbi de Koyzk, lui fit dire un jour : «Je suis grand à tel point que j'atteins au septième firmament.» Le Rabbi lui fit répondre : «Et moi, je suis si petit que les sept firmaments reposent sur moi.» Cela te suffit-il comme preuve, Créons ? demande Moshe.

Il ajoute avec un brin de nostalgie :

– Je me souviens... chaque fois que je racontais cette petite histoire, tu surenchérissais en t'exclamant : «Ah ! Lalalala ! la tête qu'il a dû faire, le Tsaddik ! Et vlan dans la panse de sa suffisance !»

– C'est... incroyable ! INCROYABLE ! Maman, Moshe... vous êtes morts depuis des années et, pourtant, j'entends vos voix avec autant d'aisance que si vous me parliez au téléphone !

– Il y a un peu de ça, Créons, tu as trouvé l'indicatif régional, si l'on peut dire, opine Moshe.

– Parler aux morts, c'est un des vieux fantasmes de l'humanité. On en trouve des traces dans toutes les cultures et à toutes les époques. Des tas de gens ont essayé, sans succès. Et pas seulement des illuminés... Alors, pourquoi est-ce que j'aurais réussi, moi, là où tous ceux qui ont tenté l'expérience ont échoué ?

– C'est grâce à ta longue pratique du Kototama et à cette bande, ce magnifique opéra... répond Clara. Désormais, tu connais le code pour entrer en contact avec nous. Il faut faire jouer le début pour libérer les ondes de forme, observer un silence de quelques secondes afin de permettre aux ondes de prendre position, et enfin lancer les trois sons du Kototama, qui sont vraiment les trois sons de la création du monde et qui, en rebondissant sur les parois de l'ouverture du canal, produisent le souton…

– Je ne saisis pas bien le rapport entre les trois ingrédients…

Le rire de Clara frôle sa nuque, danse sur ses épaules, bondit sur son front et s'y attarde.

– Il te faut toujours tout comprendre ! Tu es trop pressé, mon fils. Le sens viendra, en son temps. Pour l'instant, soyons pratiques. Il nous reste encore quelques minutes, ne les gaspillons pas.

Créons se tait. Il ne sait plus que dire. Peut-être qu'en faisant silence l'illusion cessera, pense-t-il. La voix de Clara le ceinture de nouveau, et chaque mot titille sa peau.

– N'y a-t-il aucune question que tu aimerais nous poser sur le passé de la Terre ou de ses habitants ? Alors… que voudrais-tu savoir ?

Dans un ultime sursaut, Créons s'exclame :

– Non, non, non, non ! Je ne marche pas ! Ma mère est morte au cours d'un attentat, il y a des années de cela. Je l'ai vue mourir et j'ai aussi vu son cercueil. Il ne reste rien d'elle. Mon père est décédé d'une surdose de chagrin. Il ne reste rien de lui, non plus. Donc, il est impossible que je sois en train de causer avec eux. Et si je les entends, et que je ne rêve pas, et si personne ne me joue de tour, alors…

– À ton avis, avec qui parles-tu en ce moment, Créons ? demande aussitôt la voix de Clara.

Après quelques secondes de réflexion, il souffle :

– Avec mes souvenirs ! C'est ça ! Avec mes souvenirs ! Ça ne va plus dans ma pauvre tête. Je confonds le passé et le présent. Ce qui m'arrive est comparable aux crises dont ont souffert certaines personnes, au début de l'an 2000, lorsque l'utilisation des premiers moniteurs de réalité virtuelle a envahi les bars. Elles n'arrivaient plus à distinguer le réel du virtuel et il a fallu les traiter… Depuis quelques mois, j'ai beaucoup pensé à ma mère, à mon enfance, à Aube. J'avais besoin d'entendre la voix de Clara. Mon cerveau me donne à entendre ce que je désire entendre. Je suis seulement en train de combler un besoin...

– Et que fais-tu de l'histoire du Tsaddik? interroge posément la voix de Moshe.

– L'histoire? Elle... elle est remontée à la surface, comme les voix. Mon imaginaire a signé la mise en scène. Il a profité du fait que mes défenses naturelles étaient affaiblies, voilà l'explication!

– Il te faut donc une autre preuve, quelque chose de bien tangible? renchérit Clara en soupirant. Quelque chose que ta logique ne pourra pas récuser, cette fois?

Créons se tait de nouveau. Il se bouche les oreilles. Mais la voix maternelle se faufile à travers ses doigts joints et l'enserre de la tête aux pieds. Les mots pincent sa peau, cette fois, et martèlent ses tympans.

– Quand tu rentreras chez toi, tout à l'heure, tu trouveras une lettre de ta sœur. Voici ce qu'Aube t'annoncera : elle a rencontré l'homme de sa vie. Ce guide qu'elle cherchait, eh bien, il a fini par se manifester. Sais-tu de qui il s'agit? De cet homme étrange, au regard doux-amer qui tient une boutique de jouets, à Jaffa. Celui à qui tu as dérobé un jouet, jadis. Tu te souviens de David Neeman, n'est-ce pas? Il... enfin délivré... les cooollines autour de Jérusalem... une chasss deux ennnfants sacrifiées... exis... acclimatation toootale...

La voix de Clara dérape. Des mots coulent à pic, des syllabes s'enflent, des phrases entières sont comme prises de hoquet. Après quelques secondes de silence, la voix revient, plus stable, mais nettement assourdie :

– Attention, Créons! Le canal se referme. Tu pourras transcommuniquer de nouveau avec nous dans quinze jours, entre vingt heures vingt et vingt et une heures... embrasse et t'é...

Créons est soulagé par le silence subit qui engloutit les dernières paroles de Clara. Mais son soulagement est de courte durée. Il a tôt fait de constater que l'ambiance, dans la pièce, a changé. L'air est dense, chargé d'échos, comme si des millions et des millions de voix s'étaient dépliées pour livrer passage aux émotions dont elles étaient secrètement porteuses. Incapable de supporter cette colossale pression acoustique, il décide de fuir. En même temps qu'il ferme à la hâte ses appareils, il se demande s'il ne ferait pas mieux d'aller habiter à l'hôtel pour quelques jours. Ce serait peut-être la meilleure façon de faire cesser la crise. Mais rien ne sera réglé pour autant : une fois installé dans une chambre, même confortable, il n'arrêtera pas de se demander si la lettre annoncée existe bel et bien et, si c'est le cas, ce qu'elle contient. Non, il faut qu'il sache…

27

Créons appuie son pouce sur le lecteur de sa boîte aux lettres. Le couvercle de l'élégant cylindre en métal gris fumé s'ouvre silencieusement. Il y plonge aussitôt la main et s'empare de son courrier : une revue scientifique et deux lettres. L'une vient de l'Association des astrophysiciens de langue française, et l'autre de sa sœur, exactement comme l'a annoncé sa mère.

Depuis l'avènement des télécopieurs et des boîtes vocales électroniques, le courrier écrit, sous enveloppe postée, a diminué de moitié. Des dinosaures, comme lui, Aube et Garance, éprouvent encore le besoin de coucher sur papier un certain nombre de choses. Mais le jour approche où il n'y aura probablement plus de papier du tout. Et ce jour-là, les émotions, si tant est qu'il en existe encore, devront se soumettre au langage de l'informatique. Les murvisions sont devenus les nombrils du monde, ils distillent un flot ininterrompu d'informations, de suggestions, de conseils, de rappels, d'offres, d'avertissements (une véritable diarrhée visuelle et sonore, selon Bubble Tom). Et ceux qui s'obstinent à résister à leur influence sont perçus comme des analphabètes, des réactionnaires, des mésadaptés.

Créons se dirige vers l'ascenseur et s'oblige à marcher à pas comptés pour dompter son impatience. En entrant chez lui, il lance la première enveloppe sur la table de la cuisine et soupèse avec précaution celle qui porte le cachet d'Israël, comme si elle contenait un objet suspect. Il la scrute, côté pile et côté face. Il y a bien trois mois qu'il n'a pas reçu de nouvelles de sa sœur. Jusqu'ici, tout peut encore s'expliquer. Il s'oblige à reformuler mentalement les hypothèses les plus plausibles.

Il a fait un rêve d'une qualité exceptionnelle.

Il s'est endormi et, en s'éveillant, il a mêlé hier et aujourd'hui.

Il s'est offert une hallucination auditive top niveau avec des affects caractéristiques de son actuel état d'âme et de ses fantasmes préférés : la voix aimée de sa mère qui lui a toujours manqué, une vieille histoire de Moshe, sa préférée comme par hasard, et une lettre d'Aube, qu'il savait sur le point d'arriver.

Ou alors…

Créons continue de tourner et retourner la lettre. «Que feras-tu si elle contient la nouvelle annoncée par la voix ? se demande-t-il. Il te faudra bien envisager la possibilité qu'il s'est réellement passé quelque chose… Et puis non ! C'est impossible ! Tu as bel et bien été victime d'une hallucination, mon vieux, et pas d'une petite. Alors, le meilleur moyen d'en finir, maintenant, c'est de lire ce que ta sœur t'a écrit. (Aube avec David Neeman ? Allons donc ! Il doit bien avoir dans les soixante ans. Il est trop vieux pour l'intéresser. Jusqu'ici, elle a toujours eu des amants plus jeunes qu'elle.) Tiens ! Voilà une preuve que son cerveau a disjoncté…

À moins que…

D'un index nerveux, Créons déchire l'enveloppe couleur de mousse au citron, dont le timbre reproduit, dans une délicate palette de vert tendre, d'ocre et de rouille, un ravissant dessin à la plume du très romantique site d'Aqua Bella, réputé pour son couvent du Moyen Âge et ses jardins sauvages. Il tire prudemment sur les feuillets comme s'ils risquaient de lui exploser au visage, il les déplie et commence à lire en même temps que ses narines captent la fragile odeur de mimosa qui s'en échappe :

Cher astrofrérot,

Il est actuellement trois heures du matin, à Jérusalem. La ville ressemble à une couverture électrique qu'on aurait oublié exprès de débrancher, histoire de faire suer sang et eau ceux qui vivent sous son régime. En dépit de mon aversion pour les systèmes de climatisation, je me suis résignée à mettre en marche celui de la maison. Le climat du pays est devenu zinzin, on dirait. La saison des pluies nous est littéralement tombée dessus à la fin de mars, alors qu'on ne l'attendait plus. Ce fut court et copieux. Jamais vu autant de pluie en aussi peu de temps. Et, du jour au lendemain, changement de régime, retour triomphal du soleil qui, depuis, prend sa revanche et se conduit comme s'il voulait transformer tous les habitants du pays en abricots secs.

Comme toujours quand je traverse une zone de turbulence excessive, je me suis réfugiée dans la chambre de nos parents. J'ai beaucoup de mal à maîtriser le raz-de-marée qui me secoue de corps en âme. Comment trouver les mots appropriés pour t'expliquer ce qui est arrivé ? Je n'en vois aucun à la hauteur de mes sentiments. Aussi vais-je me contenter de ceux qui viennent sans se faire tirer les lettres, et m'efforcer de refroidir les plus hardis. Autrement, le papier sur lequel je t'écris risque fort de prendre feu, tant certains chauffent déjà le bout de ma plume…

Tout a commencé il y a trois semaines. J'étais à la boutique, tranquille, quand tout à coup des bandes de couleur effilochées ont commencé à défiler derrière mes yeux. Généralement, ce phénomène, comme tu le sais, précède l'arrivée d'une vision particulièrement forte. Comme j'ai l'habitude de le faire quand cela commence, j'ai mis mon esprit au repos et écarté toute pensée pouvant brouiller les ondes. Rien. Rien d'autre que des éclairs de couleurs. Il était aux alentours de vingt heure trente, peut-être même un peu plus. La journée, pluvieuse et maussade, semblait tenir tête à la nuit. L'air était saturé d'eau et les rues, pratiquement désertes.

J'étais en train de mettre un peu d'ordre dans les rouleaux de rubans, quand la porte de la boutique, poussée par une main énergique, s'est ouverte à la volée. Un homme est entré. Le capuchon qui couvrait sa tête collait à son front, et on aurait dit que le déluge de Noé cavalait sur ses joues. L'homme avait des yeux magnifiques, très bruns, comme ceux de notre père. Il m'a regardée, je l'ai regardé. Le silence entre nous était tel que nous pouvions entendre les gouttes d'eau, cachées dans les fibres de son manteau, dégouliner sur les carreaux de céramique. Je me suis demandé si je n'étais pas en présence d'un faiseur d'océan et si, lorsque la créature mouillée allait bouger ses mains, ma boutique n'allait pas être emportée par une lame de fond surgie des plis de ses vêtements. L'homme a fait un pas dans ma direction. J'ai ouvert la bouche pour lui demander ce qu'il voulait, et c'est à ce moment qu'il m'a murmuré :

« Vous êtes belle, ô mon amie, et pleine de douceur ; vous êtes belle comme Jérusalem et terrible comme une armée rangée en bataille… »

Imagine un peu la scène : un étranger, dont le visage m'était pourtant vaguement familier, me récitait à mi-voix, avec dévotion, un extrait de l'admirable Cantique des cantiques. Et pas n'importe lequel, celui-là même que Moshe chuchotait parfois à Clara, tu t'en souviens, n'est-ce pas ? De stupeur, j'ai laissé choir une pile de rouleaux de rubans. L'homme a encore fait un pas dans ma direction. J'ai alors senti mon âme bondir de joie… ET J'AI COMPRIS ! Celui que j'attendais depuis des années m'avait enfin trouvée ! Je

me suis entendue répondre à l'homme ce que Clara murmu-
rait amoureusement à Moshe quand il la «cantiquait» :

«Je vous prendrai, ô mon bien-aimé...»

L'étranger m'a gratifié d'un grand rire étonné qui a fait
trembler les renoncules dans les vases, sur le comptoir, juste
derrière moi. À mon tour, j'ai fait un pas dans sa direction,
sans avoir pourtant l'impression de bouger mes jambes.
L'homme m'a tendu ses deux mains. Il y avait, dans ce geste,
une telle force d'appel que je n'ai pas pu résister. J'y ai
déposé les miennes, soulagées comme deux colombes qui
rentrent au nid après un très long vol. L'homme s'est alors
expliqué : «Je voulais une gerbe de fleurs. Je suis passé tout
droit devant trois ou quatre marchands. À la hauteur de votre
porte, j'ai su que j'étais arrivé. J'avais rendez-vous avec
vous. Maintenant, eh bien... je ne veux plus de bouquet, je
veux la seule fleur qui m'importe. Celle qui a déjà commencé
à faire ses racines là (il a pointé la région de son cœur), celle
qui, depuis des années, profite de la nuit pour étaler ses
pétales sur mon ventre et pour m'affamer. Voilà des siècles
que je te rêve, la nuit, et que je te cherche, le jour. Et te voilà
enfin! Il y a dans tes cheveux, retenant leur souffle, tous les
vents du monde. Ceux de la colère noire et ceux de la ten-
dresse infinie. Ceux de la vie amère et de la mort joyeuse.
Ils m'attendaient pour m'aider à me reconstruire. Je suis en
friche depuis si longtemps... Je t'ai si longtemps appelée..
La nuit, dans mes rêves, tu as une façon tout à fait parti-
culière de prononcer mon prénom. Dis mon prénom, que je
sois complètement sûr que tu es bien celle que j'attendais.
Dis-moi : bonne nuit, David...

Comme l'homme le souhaitait, je l'ai salué : «Bonne
nuit, David...»

Le reste, tu peux l'imaginer, me connaissant. J'ai laissé
mon bien-aimé franchir la porte de la maison de nos parents
et la refermer sur nous. Nous avons eu l'idée d'une couche
fraîche et odorante. Alors nous sommes allés au jardin où

nous avons cueilli une brassée de fleurs gorgées d'eau sous lesquelles des hépiales sommeillaient tranquillement. *Nous sommes rentrés et nous avons éparpillé les fleurs entre les draps avant de nous y glisser à notre tour. Nous nous sommes aimés jusqu'à l'aube et, quand nous nous sommes levés, nos corps étaient tatoués de pulpe de pétales.*

Voilà. Depuis exactement vingt-deux jours, je vis avec mon roi David. Mais la surprise, mon cher Créons, ne réside pas là où tu crois. Que j'aie enfin rencontré le grand amour et plongé avec délice dans la meilleure partie de sa vie n'a rien de surprenant, au fond. Cela devait bien finir par arriver. Non, ce qui est surprenant, c'est l'identité de mon bien-aimé : il s'appelle David Neeman. Tu te souviens de ce que Clara disait de lui ? Qu'il devait porter un très lourd et très terrible secret pour avoir les yeux qu'il avait, l'un portant l'enfer et l'autre, le ciel. Elle avait raison. Le Maître de jeu a déposé son effrayant fardeau dans la chapelle la plus secrète de mon âme et j'en ai avalé la clé.

Je t'entends d'ici me mettre en garde, cher astrofrérot. «Sais-tu bien ce que tu fais ? Es-tu sûre d'aimer cet homme, et lui, es-tu sûr de ses sentiments ? Et s'il s'agissait d'un vulgaire feu de paille ?» Voici ma réponse : la sagesse et la sérénité rayonnantes de cet homme ayant connu les pires tourments qu'un être humain puisse endurer m'ont fait basculer dans un amour si extraordinaire et si démesuré qu'il m'est impossible de l'évoquer. Alors, à toi de lire à travers la misère des mots.

Affectueusement, Aube

N.B. Viendras-tu à notre mariage ? Nous déciderons de la date en fonction de tes disponibilités, parce que nous tenons absolument à ta présence.

28

Créons laisse glisser les feuillets sur le sol. Sa raison, en état de choc, repousse ce que ses yeux ont lu. Comment cela est-il possible? Qui a pu manigancer un tel scénario? L'hypothèse d'un canular s'impose. Pourtant… Pourtant, personne, à l'exception de Tom, ne connaît l'existence de sa sœur, et personne, sauf Tom encore une fois, n'est au courant de ses allées et venues au loft. Tom adore se payer sa tête, mais il n'est pas méchant.

Alors… se pourrait-il qu'il soit mentalement dérangé? Son instinct le fait se précipiter sur le combiné du téléphone. Il compose le numéro de son ami et tombe sur le répondeur : «Le docteur Tom Chissanno sera heureux de vous rappeler, dès que possible. En cas d'urgence, veuillez, s'il vous plaît, joindre le bloc A-624 de l'hôpital Sainte-Justine. Vous avez deux minutes pour laisser votre message.»

Il lui faut quelques secondes pour articuler sa supplique : «Tom, j'ai un très gros problème. Rappelle-moi le plus vite possible, à l'appartement, pas au loft. Qu'est-ce que je dis… il n'y a même pas le téléphone au loft!»

Une incommensurable frayeur le gagne et lui donne la nausée. L'idée de boire, pour tenir tête à «l'ennemi», lui vient. Il s'empare d'une bouteille au long col gracile, surmonté d'un bouchon doré : la liqueur d'orange et de chocolat

Sabra, réservée aux jours de fête. Il s'en verse un grand verre. L'odeur capiteuse et sucrée du liquide, couleur ambre, le réconforte. Il boit en respirant à peine entre chaque gorgée. «L'ennemi» recule. Au bout de quelques minutes, un kaléidoscope de souvenirs se met en branle dans sa tête. Des images se succèdent, tantôt floues, tantôt d'une stupéfiante précision :

Haïfa, sous la pluie, tout alanguie dans ses voiles de brume.

Le sentier pierreux et aride menant au monastère de Saint-Georges-de-Coziba – aujourd'hui, la route est asphaltée et a perdu une partie de son cachet d'antan. Toute la famille s'y rendait, une fois par année; parvenue au lieu où étaient conservés les restes du saint, Aube se changeait en petite statue de chair, refusant de toucher le reliquaire capitonné, recouvert d'une vitre.

Le Sinaï, ses pierres sculptées par les vents de sable, ses acacias épineux et parfumés, son silence d'un autre monde, oppressant et grisant...

Créons s'abandonne dans les torrents du temps. Il se revoit, petit enfant, au cœur de Jérusalem. Les visages d'anciens camarades lui sourient : Gidi, Ygal, Rina, Jeff, Lida, Elicheva... Apaisé, il se dirige vers la salle de bains. Le miroir de la porte lui renvoie une image qu'il ne reconnaît pas. Cet homme au regard si intensément bleu, est-ce bien lui? D'où viennent ces fils blancs dans ses cheveux et ces rides en étoiles accrochées à ses tempes? Étaient-ils là, hier? «Tu vois, docteur Astro, tu es devenu un vieux fou. C'est la mer Méditerranée qui t'a fait ça. Elle s'est emparée de tes yeux. Elle te possède. Plonge en elle, maintenant, et laisse-toi flotter... Oublie tout et éteins ta mémoire, tu n'en as plus besoin, maintenant.»

Cette nuit-là, Créons expérimente ce que veut dire le verbe cauchemarder. Une horde de prophètes échappés de l'Ancien Testament défilent devant lui, avec leur barbe blanche enroulée autour de leur cou décharné. Ezéchiel parle plus fort que tous les autres. Arrivé à sa hauteur, il s'arrête et l'apostrophe en plongeant ses yeux dans les siens : «Ton tour est venu, Créons, de recevoir le secret que voici. Il provient du jardin du savoir ancestral.»

La couverture du volume tendu par le prophète est entièrement décorée d'une micrographie typiquement hébraïque : ailes d'oiseau, instruments de musique, coquillages, rosettes, étoiles, licornes entourent une inscription de teinte brunâtre. Créons, fasciné, tend ses mains pour recevoir le livre, mais Moïse se dresse devant lui, menaçant et solennel : «Non! L'heure n'est pas encore venue pour toi de goûter à ce fruit céleste. Va plutôt faire le tour des enfants d'Israël. Ils te donneront ce dont tu as besoin : de l'or, de l'argent et du bronze. Garde-toi, surtout, de les mêler. Tout l'univers exploserait. Après les avoir séparés, enferme-les dans des coffres bien étanches. Range aussi dans un sac à part la pourpre violette et écarlate, le lin fin, le poil de chèvre, le bois d'acacia et les pierres de cornaline que les femmes te remettront. Clara te montrera comment les transformer pour étançonner le canal… Va, et hâte-toi. Iahvé attend que les temps s'accomplissent et que la lumière revienne se nicher dans ses reins pour ouvrir les digues de l'éternité.»

À l'instant même où Créons s'apprête à partir pour accomplir l'étrange mission confiée par le prophète, le livre que tient toujours Ezéchiel devient lumineux, il s'enfle par le milieu et se transforme en sphère pour ensuite se hisser doucement au-dessus de la ligne d'horizon. «C'est la lune, elle me cherche, elle me colle, pense Créons, rassuré. Je sais pourquoi… Tom m'avait promis qu'il me l'offrirait si je réussissais. Me voilà donc maître de la lune, une lune bien ronde, bien pleine. On dirait du velours, on dirait des joues d'enfant…»

«Ignorant que tu es!, tonne une voix rocailleuse. Ce n'est pas la lune que tu vois, c'est ton crâne, Créons! Te voilà confronté à l'instant de ta naissance. Les médecins ont fendu le ventre de Clara, parce que tu pleurais trop fort, parce que ton cerveau était fin prêt et trépignait d'impatience. C'est lui qui a déclenché les hormones du travail et les médecins n'ont eu d'autre choix que celui de te sortir de ta cachette. Et quand tu partiras bientôt, tu parcoureras le même chemin, en sens inverse. C'est toi qui donneras le signal du retour au bercail, et la bouche de l'Éternel te recueillera au bout de la route. Tu franchiras le passage quand la nuit sera à son déclin et pas avant, tu entends, surtout pas avant!»

La voix s'éteint, la sphère de chair s'étire, elle semble aspirée par un souffle invisible, et Créons sombre dans une sorte de liquide glaireux et opaque. Il ne voit plus rien, mais il entend… Un chœur de voix d'enfants parvient à ses oreilles. Ce qu'elles psalmodient est à peine audible. Heureusement qu'il a l'oreille fine : «Naître! Naître! Naître! Naître-e-e-e-Étraîn! Étraîn! Étraîn-in-in-in-n-nn-nnn-naître!»

Le timbre du téléphone le tire de son cauchemar. Il s'éjecte de son lit avec la maladresse d'un jeune amant surpris en flagrant délit, trébuche, saisit le combiné à deux mains et, avant même qu'il dise «allô», la voix chaleureuse de son ami se fait entendre :

– Créons? Que se passe-t-il? Tu n'es pas malade, au moins?

– Ouais, je ne sais pas, peut-être bien que si. Tu peux venir? J'ai besoin de toi…

– O.K. C'est comme si je sonnais à ta porte. Au fait, Lulu ne sera pas amputé.

29

Créons est si pressé de tout raconter à son ami qu'il entremêle ce qui s'est passé au loft avec ce qu'il a rêvé. Le front barré de plis soucieux, il marche à petits pas nerveux, ouvrant et refermant spasmodiquement ses mains, comme s'il craignait qu'elles ne s'ennuient à ne rien faire. Conscient de sa surexcitation, Bubble Tom l'oblige à s'arrêter et à s'asseoir par terre. Il s'agenouille derrière lui et lui masse la nuque avec ses pouces.

– Si tu continues à te touiller les hémisphères à ce rythme-là, tu vas prendre feu, mon frère. Et je suis médecin, pas pompier!

– Tom, dis-moi et sois franc, de grâce, est-il possible que mon hallucination ait été forte au point de me faire lire des mots qui n'existent pas? La lettre d'Aube m'a littéralement achevé... Je t'en prie, va à la cuisine, et lis-la... Peut-être que j'ai tout inventé?

– Nous allons procéder avec méthode, tu veux bien? Je vais lire cette lettre, si cela peut te rassurer. Mais, au fond de toi, tu sais très bien que tu n'as pas halluciné. Tu as très bien lu et... tu as entendu distinctement des voix que tu as identifiées comme étant celles de tes parents.

– J'ai cru les entendre, Tom, nuance! objecte Créons en se relevant d'un bond et en dardant ses yeux dans ceux de son ami, comme s'il voulait l'hypnotiser.

– Tu les a enregistrées, ces voix ?

Créons échappe un « meeerdeee ! » retentissant en cognant rageusement, à plusieurs reprises, ses deux poings l'un contre l'autre.

– Non ! Non, je ne l'ai pas fait ! L'idée ne m'en est même pas venue ! Suis-je assez bête ! Je dispose pourtant, sur place, d'outils sophistiqués, capables de détecter les sons les plus ténus, je veux dire les sons qui existent vraiment… Je pense que je suis en train de devenir fou ! C'est évident, c'est la seule explication qui reste. Je n'ai pas rêvé, je n'ai pas inventé, j'ai dérapé dans les grandes largeurs, c'est sûrement le début d'une forme de folie…

– Cesse de te frapper, veux-tu ? Voici ce que je pense : ou tu as bel et bien entendu la voix de ta mère et celle de ton père et donc fait, comme ils te l'ont dit, une découverte majeure, et alors tu es en route pour ramasser le prochain Nobel, mon frère, ou bien tu as halluciné.

– J'ai halluciné… évidemment !

– Admettons que ce soit le cas. Je te rappelle qu'on peut tous halluciner sans pour autant conclure à la folie. J'en connais un chapitre là-dessus, fais-moi confiance. On peut être en parfaite santé et avoir une hallucination, sans que ce soit obligatoirement et systématiquement pathologique. Le phénomène peut survenir quand on est fatigué, quand on se sent vulnérable, ou encore quand on s'adonne à des exercices qui favorisent le laisser-aller, l'abandon. Tu as entendu les voix juste après avoir fait jouer de la musique et avoir pratiqué ton rituel de Kototama, dis-tu… C'est peut-être ça qui a déclenché l'hallucination ? Il se peut aussi que tu aies traversé une phase d'instabilité temporelle. C'est plus fréquent qu'on ne l'imagine, et cela aussi donne des hallucinations visuelles et auditives très fortes et très réalistes. Je pourrais toujours, si cela peut te rassurer, te faire passer un électro-encéphalogramme, mais je doute fort qu'un tel examen nous éclaire sur ce qui s'est produit. Non… Dans tout ce que tu m'as raconté, il y a une chose qui me frappe. Les voix t'ont fourni des renseignements : elles ont prévu l'arrivée d'une lettre de ta sœur et elles t'ont même annoncé ce qu'elle contenait. Compte tenu de ces faits, et de la nature très *sensitive* de ta personne, je crois qu'il faut aborder le problème d'une autre façon. À mon avis, nous nageons en plein mystère *psi* et nous devons choisir une grille d'analyse en conséquence!

– Qu'as-tu en tête? Je me méfie… Je t'ai appelé pour que tu…

– Pour que je t'aide à résoudre ton problème, n'est-ce pas? Alors laisse-moi au moins t'expliquer mon idée : les voix t'ont proposé une autre rencontre, m'as-tu dit? C'est parfait! Nous y serons, toi et moi. D'ici là, tu te reposes, tu fais la carpe dans son bassin, et tu me laisses préparer cette rencontre.

– Non! Pas question! Je ne veux pas me faire embarquer dans une autre aventure signée Tom Chissanno! Je t'ai appelé, parce que j'ai peur d'être mentalement dérangé et que tu es psychiatre, et que je n'ai pas le goût d'aller raconter ce qui m'arrive à un médecin que je ne connais pas!

– Sur quoi te bases-tu pour conclure que tu es malade? Sur les voix que tu as entendues? Tu n'es pas le premier à en entendre, le sais-tu? Ça devrait te rassurer. Il y a une façon d'aborder ce genre de phénomène, je te le répète. Je vais me renseigner, lire les récits de personnes qui ont témoigné de leur expérience.

– Je n'ai rien de commun avec elles, Tom!

– Qu'en sais-tu?

– Je ne suis pas plus un… *channel* qu'un guérisseur. Si je te suis bien, en plus de me prendre pour un guérisseur, tu m'affubles d'une autre étiquette : *channel*!

– Tiens, tiens… tu as donc déjà lu des choses sur la transcommunication?

– Non! Mais je vois que le genre te paraît très, très familier… Si j'étais méchant, je dirais que les esprits de tes ancêtres se sont emparés de ta raison! Quand je t'écoute, je suis forcé de constater que l'Afrique noire n'est pas loin, avec ses sorciers, ses amulettes, ses transes, ses danses et ses tam-tams…

– Tu as tort d'ironiser et tu as de la chance d'être mon frère, autrement je te flanquerais un coup de naseau qui t'enverrait direct dans la brousse la plus noire qui soit… Oui, je me suis déjà intéressé aux récits de ceux qui disent avoir vécu des expériences extrasensorielles. Je ne vois pas pourquoi j'aurais honte de m'intéresser à ce genre de phénomène. J'apprécie énormément les documents qui donnent des réponses scientifiques à des questions existentielles, philo-sophiques, biologiques, physiologiques, et je m'en suis farci une foutue beurrée pour devenir médecin. Mais j'aime aussi beaucoup les documents qui osent poser des questions à haut risque, disons, et sans fournir de réponse. Ça me transcende les hémisphères. Et je ne vois pas en quoi mon désir de repousser les limites de l'intelligence et de la perception de l'univers est déshonorant. D'ailleurs, si j'appliquais ton raisonnement à ta profession, tu te retrouverais chômeur, mon frère… Quand tu fais joujou dans le ciel avec tes radio-télescopes, tu vois des choses, tu prends des clichés, des mesures qu'il t'est impossible d'interpréter là, comme ça, sur-le-champ. Tu sais que le fin fond de l'univers essaie de te dire quelque chose et tu cherches. Tu poursuis l'aventure, parce que tu espères qu'un jour la réponse viendra. La quête de sens, c'est le justificatif à toute démarche qui se veut authentique

– Bon. Tu veux m'obliger à faire ce qu'ont demandé les voix. Tu veux voir ce qui se produira. Tu es tellement excité par tout ce qui m'arrive que tu es prêt à me sacrifier. Tu as besoin de voir un être humain perdre la raison en direct, n'est-ce pas?

– Tu es de mauvais poil, toi. Mais je te comprends. Tu es surmené en ce moment, et par ma faute. Laisse-moi t'aider. Quand le jour sera venu de faire un autre appel outre-tombe, je serai là, à tes côtés, et nous serons deux à écouter. Quatre oreilles valent mieux que deux, tu ne crois pas ? Après cette expérience, nous serons fixés, vraiment fixés.

– Si j'accepte ton scénario et que tu découvres qu'il n'y a pas de voix ? Si j'entends à nouveau, et toi pas ? Si le magnétophone ne capte rien, tu croiras que j'ai tout inventé, que je suis fêlé, alors que feras-tu de moi ?

– Stop ! Soyons méthodiques. Une chose à la fois. Nous aurons tout le temps de secouer tes «si» pour en extraire ce qu'ils ont d'intéressant, après. Pour l'instant, repos. Tu décroches, tu joues à l'amnésique. Ordre du docteur ! Et maintenant, nous allons casser la croûte, toi et moi. J'ai un petit creux. Tu as des œufs ? demande Tom en frottant ses grandes mains aussi affamées que son estomac.

En préparant l'omelette aux quatorze affaires, comme il dit en faisant tomber dans le liquide mousseux des morceaux de fromage, de piment, de céleri, de poireaux, etc., Tom raconte à son ami sa première nuit d'amour avec la belle Marika. «Moi aussi, mon frère, j'ai eu des visions, et c'était pas casher, je ne te dis que ça. Un corps comme celui que j'ai tenu dans mes bras n'a rien d'humain. Je suis sûr que j'ai eu affaire à un ange, dont le sexe était néanmoins très, très, très déterminé. Et déluré, et délié, et polisson, et joyeux ! Je m'en suis mis jusque-là. Et, tu me croiras si tu le veux, j'ai quand même trouvé le moyen de penser à toi, entre deux manches. Tu es si seul… cette Garance qui carbure au tabac et refuse de se montrer en public, tu es sûr qu'elle ne vaut pas la peine que tu t'occupes d'elle d'un peu plus près, et dans le noir si elle ne supporte pas la lumière du jour ? Hé ! J'y pense… Peut-être est-ce une vampire ? Tu as mesuré la longueur de ses canines ? Tu veux que je te commande une paire d'oreillers bourrés de gousses d'ail et un cache-couilles lavé à l'eau bénite?»

Distrait par le monologue truculent de son ami, Créons finit par se calmer et par avaler quelques bouchées. Le repas terminé, Bubble Tom l'enjoint d'accepter le certificat de congé de maladie qu'il est prêt à lui signer.

– Appelle l'Institut et dis à ton patron que tu as besoin de trois semaines de repos. Allez, grouille! J'ai pas que toi à m'occuper, dans la vie. Il y a Marika qui veut encore me violer. Il y a aussi une crème à la vanille prénommée Lulu qui m'attend pour organiser la réadaptation d'une main qui guérit à une vitesse fulgurante. Ça fait vachement jaser dans le service, mon frère.

Trop fatigué pour lutter, Créons compose le numéro de l'IQRHR et demande à parler au P.D.G. Contrarié, André Caradin le prévient que son absence ne le dispense pas pour autant de remettre tous ses rapports d'étapes aux dates prévues.

Heureux de s'en tirer aussi facilement – habituellement, le Requin négocie âprement vacances et congés sabbatiques, s'arrangeant toujours pour rattraper, d'une manière ou d'une autre, les périodes de repos qu'il accorde à ses chercheurs –, Créons, houspillé par Bubble Tom, se hâte de faire ses bagages. Pendant qu'il réunit les objets et les vêtements dont il aura besoin, son ami lui réserve une chambre au dauphinarium *Le Berceau*.

En allant le reconduire au terminus des hélicos desservant les Laurentides, Tom se fait rassurant :

– Une petite semaine à jouer dans l'eau te fera le plus grand bien. Samedi, j'irai te rejoindre et nous ferons le point. D'ici là, pas de lecture, pas d'écriture, pas de méditation excessive et pas de téléphone, ni à l'IQRHR ni à Jérusalem. Débranche-toi de partout, marche, cours, saute, danse et nage à volonté. Et essaie de tirer un coup, mon frère. Je suis sûr que tu trouveras sur place une nana très comestible, qui ne demandera pas mieux que de se faire initier au Kototama à l'horizontale : «SOUU-OIIS MIGNON, MON NOU-NOUR... AAAWAA TE DONNER LA BECQUÉE.»

30

Dès le troisième jour de cure, Créons constate que le dépaysement et le contact direct avec l'eau lui sont bénéfiques. Il voit progressivement plus clair en lui. Il prend, et sans bouffées d'angoisse, la mesure des changements importants qu'il s'est efforcé d'ignorer jusqu'ici et qu'il a imputés à des accès subits de lassitude extrême, le privant de tous ses moyens et de son habituelle lucidité.

Son tout premier constat le surprend. La passion qu'il a toujours éprouvée pour son métier s'effiloche : des fils s'étirent et se rompent. Il est las de gaver des ordinateurs de mesures, de chiffres, de projections obtenus par des milliers d'heures d'observation au télescope, colligés par des centaines d'astronomes et d'astrophysiciens. Las de superviser les travaux d'assistants de recherche et de stagiaires qui passent dans sa vie à la vitesse de météores. Las de participer à des comités au sein desquels une faction finit toujours par biaiser, parfois même à faire avorter les travaux entrepris. Las des vidéo-conférences ressemblant davantage à des arènes de combat ou à des exercices de marketing scientifique. Et surtout las de l'IQRHR. L'Institut ne représente plus rien à ses yeux. Détourné de sa vocation première, il n'est plus qu'une entreprise dont le rôle principal consiste à utiliser les talents des chercheurs et de ceux qui gravitent autour, afin de se tailler une place de choix dans l'exploitation du cosmos déjà quadrillé comme une banlieue de la Terre. C'est la course acharnée aux contrats de recherche, de contrôle, et de colonisation. Plus aucune préoccupation pour le mieux-être de l'humanité et pour une meilleure compréhension de l'Univers... Quant au Requin, c'est vrai qu'il n'est rien d'autre qu'un sous-produit de Machiavel, «un vieux blaireau pourri qui gère son personnel à la façon d'un comptable jonglant avec des colonnes de chiffres», comme dit Bubble Tom en dressant un de ses majeurs à la façon d'un drapeau, pour bien montrer où il situe les compétences du bonhomme.

Tom... Depuis qu'il a rencontré ce diable d'homme, sa vision du monde et de lui-même a considérablement changé. Avec, pour résultat, qu'il ne sait plus très bien qui il est. À l'instant où il admet cette réalité, il ne ressent rien d'autre qu'une grande paix pavée d'une sereine indifférence face au futur. Cela doit venir de l'eau, pense-t-il. À force de nager dans l'eau de mer, sa peau doit être gavée de tout ce qu'elle contient : chlorure de sodium, potasse, magnésium, iode, fer, phosphate, tous les éléments simples, de l'hydrogène jusqu'à l'uranium. Les bains quotidiens d'algues et de boue y sont peut-être aussi pour quelque chose. Son organisme comble des carences.

Ce qui est sûr, c'est qu'il se sent nettement mieux qu'à son arrivée. Il croit entendre la voix de sa sœur lui parler, et il lui faut quelques secondes avant de se persuader que cette voix est inaudible. Cela n'a vraiment rien à voir avec ce qui s'est passé au loft. Il s'agit plutôt d'un souvenir qui, tout à coup, s'est activé dans sa mémoire.

Intrigué par la quasi-dévotion d'Aube pour l'eau et tout particulièrement pour celle de la mer Morte, il l'avait, un jour, taquinée en lui demandant si ses fréquents rendez-vous aquatiques ne cachaient pas une liaison vachement salée avec Neptune... ou l'un de ses rejetons. «Tu veux savoir pourquoi j'aime l'eau? Pourquoi c'est vers elle que je me tourne, en elle que je me réfugie quand rien ne va plus? lui avait-elle répondu. Parce qu'elle m'accueille et me soigne sans me poser la moindre question, cher astrofrérot. Elle me prend comme je suis, sans essayer de me faire la leçon; elle anesthésie mes chagrins, mes aigreurs et mes peurs; elle me lave, me nettoie, me purifie; et puis, quand je suis nette, lisse et molle comme une figurine de cire tiède entre ses milliers de micromains liquides, elle me refaçonne et m'injecte la dose d'énergie dont j'ai essentiellement besoin pour reprendre ma vie là où je l'ai laissée. C'est, et de loin, la meilleure thérapeute que je connaisse sur cette planète!»

Pourquoi ce souvenir, en cet instant précis? «*Because* tu viens d'évoquer les effets de l'eau sur ta petite personne au système nerveux surmené, Créons Furtadeau. Relaxe!» Sa main droite s'élève doucement dans l'espace comme si un marionnettiste invisible tirait sur le fil auquel elle est attachée. Il fixe intensément cette partie de son corps comme s'il la voyait pour la première fois. «Il paraît que tu fais des trucs pas ordinaires avec les enfants, toi… Que cherches-tu, maintenant? Il n'y a pas de petits malades dans cette pièce, et s'il s'en trouve un, c'est peut-être bien toi!» murmure-t-il en laissant sa main poursuivre sa trajectoire. La réponse jaillit au bout de ses doigts, en une fraction de seconde : «Je cherche un signe!» Sa mémoire lui renvoie l'image de Moshe cueillant un livre et l'ouvrant à l'aveuglette dans l'espoir de trouver une réponse à un problème préoccupant ou particulièrement complexe. Sa main s'abaisse et s'empare d'un ouvrage trouvé sur la table, à son arrivée : *Le Non-dit de la science, de la médecine et de l'analyse.* Sa seconde main vient à la rescousse de la première et ouvre le livre à la page 183. Ses yeux boivent les mots :

Présentes, absentes, les sciences s'oublient dans le sujet qui, désormais, sait, comme le dit Michel Serres. Ce savoir intime change le statut du savoir scientifique qui doit composer avec la mémoire de l'humanité, rendre, même à la magie, l'hommage qui lui est dû, apprendre la modestie, la convivialité, nuancer enfin les certitudes du langage, peut-être dépasser la philosophie des sciences pour revenir à la philosophie, surtout peser toutes ses responsabilités vis-à-vis des autres hommes.

Créons referme le volume. Il sait qu'il est parvenu à une croisée des chemins. Le premier qui s'offre à lui est balisé, large, rassurant et bien éclairé, tandis que le second a l'étroitesse et l'inquiétante densité d'un sentier de jungle. Les cris stridents et furieux d'un oiseau le distraient de sa réflexion. Il s'approche de la fenêtre, les cris cessent aussitôt. Il essaie de découvrir dans quel bosquet l'oiseau se cache, mais ne voit rien. Pourtant le son de ses piaulements est toujours là, flottant dans l'air que Créons respire.

« C'est contre toi qu'il en a, l'oiseau ! Si tu refuses de reprendre le contact avec les voix, tu es un couard, Créons Furtadeau. Voilà ce qu'il te siffle à pleins poumons. Tu veux savoir ce qui s'est produit au loft, tu en meurs d'envie ? Alors, accepte la proposition de Tom. Autrement, tu passeras le reste de tes jours à faire rebondir la question entre tes deux oreilles, et là, il n'y a pas de doute que tu finiras zinzin. Problème résolu. Maintenant, retourne jouer avec les dauphins, ils finiront de te remettre les idées en place. »

31

Les retrouvailles avec Bubble Tom font un drôle d'effet à Créons. Comme si plusieurs semaines s'étaient écoulées depuis le fameux jour où sa raison a failli basculer. Son ami l'empoigne, le soulève de terre et le serre contre lui à l'étouffer. Créons proteste, amusé et surpris :

— Woh ! Je ne suis pas Marika !

— Mon frère, j'ai amassé un butin pas ordinaire. J'ai consulté des tas de documents. Je dois ressembler à un gros jambon persillé avec tout ce que je me suis farci...

— Avant de poursuivre cette conversation, Tom, j'ai besoin de savoir si tu as cru tout ce que je t'ai raconté ?

— Évidemment ! Tu es mon banquier, je suis bien obligé de te faire confiance ! Je te connais, petit homme blanc, plus que tu ne l'imagines, je t'apprécie, je te respecte et je bénis chaque jour le ciel de t'avoir placé sur ma route. Alors, ces vacances, ça s'est bien passé ? Tu as une mine splendide ! Tu es retombé dans tes chaussettes, on dirait, hein ? Plus de cernes, plus de tremblements, ça fait plaisir à voir, une vraie mine de jouvenceau !

— Je suis tout à fait calme, maintenant, et capable de parler de ce qui est arrivé avec un certain... détachement. Selon toi, que crois-tu qu'il s'est passé au loft ?

– Tu as réellement vécu quelque chose de pas ordinaire. Quoi? Je n'en sais strictement rien, pour l'instant. C'est pourquoi je pense que tu devrais poursuivre l'expérience. Avec moi à tes côtés, évidemment.

– Admettons que j'accepte. Je serai une sorte de cobaye pour toi, avoue...

– Je serai au moins aussi cobaye que toi, tu ne crois pas?

– Alors, selon toi, il faut continuer, avec les enfants et avec les voix?

– Affirmatif! Tout en étant prudents, discrets et patients. Et maintenant, que dirais-tu d'un bon repas? Il y a, pas très loin d'ici, un restaurant sublime, *La Poule de luxe*, c'est moi qui régale! Une fois que nous serons bien installés et que nous aurons commandé, je finirai de te vider mon sac.

En attendant le *Poulet Vésuve, son lit de poivrons rouges en mousseline et son buisson d'endives braisées à sec,* la spécialité de la maison, Bubble Tom instruit son ami :

– Chapitre premier : le processus selon lequel une personne croit recevoir une information d'une source qui n'est pas sa conscience n'a rien de nouveau. L'histoire de l'humanité, tout comme celle des religions, montre que des milliers de personnes ont entendu des voix et reçu des messages. Presque toutes les ont identifiées : ange, dieu, extraterrestre, entité au nom exotique ou futuriste, prophète, personne décédée, connue ou inconnue d'elles.

– J'ai toujours pensé qu'il y avait plus de cinglés qu'on ne l'imagine... lâche Créons en enduisant une biscotte de beurre à l'estragon.

– Ce qui est agaçant chez toi, mon frère, c'est ta fâcheuse propension à tirer la ligne avant que le texte soit écrit! riposte Bubble Tom en brandissant, à bout de bras, une tige de céleri à la façon d'un goupillon. Bon sang! Quand tu fais joujou avec tes filaments gazeux, tes raies spectrales, tes galaxies supersoniques, hypersoniques, hydrosoniques, cacophoniques et hydroponiques, tu ne conclus pas avant d'avoir bien tout pesé, tout envisagé, tout vérifié et contre-vérifié!

– C'est bon, je n'ai rien dit. Poursuis...

– Ces personnes, dont la très grande majorité étaient tout à fait saines d'esprit et en outre sincères, ont entendu pour la première fois leur source à la faveur d'une séance de méditation, de relaxation, de prière, d'auto-hypnose ou après un jeûne, une longue période de veille sans sommeil, voire pendant leur sommeil.

– Seigneur! Nous voilà embarqués dans la galère de la religion!

– J'opterais pour le mot foi, au lieu de religion. Elles croyaient toutes en quelque chose ou en quelqu'un, c'est vrai. Bon... donc, première déduction intéressante : la transmission des messages paraît s'être presque toujours effectuée pendant des états de conscience modifiés, des transes légères ou profondes, spontanées ou induites.

– Autrement dit, ou elles ont halluciné, ou elles ont rêvé, ou elles ont inventé?

Balayant la question de Créons avec une carotte, cette fois, Bubble Tom poursuit son discours :

– L'explication physiologique la plus plausible du phénomène est que, pendant cet état non ordinaire de conscience, l'organisme des sujets a pu produire des endorphines, lesquelles auraient déclenché des processus affectifs et cognitifs typiques de l'extase, religieuse ou mystique. Voilà qui décalotte un certain nombre de saints : le curé d'Ars, la grande Thérèse d'Avila, Paul l'évangéliste de je ne sais plus où, et puis la petite Jeanne d'Arc, et François d'Assise, et même Moïse, le patriarche!

– Tout se passerait donc dans le cerveau ? Une réaction strictement biochimique ? Mais ces gens qui ont affirmé s'entretenir avec des… sources, comme tu dis, ils n'étaient tout de même pas tous des saints patentés ?

– Non, et là, mon frère, tu as le choix : la cour des voyants, clairaudients, médiums et compagnie compte en ses rangs des personnes de toutes allégeances : couturières, dentistes, mécaniciens, géophysiciens, stylistes, artistes, enseignants, médecins, jardiniers, astronautes, agents immobiliers, coureurs automobiles, mathématiciens, *name it, you have it.* Des chercheurs en ont observé un certain nombre pendant plusieurs mois, voire plusieurs années. Ils ont pratiquement tous abouti aux grilles de l'inconscient collectif de Carl Jung. On peut résumer cette hypothèse – très grossièrement, hein ! je n'entre pas dans les détails –, de cette manière : le cerveau humain, dans certaines circonstances, serait en mesure d'aller à la pêche grâce à la ligne de l'ESP, la perception extra-sensorielle : les *percipiants* – c'est ainsi que les chercheurs ont baptisé les personnes captant des voix ou des images – puiseraient l'information dans la mémoire des gens venus les consulter, ou carrément dans leur inconscient. Ou encore ils parviendraient à se brancher sur le matériel de la mémoire de l'espèce, cette colossale banque de données qui contiendrait les pensées, les archétypes, les émotions, le savoir de l'humanité, et ça, depuis le tout début de son histoire.

– En t'écoutant, je vois comme une antenne qui se déploie… *Slickha !* Tom, voilà que je parle comme ma sœur !

– L'image de l'antenne est fameuse ! Si cette hypothèse est fondée, la grande question qui se pose, c'est : quel est donc le mode d'utilisation le plus efficace et le plus fiable de cette antenne ?

» O.K. Chapitre deux, poursuit Bubble Tom en plongeant sans vergogne un index dans le bol de sauce accompagnant le ravier de crudités. Compte tenu des caractéristiques de ton récit, j'ai jugé opportun de rechercher tout particulièrement des témoignages de personnes affirmant avoir réussi à enregistrer sur cassette des sons, des voix et même des images de l'au-delà.

– Hein?

– Tu n'es pas au bout de ton étonnement, mon frère. Certains de ces enregistrements ont été analysés par des laboratoires. Quelques spécimens ont été vite écartés, parce qu'ils étaient truqués! Il y a des petits malins partout... Quant aux autres, aucune explication satisfaisante n'a pu être trouvée.

»Je poursuis. Chapitre trois, annonce Bubble Tom en jetant un coup d'œil gourmand et impatient vers les cuisines du restaurant. Des pères et des mères ont affirmé avoir longuement conversé avec leur enfant mort, et vice-versa, dans des circonstances pénibles. Détail important : ces conversations ont eu lieu très tôt après le décès. Les communications scientifiques que ces témoignages ont générées sont particulièrement intéressantes. Il paraît plus que probable que l'inconscient de ces personnes ait grandement influencé leur imaginaire et produit les entretiens, si l'on peut dire, de manière à leur rendre plus supportable la disparition de celui ou de celle qu'elles aimaient.

– Dans mon cas, aucune des hypothèses que tu viens d'évoquer ne tient la route. Si j'avais entendu la voix de ma mère tout de suite après sa mort, alors, je pourrais...

– Attends, ne sois pas si pressé de conclure!

Avisant le garçon de table qui s'avance vers eux avec une nonchalance étudiée, un grand plateau en équilibre sur une main, Créons pose une dernière question à son ami :

– Ton bilan, Tom?

– En dépit de l'impressionnante collection de récits consignés et analysés selon diverses grilles – psychiatrique, biologique, physique, paraphysique, mécanique, parapsychologique –, jamais on n'a pu, jusqu'ici, obtenir une preuve incontestable de la possibilité que des morts puissent entrer en contact avec des vivants. Mais on n'a pas non plus établi la preuve du contraire, je veux dire hors de tout doute. Alors, mon frère, je te réitère ma proposition d'ajouter un jalon à la passionnante série d'observations rapportées par des milliers de personnes de toutes les époques, de toutes les races et de toutes les croyances. Allô, allô, ici la Terre, qui est au bout du fil, qui parle et dans quel but?

– Très bien, essayons, nous n'avons rien à perdre, après tout. Et puis, comme je compte quitter l'Institut d'ici quelques mois, il faut bien que je me paie une année sabbatique qui ait du tonus!

– Hein? Tu comptes tirer ta révérence au Requin, s'exclame Bubble Tom, manquant s'étouffer de surprise.

– Oui, docteur, et puisque c'est vous le responsable, c'est vous qui en subirez les conséquences!

– Incroyable! Ils en ont fait du bon boulot, les dauphins… Te voilà décidé à sortir de ta coquille, bien! *Magreb tof!* comme tu dis!

– *Mazal Tov!* Tom. Et maintenant, changeons de sujet, propose Créons, en piquant sa fourchette dans le cœur d'une endive délicatement caramélisée.

Plus tard, en dégustant un café turc, Bubble Tom revient habilement sur le sujet :

– Imagine que je sois mort et que je réussisse à entrer en communication avec toi… Au début, tu refuserais de me croire, tel que je te connais. Et moi, j'insisterais, tel que tu me connais : «Ho! C'est bien moi, ton frère noir, qui te cause.» Toi, comme de raison, tu tiquerais : «Tu es Tom, hein? Eh bien, moi, je suis le Bonhomme Sept Heures! Vous vous êtes trompé de numéro, monsieur Bidon. Vous devriez essayer celui de la fée Carabosse : 515-BARJO!» Face à ton scepticisme, je pousserais une succulente bordée d'injures et, après t'avoir traité de pilet tout juste bon à couicouiner à la lune, j'essaierais de toutes mes forces de te prouver que tu as bel et bien affaire à moi. Je te donnerais des preuves : «Tu m'as rencontré un 31 décembre, mon frère. C'est toi qui m'as adressé la parole le premier. Tu m'as invité à souper à un restaurant qui avait un nom de chèvre, etc.» Là, tu serais probablement ébranlé, mais tu résisterais toujours et tu réclamerais d'autres preuves, plus intimes. Je te parlerais alors d'une certaine petite Lobelia, des sons japonais bizarroïdes que tu pousses en pensant revivre la création du monde, d'Avoine de Saint-Charivary, et… d'un certain petit carnet contenant des détails très édifiants sur tes aptitudes *psi*. Tu finirais par acquérir une conviction plus ou moins grande, j'imagine. Tu saisis? En poursuivant l'expérience, nous allons pouvoir forcer la source à nous fournir des preuves. Et peut-être aboutir à une conviction absolue.

– Sur le plan scientifique, tu le sais, Tom, les convictions absolues sont très rares. On parle de hautes probabilités.

– Si j'ai une écharde dans le pied, que je la vois, que je la sens, c'est une conviction absolue pour moi, et malheur au crado qui voudrait me contredire! Revenons à notre petite affaire, mon frère. Si jamais tu parviens à rétablir le contact, nous allons tout enregistrer, et avec deux appareils pour plus de sûreté. Nous allons nous conduire en bons scientifiques, avec un protocole d'analyse solide. J'ai entendu parler d'un phénoménologue…

– Et si les voix ne reviennent pas?

– Tu serais déçu, hein, avoue…

32

Créons, ému, accomplit le rituel : l'ouverture de l'opéra fait grande impression sur Bubble Tom dont les yeux brillent d'une émotion qu'il ne cherche pas à camoufler. Pendant les quelques secondes de silence qui suivent la fin de l'intro, Créons pointe du doigt les deux appareils destinés à enregistrer l'expérience. Bubble Tom hoche la tête et lui fait signe que les deux sont en marche, en secouant légèrement ses pouces à la verticale.

Créons ferme les yeux et poursuit le rituel :

– SOUU-AAA-WAAA! Shalom, Clara, shalom!

– …Shalom, mon fils.

– Par la madone en plutonium de Saint-Aconit, j'entends la voix, moi aussi! J'entends, Créons! Il se passe quelque chose dans cette pièce, c'est évident! s'exclame Bubble Tom.

– Bonsoir, mon ami, répond amicalement Clara. Je suis heureuse que vous soyez là. Le destin de mon fils est désormais lié au vôtre et c'est bien qu'il en soit ainsi.

Éberlué, Bubble Tom pousse une série de petits cris de souris en frappant frénétiquement ses deux grandes mains l'une contre l'autre. Créons, en partie gagné par l'excitation extrême de son ami, laisse échapper un joyeux :

– Si je suis cinglé, je suis très contagieux, on dirait!
Puis, d'un ton plus posé, il s'adresse à la voix : ainsi donc,
c'est bel et bien toi que j'entends, maman?
– Oui! Et l'enregistrement de notre conversation sera
parfait.
– Yeee! Nous allons tenir une preuve irréfutable, écla-
tante, et la face du monde en sera changée! jubile Bubble
Tom en renversant la tête en arrière.
– C'est le but de l'aventure, mais j'ignore si vous
atteindrez l'objectif... prévient Clara.
– Le futur vous échappe donc, madame?
– L'au-delà a son code d'éthique, Bubble Tom. Pour
mener à bien ma mission, je dois me fermer à votre futur et
me limiter à vous rendre le passé accessible. Si j'enfreignais
cette règle, le canal se refermerait.
– Vous faites ça comment, vous fermer au futur et vous
ouvrir au passé?
– Vous êtes très curieux, mon ami! Mais je ne vous le
reprocherai pas. Je comprends... Néanmoins, il me faut vous
rappeler que nous disposons de vingt minutes d'entretien. Si
vous enlevez celle qui vient de s'écouler et la dernière,
générant une inévitable turbulence qui brouille et affaiblit la
communication, il nous en reste dix-huit.
– Nous avons beaucoup de questions à te poser, maman, annonce Créons, un peu fébrile.
– Eh bien, allez-y, mes enfants, je vous écoute.
– Tu vas nous trouver naïfs avec la première. Mais elle
nous paraît incontournable et tu dois bien t'y attendre. Dieu
existe-t-il?
Le doux rire de Clara bondit dans la pièce, léger comme
un ballon de plage se laissant porter par les vagues. Il accroche les trois mots au passage et les traîne dans son sillage :
– Dieu existe-t-il... L'humanité, de tout temps, l'a tellement voulu qu'elle a fini par le créer!, rétorque-t-elle.

196

Surpris, Créons cligne des paupières :

– Attends… Dans toutes les religions, il est dit que c'est Dieu qui a créé l'homme. Et voilà que tu m'affirmes le contraire ! Selon toi, c'est l'homme qui aurait créé Dieu ? Ça n'a pas de sens !

– Mais l'un n'empêche pas l'autre, Créons.

– Je ne saisis pas bien…

– Pense au ruban de Möbius. En apparence, il n'a qu'un seul côté. La séparation habituelle entre envers et endroit, intérieur et extérieur, s'éclipse. Le retournement, la circonvection d'une extrémité sur l'autre réalise l'unité des opposés. Quand on parcourt sa surface avec un crayon, on se rend compte qu'on revient au point de départ après avoir parcouru les deux côtés. Vous êtes insérés dans le temps, et je conçois qu'il vous soit très difficile de comprendre.

Créons, le corps légèrement penché vers l'avant, joint l'extrémité de ses doigts :

– Dieu serait dans l'homme et l'homme dans Dieu ? La fusion… possible uniquement en dehors du temps, et donc du corps.

– C'est à peu près ça. La matière n'est rien d'autre qu'un véhicule destiné à porter l'âme. En entrant dans le corps, l'âme se contracte, limitant sa mémoire et son champ d'action ; en le quittant, elle se dilate et elle retrouve son identité première, sa mémoire, et le grand Tout.

– Elle s'incorpore à quel moment, l'âme, madame Clara demande Bubble Tom en se grattant fébrilement le cuir chevelu. À l'instant de la conception, à neuf semaines, à l'instant de la première respiration ?

– Vous pensez à l'avortement, n'est-ce pas ? Vous en avez fait quelques-uns pour rendre service, mais vous avez toujours conservé un doute…

– Heu… normal, non ?

– Eh bien, l'âme s'incorpore quand elle le veut. Il n'y a pas de règle. Chacune trouve son heure, et cela se fait en douceur, progressivement, ou ne se fait pas : il arrive, en effet, que des âmes changent d'avis et le processus s'inverse. Puisque les minutes nous sont comptées, je voudrais revenir sur les derniers mots de Créons : la fusion. Toutes les âmes logent dans le grand Tout. Chacune peut en sortir, soit pour s'incorporer soit pour vivre une expérience susceptible de la faire mûrir. Ainsi, lorsqu'elle réintègre le grand Tout, elle est plus riche, plus grande, plus… divine.

– Je crois saisir : l'au-delà est comme une ruche et ses habitants, des abeilles, conclut Créons en jetant un coup d'œil à sa montre et un autre à la liste des questions à poser.

– Vous parlez d'expériences, reprend Bubble Tom, en quoi consistent-elles?

– Imaginez que vous arriviez à sortir du temps. Vous seriez alors en mesure d'assister au défilé du passé et du futur. Imaginez encore que vous puissiez, en une fraction de seconde, vous insérer dans la séquence temporelle de votre choix. C'est exactement ce que nous faisons. Nous regardons défiler les siècles, les humains, leurs histoires, leurs secrets, leurs tourments et leurs amours… La bande défilante du temps est notre outil d'apprentissage.

Créons se lève, incapable de rester assis plus longtemps :

– Je peux marcher en parlant, maman? Je ne perdrai pas le contact?

– Mais oui! Tu te souviens? Quand tu étudiais à l'université et que certains travaux étaient particulièrement arides, tu arpentais ta chambre, comme tu le fais en ce moment. Moshe et moi t'entendions déambuler et nous savions ce que cela signifiait. «C'est code rouge, ce soir», disait Moshe. Alors, j'allais te porter un café bien corsé et quelques biscuits aux abricots.

Créons poursuit sa marche jusqu'au fond de la pièce et revient vers Bubble Tom, un peu gêné par ce coin de voile soulevé sur sa jeunesse :

– Après la mort, maman, est-ce qu'on souffre d'une quelconque manière ?

– Souffrir… Voilà un mot qui n'existe pas, ici. Ce que nous éprouvons n'est pas réellement souffrant.

– Est-on accueilli, jugé d'une quelconque manière ? enchaîne Bubble Tom.

– Chaque âme voit se concrétiser ses attentes. Celle qui souhaitait être accueillie l'est, par ceux-là mêmes qu'elle a inconsciemment invités. L'âme qui ne croyait pas en la survie doit séjourner dans un lieu… comment vous expliquer… cela ressemble assez à un service de soins intensifs. L'âme y demeure jusqu'à ce qu'elle soit suffisamment «éveillée» et prête à entreprendre le voyage jusqu'au grand Tout. Pour ce qui est du jugement, voilà un autre mot qui n'existe pas, ici. Il se passe pourtant quelque chose… une sorte de confrontation. Cela a à voir avec la bande défilante du temps. Assister à ce qu'on a fait subir à d'autres est un exercice qui secoue, parfois. Qui permet de comprendre et d'apprendre, pour ensuite aider l'humanité à son insu.

– Que voulez-vous dire, madame Clara ?

– Le rêve, l'intuition, l'inspiration sont nos modes de communication avec vous. Mais encore faut-il qu'il y ait perméabilité !

– Tout cela me paraît si incroyable, murmure Créons !

Bubble Tom fait un signe à Créons, tout en lui désignant sa montre.

– Maman, nous avons préparé un petit test, avec la collaboration d'un phénoménologue qui travaille au laboratoire mobile Hans-Bender d'hygiène mentale pour les zones frontières. Acceptes-tu de t'y soumettre ? Nous avons besoin de preuves si nous voulons valider cette expérience…

– Je vous écoute, répond paisiblement la voix de Clara.

Bubble Tom tend une enveloppe scellée à Créons qui l'ouvre aussitôt :

– Puisque tu as accès au passé, nous aimerions que tu remontes à l'année 1904. À Paris, dans une rue bordant la rue Berton, il y avait un long mur sur lequel des graffiti étaient inscrits. Peux-tu les lire ?

Clara répète soigneusement les coordonnées :

– Paris, 1904, rue Berton... J'y suis. Le premier graffiti est : *Vive les Ménesses!* Le deuxième, écrit par une main en colère, se lit comme suit : *Maudit soit le 4 juin 1903 et celui qui l'a donné.* Le troisième est plus réjouissant : *Lili d'Auteuil aime Totor du Point du Jour.* L'inscription est illustrée d'un grand cœur percé d'une flèche avec une date, *1884.*

– Exact. J'ai la membrure qui tremble comme c'est pas permis, souffle Bubble Tom en rejetant la tête en arrière sous l'effet de la surprise.

À son tour, Créons tend une enveloppe scellée à son ami qui parvient à l'ouvrir, mais non sans maladresse, tant il est troublé.

– Pouvez-vous décrire les dernières minutes de vie de la sonde lancée par Galilée en 1989 ?

– Le 7 décembre 1995, la sonde est entrée dans l'atmosphère de Jupiter. Elle a fait un plongeon de 75 minutes, à plus de 160 000 kilomètres-heure, avant de se désintégrer sous l'effet de la pression et celui de la chaleur équivalant à deux fois et demie celle qui règne à la surface du Soleil. Mais, avant de disparaître, elle a transmis aux membres de la mission Galilée, réunis à Pasadena, une série d'informations sur l'atmosphère de la plus grande planète du système solaire. La réponse m'a été facile, Créons, j'ai capté l'information dans ta mémoire ! Prochaine question ?

Créons ouvre une boîte, y plonge la main, et choisit un carton au hasard :

– Il y a trois mots d'écrits : le système nerveux.

– Vous voulez une définition, une description?

– Répondez comme vous voulez, décide Bubble Tom.

– Bien… attendez, je synthonise l'esprit d'un expert en la matière.

– On peut savoir de qui il s'agit, madame Clara?

– Du professeur Henri Laborit… Il a été le premier à répondre à mon appel. Je commence la transmission : «Le système nerveux est constitué d'éléments cellulaires appelés neurones. Leurs corps ou somas sont dotés de prolongements parcourus généralement par l'influx, soit de la périphérie vers le soma – ce sont des dendrites –, soit du soma vers la périphérie, ce sont les axones…»

– Cela nous suffit, coupe Bubble Tom. Laisse-moi choisir le prochain carton, mon frère. Voilà… Je vous demande de définir brièvement le mot : *Marienbad*.

– Je consulte la banque du savoir universel… *Marienbad :* ville de la République tchèque, en Bohême occidentale. Le nom allemand est Marianské Lazne. Elle est réputée pour sa station thermale ouverte en 1918, à proximité de la Tefla. On y a tourné un film d'une grande beauté plastique. Attendez, ce n'est pas tout. En chimie, il existe un sel dit de Marienbad. Il s'agit, en fait, d'un mélange analogue au sel de Caribad. Le petit test est-il terminé?

– Pour aujourd'hui, oui, rétorque Créons en consultant sa montre.

– Je vous offre une prime, en sus, propose Clara. Tirez un dernier carton, au hasard. Voici ce qu'il y aura d'écrit : le mot Grossglockner, qui désigne le point culminant des Alpes autrichiennes (3 797 mètres), dans le massif de Hohe Tavern. Allez-y…

Bubble Tom renverse le sac sur la table devant lui, brasse les cartons et les jette par terre, un par un. Il tend le dernier à Créons qui lit, complètement médusé :

– Grossglockner, qui désigne le point culminant…

Bubble Tom l'interrompt :

– Attendez. Vous êtes allée dans le futur pour faire ça, madame. Vous nous avez dit que ça vous était interdit !

– Le futur, pas tout à fait, mon ami. Je me suis contentée d'entrer dans une petite boucle du présent. Je sais qu'il vous faut des preuves solides, à divers niveaux, et je m'efforce de vous fournir des éléments qui vous permettront d'être pris au sérieux, aussi rapidement que possible.

– Jusqu'ici, madame Clara, les morts qui ont communiqué avec les vivants n'ont guère fourni de preuves satisfaisantes, fait remarquer Bubble Tom. Certains se sont comportés d'une drôle de façon : ils ont phagocyté de pauvres naïfs et les ont rendus complètement maboules.

– Notre dimension a beaucoup de mal à s'ajuster à la vôtre. Il y a des obstacles : les ondes électromagnétiques de votre Univers, celles de vos cerveaux, l'armada de vos antennes et de vos radars, la force du désir de communication de ceux qui nous appellent – trop peu nombreux – et… la nature des motifs ! Nous décelons instantanément les manipulateurs, les aventuriers qui aimeraient bien nous contrôler et nous exploiter, pour le pouvoir ou pour l'argent, et nous nous amusons à leurs dépens, parfois… Mais vous avez raison. Jusqu'ici, quand d'aventure le canal s'entrouvrait et que les interlocuteurs étaient sincères, les messages passaient plutôt mal. Des mots étaient déformés, des phrases entières sautaient. Il y a eu des distorsions dans nos modes de transmission et de réception. Nous attendions que vous finissiez par utiliser l'énergie des sons.

– Tu peux élaborer à propos de cette forme d'énergie, maman ?

– L'univers est une musique, tous les êtres vivants sont reliés entre eux par des vibrations. L'air est plein de milliards de résonances. Tant et si bien que toutes les paroles prononcées depuis que le monde est monde flottent dans l'atmosphère, et cela, Marconi l'avait pressenti. Vous pouvez accéder à des séquences de cette extraordinaire partition dans certaines circonstances, moyennant certains outils qu'il vous reste à mettre au point…Vaste carte perforée… touche les plots mémoriels…. primitifs et cosmiques…

– Merde! Le canal se ferme! râle Créons. C'est pas possible! Il nous faut plus de temps!

La voix de Clara, tout comme la première fois, revient, mais nettement affaiblie :

– Créons, fais paraître une annonce et demande à celles et ceux que la chose intéresse de nous poser des questions. Par la suite, choisis-en quelques-unes.

– Je devrai faire un choix, moi? En fonction de quels critères?

– La solution de problèmes, le voilà, ton critère! Dans quinze jours, je serai là, à nouveau, et je répondrai aux questions sélectionnées.

– Avec Moshe?

– Tu aimerais qu'il soit là?

– *Kène, beva Kacha!*

– Très bien. Je t'embrasse tendrement, mon fils, et vous aussi, Bubble Tom!

Le baiser, invisible et parfumé, atterrit sur les joues des deux hommes, en même temps.

Une fois la voix de Clara envolée, Bubble Tom se rue sur les magnétophones et rembobine prestement les cassettes.

– Crois-tu qu'il y a quelque chose d'imprimé là-dessus, mon frère? demande-t-il à mi-voix à Créons.

– Oui, Tom. J'en ai la conviction absolue.

– Bubble Tom enfonce la touche *Play* et la voix de Clara s'élève.

– Ouais, l'enregistrement est bel et bien réussi. La voix est si distincte qu'il me paraît peu utile de faire analyser les cassettes par un technicien, décrète-t-il, les yeux pleins d'eau.

33

La première annonce paraît dans *Breffluves*, le magazine électronique international le plus branché et le plus lu par les communautés francophones.

Interrogez l'au-delà

J'ai trouvé l'indicatif régional permettant aux morts de converser avec les vivants. Je suis prêt, et ce, tout à fait gratuitement, à vous servir d'intermédiaire. Quelle question, susceptible de vous aider à mieux vous comprendre ou de régler un problème qui vous préoccupe ou qui touche la survie de notre planète, s'impose avec force à votre esprit? Le savoir des hommes et des femmes qui nous ont précédés sur cette planète est à votre portée!

Nul besoin de rendez-vous. Rien à débourser. Faites-moi simplement parvenir votre question – elle doit avoir un rapport avec le passé, et uniquement avec le passé. Si elle s'adresse en particulier à une personne décédée, veuillez mentionner son nom, son prénom et, si possible, sa date de naissance. Les réponses aux questions sélectionnées seront publiées dans la prochaine édition de Breffluves.

S.V. P. Signez vos demandes d'un pseudonyme.

Adresse électronique :

léo kause pso-me worki1-895 fb//veI 3E3, quécanmon+

Une semaine plus tard, en ouvrant pour la première fois sa boîte de courrier électronique, Créons y trouve douze questions.

– Je suis un peu déçu, avoue-t-il à Bubble Tom, venu passer la fin de semaine avec lui afin de préparer la prochaine rencontre avec Clara.

– Tu t'attendais à une avalanche, hein? Te frappe pas, elle viendra. C'est un commencement. Il est tout à fait normal que les gens se méfient, au début. Ils attendent de voir les résultats. Ils liront sûrement les réponses aux premières questions avant de décider si oui ou non ils embarquent. Alors, dis-moi vite, de quelle nature elles sont, ces premières questions?

– Quatre s'adressent à Dieu, trois sont en rapport avec des drames historiques : les morts de Marilyn Monroe, de Napoléon Bonaparte et de John F. Kennedy, tandis que les cinq autres sont très personnelles.

– Il fallait s'y attendre, commente placidement Bubble Tom en dénudant un litchi avec autant de délicatesse que s'il s'agissait d'un nouveau-né. La disparition de personnages célèbres ayant suscité l'adoration ou la haine est inévitablement suivie d'une flambée de points d'interrogation qui persistent très longtemps dans les esprits.

Pendant que son ami s'amuse, une fois chaque fruit pelé et dégusté, à aligner en colonnes les noyaux ressemblant à s'y méprendre à des amandes enrobées de chocolat onctueux et brillant, Créons termine, à son intention, la lecture des questions reçues :

Écoute ça, Tom :

Boris, mon seul enfant, a été enlevé par son père, après notre divorce, il y a de cela plus de 20 ans. En dépit de toutes les recherches entreprises à l'époque, personne n'a jamais pu retrouver sa trace. Tous les ans, je fais paraître une annonce dans plusieurs grands quotidiens, accompagnée d'une photo numérisée montrant Boris tel qu'il doit être aujourd'hui. Je n'ai jamais cessé d'espérer qu'un jour, peut-être, je finirai par avoir une piste valable. Vous comprendrez donc, Monsieur, que j'ose vous soumettre une très égoïste question : mon fils est-il encore vivant et, si oui, où se trouve-t-il ? Je ne sais trop à qui la poser, toutefois. J'imagine que toutes les mères mortes comprendront mon désarroi. L'une d'elle voudra-t-elle m'aider ?

Biette Cassinel, qui a besoin de savoir pour ne plus avoir mal à son fils

— Pauvre femme, de commenter Créons. Je ne peux pas ne pas choisir sa question. Et de poursuivre : En voici une autre, tout aussi pathétique :

Mon père s'est suicidé, il y a deux mois. Il n'était ni déprimé ni malade. Il détenait un poste important au sein d'une agence paragouvernementale, et il n'avait aucun souci d'argent. Il n'a pas laissé de lettre pouvant expliquer son geste. Alors, ma question à mon père, Gérard Massadian, né le 2 avril 1978, est simple : pourquoi t'as fait ça, papa ? Est-ce ma faute ? Je n'ai peut-être pas été le fils que tu sou-haitais.

Comme je veux que mon père me reconnaisse, alors je préfère signer de mon vrai nom.

Germaël Massadian

Bubble Tom rugit :
— Maudite culpabilité ! Le désarroi de ce gamin me touche. Il me rappelle ma propre culpabilité face à mon père. Pourquoi être enfant n'est pas plus simple ? Pourquoi tous

ces drames entre parents et enfants ? Il devrait y avoir un service après vente pour les deux parties. Les situations de crise, les drames, les conflits, le terrible poids du non-dit, c'est tuant ! Il devrait avoir compris ça, le Nazaréen, après avoir goûté à la vie d'enfant ! Il faudra que j'en parle à ta mère, mon frère.

– Du calme, mon ami, écoute celle-là, c'est la meilleure, assurément :

J'ai conçu un projet de régénération des collectivités locales qui permettra à des communautés, créées sur réseau satellite, de s'ériger en nation. J'aimerais qu'un roi ou un empereur accepte de m'aider à concrétiser ce grandiose projet. Pour la suite à donner, il vaudrait mieux que cette personne communique avec moi directement. Je vous fournirai mes coordonnées, une fois que j'aurai son accord de principe. Vous comprendrez, étant donné l'envergure de mon projet, que je n'entre pas dans les détails.

Calvo Lorris,
futurologue et premier président de la nation Satellus.

Bubble Tom s'esclaffe :

– Ben, mon vieux, celui-là, il ne se prend pas pour un vermisseau ! Surchauffe neuronale évidente et probablement contagieuse ! Au fait, parlant de bête rampante et de cervelle rabougrie, tu as des nouvelles du Requin ?

– Justement ! Je voulais t'en parler. Il a refusé de m'accorder une année sabbatique. Je lui ai offert ma démission, refusée elle aussi. J'ai demandé une retraite anticipée, prétextant une extrême fatigue. J'ai gagné une journée entière d'examens médicaux à la clinique Hervé-Taverner de l'université de Montréal.

– C'est quoi, ce bahut ?

208

— Un lieu très select, réservé aux cadres et aux gestionnaires surmenés de notre élite professorale. Étant donné que je me porte comme un charme, je n'ai pas l'intention de m'y présenter.

— Le petit missié blanc se rebiffe! Voyez-vous ça!

— Évidemment, j'aurai des ennuis à n'en plus finir si je n'y vais pas. On va me harceler, m'inonder de messages et d'avertissements. Encore heureux si on n'envoie pas des infirmiers me cueillir à domicile. Tu crois que tu peux m'arranger ça? Un petit coup de fil au directeur?

— J'aimerais bien, mais il ne m'écoutera pas. Je ne suis pas dans le bon corridor thérapeutique. À moins de te faire rajeunir... Tu pourrais alors passer pour un de mes petits patients et je demanderais qu'on me confie ton évaluation. On essaie? Quand tu auras régressé de quarante ans, j'arrêterai le traitement, juré crachat posté.

— Ça te fait rigoler, hein, de me voir dans le pétrin?

— Parfaitement! Allez, je te fais confiance, tu vas sûrement trouver un truc pour éviter l'enfermement et pour échapper aux dents du Requin. Mange donc quelques litchis, je suis en train de vider le plat à moi tout seul et j'ai horreur du plaisir solitaire.

34

La troisième séance se déroule rondement. Clara, après avoir écouté les questions, répond d'abord à celle posée par le jeune Germaël Massadian.

– Dites-lui qu'il ne doit surtout pas se sentir coupable. Son père a été emporté par une grande vague de tristesse venue de très loin. Il n'avait plus de quoi vivre. Il se sentait dévoré par une peur… non, par mille peurs qu'il était incapable d'identifier! L'après-midi où son chef de service l'a rétrogradé de cadre à simple professionnel, il a décidé d'en finir. Voici ce qu'il voudrait que vous transmettiez à son fils et à sa conjointe : «Dites bien à Germaël et à Michelle que je regrette ce qui est arrivé. Toutes les nuits, je les regarde dormir et j'attends d'être assez serein et assez fort pour me glisser dans leurs rêves et leur donner du soutien, celui que j'aurais dû leur offrir de mon vivant et plus, si cela m'est possible.»

Touchée par le désarroi de Biette Cassinel, Clara répond aussi à sa question :

– Annoncez-lui que son fils Boris est toujours vivant. Il vit en France, à Saint-Amand, dans le Cher. C'est la sœur de son père qui l'a élevé. Il faut cependant la prévenir : il est devenu paraplégique à la suite d'un accident de la route. Je crois qu'il sera très heureux de la revoir.

Les réponses terminées, Clara, sans donner la chance à Créons et à Bubble Tom de prendre la parole, s'adresse à eux avec, dans la voix, un ferment d'angoisse :

– Je dois vous prévenir : à partir de maintenant, faites attention à vos pensées, à vos intentions, à vos idées. Elles sont des masses d'énergie qui circulent dans le temps, dans tous les sens. Celles ayant une nature négative ont une fâcheuse propension à s'agglutiner entre elles pour encrasser et empoisonner le futur.

Bubble Tom l'interrompt :

– Expliquez-nous ça un peu mieux, madame Clara.

– Elles génèrent des ondes d'une extrême violence qui forment obstacle à la circulation des pensées, des intentions et des idées positives.

– Des sortes d'embâcles, quoi ?

– Excellente comparaison, Bubble Tom. Elles sont si puissantes qu'elles pourraient même, éventuellement, s'introduire dans le canal qui nous permet de communiquer et compromettre sérieusement notre projet.

– Alors, le contraire doit également être vrai : les pensées positives peuvent elles aussi faire front commun ?

– Oui, fort heureusement et, jusqu'ici, c'est bel et bien ce qui a sauvé la planète.

– L'avertissement s'adresse à qui, maman ?

– À tout le monde ! Dites-le et expliquez-le. La manière dont vous vivez accélère le processus de détérioration de la Terre. Même si vous avez réussi à connecter entre eux tous les laboratoires scientifiques de la planète pour déceler l'apparition de nouveaux virus, pour observer le comportement des espèces en voie de disparition, pour suivre l'évolution des maladies chroniques, du climat, des mouvements souterrains, de l'effet de serre, des pluies acides, de la qualité de l'air, vous n'avez pas encore compris l'essentiel : vous êtes l'espèce la plus menacée de toutes ! Vous ne vous voyez plus, vous ne vous entendez plus, vous ne vous situez plus. Vous avez laissé filer tous vos repères, et vous ne vous êtes pas encore rendu compte que votre capacité à écouter, à rêver, à imaginer, à aimer s'atrophie !

– Les humains qui affirment avoir été en contact avec des sources, au cours des quarante ou cinquante dernières années, ont reçu un message similaire, madame Clara. Vous n'allez pas, vous aussi, nous servir un discours pané et une platée de vœux pieux, assaisonnés à la sauce socio-psycho-écolo ?

– Tom ! intervient Créons, choqué par le sans-gêne de son ami.

– Ben quoi ? Je suis direct : mes oreilles n'aiment pas les solos de morale ! Nous vivons une expérience qui n'a pas de précédent, mon frère, et j'adore ! Mais cela ne veut pas dire que nous devons tout avaler sans commentaire, sans exercer notre sens critique.

– Vous avez raison, Bubble Tom, commente Clara, nullement vexée. J'apprécie votre franchise. Nos entretiens doivent porter fruit. Nous avons, vous et moi, une mission à remplir : établir un pont entre nos deux dimensions. C'est grâce à cet outil de communication que la communauté du grand Tout pourra, par la suite, vous aider à surmonter vos problèmes. Mais auparavant, nous devons nous assurer que nos renseignements tomberont dans un terreau fertile.

– Qu'est-ce que tu attends de nous, exactement, maman ? Pas seulement recueillir des questions, n'est-ce pas ? formule Créons en se frottant machinalement les tempes.

– Les questions qui te seront adressées devraient progressivement changer de ton, au fur et à mesure que nos réponses seront reçues et comprises.

– Si je te comprends bien, maman, tu veux nous faire aboutir à une question clé ?

– Bien lancé, mon frère ! s'exclame Bubble Tom. Pourquoi nous laisser errer, pourquoi ne pas nous donner dans un élan de générosité – et de compassion pour notre courte vue – la question clé et la réponse ?

– Vous devez trouver vous-mêmes…

– O.K. Pas moyen d'éviter la maternelle, hein ? Mais, à raison de quelques questions tous les quinze jours, vous nous embarquez dans une galère qui risque de couler avant d'accoster, lâche Bubble Tom avec un sourire sarcastique. J'espère pour nous que vous savez pratiquer le bouche-à-bouche !

– Il y a un moyen d'accélérer le processus, suggère Moshe : en vous aidant à fabriquer un transcommunicateur interfréquences. Grâce à cet appareil, nous pourrons nous parler plus souvent et plus longuement, et donc répondre à davantage de questions.

– Voilà enfin quelque chose de concret ! Vous avez raison, monsieur Moshe, il faut vite construire le trans-machin.

– Une fois qu'il sera terminé, que devrons-nous faire ? À qui servira-t-il ? Il y aura des conditions, je présume ? s'informe Créons, pendant que Bubble Tom hoche vigoureusement la tête, satisfait de ses questions.

– Toi seul, Créons, pourras t'en servir, précise Clara en appuyant fermement sur le « seul ». À partir du moment où les grandes puissances comprendront qu'il existe un mode de communication avec l'au-delà, qu'il sera possible aux humains d'avoir accès à divers renseignements et à des secrets de diverses natures, le transcommunicateur deviendra un objet de convoitise. Nous ne voudrions pas qu'il soit utilisé à mauvais escient. Voilà pourquoi nous tenons à ce que tu restes le seul et unique détenteur de son exploitation, mon fils.

– Si je poursuis votre raisonnement, madame Clara, Créons risque fort d'être, lui aussi, très convoité ! objecte

Bubble Tom. On lui fera des promesses et, s'il refuse de collaborer, on le menacera sûrement. On fera n'importe quoi pour s'emparer du... de la chose, comme vous dites, qui conférera à celui qui le possédera un pouvoir quasi sans limites, un pouvoir comme il n'y en a encore jamais eu sur la Terre. Ce sera terrifiant... pire qu'une guerre ! Je n'exagère pas, je connais bien le cœur des hommes, j'en ai un qui me fait honte et que j'engueule parfois. Là où vous êtes, madame Clara et monsieur Moshe, vous savez maintenant de quoi nous sommes capables. Plus souvent du pire que du meilleur. J'ai toujours pensé que le Créateur avait mieux réussi les animaux que les hommes...

– Votre appréhension est fondée, Bubble Tom, admet Moshe. Créons pourrait fort bien devenir une cible vivante.

– Qui devons-nous avoir à l'œil ? riposte vivement Bubble Tom. Les multinationales ? Les chefs d'État ? Les services de contrôle ? L'armée, la police, le FBI ? Les médias et leurs agences satellites ? Je serais étonné que vous soyez équipés pour faire face à la musique de toutes ces engeances !

– Si, nous le pouvons. Notre meilleure arme, c'est la bande du temps. Grâce à elle, nous pouvons les neutraliser et nous n'hésiterons pas à le faire. Si nous l'estimons indispensable, nous vous révélerons ce que certaines de ces engeances, comme vous dites, ont commis, afin que ce qu'elles ont dissimulé soit connu de tous.

– Je ne me vois pas trop dans le rôle de dénonciateur ou de justicier, maman, prévient Créons, un peu mal à l'aise.

– Il y a un temps pour se taire et pour subir, et un temps pour parler et pour agir, de rétorquer Clara. Des superpuissances ont progressivement fait de la planète leur jouet, et vous êtes presque tous à leur merci...

– Bah ! Une vieille complainte noyée dans le formol de la moralité, ça ! réplique Bubble Tom en bondissant sur ses pieds. Je voudrais bien qu'on m'explique enfin comment on peut, sans déclencher de crise planétaire aiguë, freiner les appétits voraces de celles et ceux qui abusent de leur pouvoir et qui se croient tout permis, parce qu'ils ont le gros bout du bâton !

– Un petit groupe d'hommes contrôle tout, sous terre, sur terre et dans les airs, riposte la voix paisible de Clara, et se nourrit de votre dépendance, hélas grandissante. Il décide à votre place de choses qui vous regardent, pourtant. Le temps est venu de vous débarrasser de tout ce qui vous empêche d'être vous-mêmes, et surtout de vous poser les vraies questions.

– Qui suis-je ? D'où est-ce que je viens ? Où est-ce que je m'en vais ? De quoi ai-je vraiment besoin ? ironise Bubble Tom. Voilà une autre rengaine qui sent le placard à balais séduit et abandonné, madame Clara. Vous n'avez vraiment rien de plus original, de plus stimulant et de plus concret à nous proposer ? Ne me regarde pas avec ces yeux de merlan en colère, mon frère. Je réagis en monsieur Tout-le-monde qui en a ras la culotte de ce genre de discours. Le changement de paradigme tant annoncé par les penseurs idéalistes des années 1980, le passage à une ère où les valeurs spirituelles et humanistes seront au zénith, moi, je l'attends toujours ! Nous avons pas mal de problèmes à régler avant d'y parvenir, et pas des petits : accélérer les mécanismes de recyclage et de dépollution, trouver une façon acceptable et efficace de redistribuer les richesses, développer notre sens du partage et de la solidarité sociale, désamorcer la violence qui gronde dans les ghettos, instaurer un nouvel art de vivre convivial, et *tutti-frutti* ! Petits enfants du Verseau, enfourchez vos bécanes, c'est reparti pour un autre tour de piste : je recycle, tu dépollues, il pacifie, nous redistribuons, vous chantez en chœur et ils se font tous enculer dans les grandes largeurs !

– Voilà bien longtemps que vous stagnez dans les vœux pieux, c'est vrai, riposte Clara. Vous ne croyez pas que le temps est venu de trouver la bonne issue avant de vous autodétruire ?

– Par où commencer, maman ? Comment surmonter ce grand sentiment d'impuissance qui nous fait tourner en rond depuis si longtemps ? Personne ne sait ce qu'il faut faire !

– Nous vous proposons une stratégie qui fera toute la différence. Demandez aux gens de prendre contact avec leurs disparus, ceux de leur famille et de leur lignée. L'issue est là. Trop peu nombreux sont les vivants qui persistent à parler à leurs morts, à garder le contact. Plus souvent qu'autrement, une fois le deuil accompli, nous sommes oubliés et jugés totalement inutiles, puisque nous sommes morts.

Bubble Tom se rassoit et se balance sur sa chaise tout en se tapotant machinalement la cuisse :

– Le culte des morts, le jour du 2 novembre, suivant la Toussaint… Vous êtes en train de donner du poids à des manifestations que nous avons vidées de leur sens premier ou carrément évacuées de nos cultures.

– Exact, Bubble Tom, le 2 novembre, par exemple, n'est pas que le jour des Morts, c'est celui de la communication entre vous et nous. Nous attendons tous que vous tourniez le bouton…

Créons hoche la tête :

– Nous avons investi dans les communications par satellite, dans la téléphonie sans fil, nous nous sommes entourés de décodeurs, d'avertisseurs, de murvisions…

– Et vous avez négligé une source privilégiée d'information : nous, vos guides, vos alliés, impuissants parce que non sollicités ! Individus, familles, pays peuvent approfondir leurs connaissances, élargir leur champ de conscience, retrouver l'harmonie en tirant parti des erreurs de ceux et celles qui les ont précédés. Sachez qu'il nous est possible de vous aider à résoudre vos problèmes, pourvu que vous réclamiez notre aide ! Nous pouvons le faire, nous souhaitons le faire, mais la démarche est possible uniquement si vous faites appel à nous et si…

– Attendez, j'aime bien les choses concrètes, s'interpose Bubble Tom, l'index gauche dégainé, pointé droit devant lui. Si je suis conscient que la Terre est devenue un sac d'ordures et moi, un pantin gobant par tous ses orifices ce qu'on lui offre, ce qu'on lui impose, vous pouvez m'aider à changer ça ? Si j'ai un problème dans mes relations avec les autres, vous pouvez me faire voir ce qui cloche ?

– Mais oui ! Les humains peuvent adopter de nouveaux comportements, à l'échelle individuelle et collective, ils peuvent aussi apprendre à utiliser les ressources qui sommeillent en eux et que nous pouvons réveiller et stimuler. Tout est en place. Mais l'impulsion première doit venir de vous.

– C'est une véritable révolution cognitive que vous nous proposez…

– Cela et bien plus : une mutation. Mais il faut faire vite… seuil d'irréversibilité… biodiversi… iolence… dynamiser la démocratie…

– Ça y est, on va encore être coupé ! fulmine Bubble Tom.

– Nous devons vite fabriquer le transcommunicateur pour en finir avec cette contrainte du temps, conclut Créons, lui aussi contrarié.

– Nous en reparlerons, opine Clara dont la voix revient, mais à peine audible. Nous devons nous quitter, encore une fois. Revenez-nous et prenez soin de vous, shalom !

Une fois le silence revenu dans la pièce, Créons se lève et allume toutes les lampes. Puis il frotte ses mains l'une contre l'autre et masse chacun de ses doigts sans rien dire.

– Qu'est-ce qui se passe, mon frère? s'informe Bubble Tom avec sollicitude, en même temps qu'il numérote soigneusement les cassettes d'enregistrement de la séance. Tu trouves que j'ai trop secoué Clara?

– Tu es devenu très sensible à mes états d'âme, toi. Pour répondre à ta question, je ne sais pas au juste ce que j'ai. Depuis ce matin, j'ai soif à croire que je suis une carafe vide et… le bout des doigts me démange sans bon sang, comme on dit en bon québécois.

– Ce que nous venons de vivre n'a rien de reposant! Nous sommes en train de comploter pour changer le cours de l'histoire de l'humanité, tu te rends compte? Et comme si ça ne suffisait pas, nous travaillons sans filet, comme des acrobates, un pied sur la terre et l'autre dans l'au-delà. Pas très confortable! Si on allait en casser une? Tu as soif et moi, j'ai faim. On est complet. *Sold out.* On va chez toi ou chez moi?

– Tu as toujours faim, Tom, même dans les circonstances les plus incongrues. Je ne sais pas comment tu fais.

– Je ne dirais pas que j'ai un estomac à la place du cerveau, mais… les deux sont très connectés chez moi. Chez toi, par contre, m'est avis que ce sont tes mains qui sont branchées à ton cerveau. L'ogre Créons veut se farcir un petit Poucet mal en point, hein, remarque, ça ne devrait pas être trop difficile à trouver : j'attends un arrivage de pauvres gamins blessés au cours d'une attaque au gaz paralysant ALM-12, une immonde cochonnerie pourtant bannie par l'ONU de l'arsenal de combat. Alors, que décides-tu? On casse la croûte ensemble ou on se quitte?

– Tu veux que je décide? Alors, très bien : nous allons faire une dégustation d'air, d'eau et de silence. J'ai un urgent besoin de mettre de l'ordre dans mes idées! Lève-toi, grand Esculape noir à la langue trop bien pendue, on décolle. Je ferme le loft, tu sors chercher ta bagnole et nous partons pour

Charlevoix. Nous nous arrêterons à Québec pour y dormir et nous repartirons très tôt, demain matin. Tu peux t'échapper, j'espère, autrement je partirai seul : je prendrai l'avion jusqu'à Québec et là, je louerai une auto.

– Hé! ho! Tu serais capable de filer sans moi? Sale égoïste! Laisse-moi au moins le temps de donner un coup de fil... non, deux. Un à l'hôpital pour voir si on peut me remplacer, et l'autre chez Marika pour qu'elle ne me cherche pas. Tu comprends, si jamais elle sent un petit besoin de fusionner et qu'elle ne trouve pas mon corps athlétique au plumard, elle risque de piquer une crise de delirium épidermique. Je vais donc lui transmettre, par le noble organe de ma voix, ma merveilleuse et puissante psyché, fièrement dressée et tendue comme... la toile d'un cirque!

35

Assis sur un rocher et enroulé dans une couverture, Bubble Tom suit Créons des yeux. Il se demande pourquoi, subitement, il a envie de pleurer. Est-ce la fragile silhouette de son ami s'éloignant, en laissant la trace de ses pieds nus dans le sable fraîchement libéré par la marée, qui le touche, ou est-ce la splendeur de l'aurore se pavanant sans pudeur dans les eaux du fleuve Saint-Laurent ?

De temps à autre, Créons se retourne et jette un bref coup d'œil à Bubble Tom. Il le remercie, mentalement, de ne l'avoir pas suivi. Il n'aurait pas supporté sa présence à ses côtés. Sa soif de solitude et de silence ont atteint un seuil critique. Il marche très lentement et savoure la fraîcheur de l'air. Il accorde sa respiration à celle du fleuve, surpris par le pouvoir tranquillisant de cette masse liquide, animée d'un mouvement ayant ses propres lois et se moquant bien de celles des hommes.

Chaque fois qu'il se trouve à proximité d'une vaste étendue d'eau, il s'autorise à régresser, à revêtir sa peau d'enfant : il se revoit, insouciant, gambadant sur la promenade de Tel-Aviv avec ses parents et la petite Aube juste derrière lui. L'eau et le ciel enlacés, confondant leurs livrées pour accueillir la nuit. Il lève la tête et regarde le firmament. La lumière matinale, au Québec, est plus crue, moins dorée qu'en Israël, constate-t-il.

Tout en poursuivant sa marche, Créons scrute le sol, se penche et prend tantôt une poignée de sable humide qu'il s'amuse à laisser filer entre ses doigts, tantôt une pierre fleurant les algues à plein. Lorsqu'elle lui plaît, il l'enfouit dans une de ses poches. Bientôt, il en a le pressentiment, il les déposera lui-même sur les tombes de Clara et de Moshe. Le désir de revoir Aube et Jérusalem se fait de plus en plus pressant. Jusqu'ici, chaque fois que cela s'est produit, il s'est astreint à refouler ce besoin le plus loin possible, à l'anesthésier, en prenant garde toutefois de ne pas abîmer ses racines.

– Hou! hou! Missié blanc! Ramène ta carcasse, le café va refroidir! lui crie Bubble Tom.

Créons se retourne et lui fait un signe de la main. «Il doit commencer à avoir faim», déduit-il, amusé par le comportement fébrile du médecin qui se débarrasse de la couverture, la secoue et la plie sommairement, tout en piétinant le sable comme pour faire avancer le temps.

Vers la fin de l'avant-midi, les deux amis, après une visite du pittoresque village de Petite-Rivière-Saint-François, prennent le chemin du retour, les poumons saturés d'air salin. Bubble Tom se plaignant de crampes d'estomac, ils conviennent d'une brève halte alimentaire à Saint-Joseph-de-la-Rive. Le repas, qui devait être sommaire, vire au festin, comme toujours.

Au dessert, Créons avise Bubble Tom :

– J'ai trop mangé. Je vais marcher jusqu'au quai. Je serai de retour dans cinq minutes.

Après avoir observé le balancement indolent des bateaux de plaisance amarrés, Créons balaie du regard la plage bordant le grand hôtel Malouf. Une dizaine de personnes, surtout des enfants, bravent l'ardeur des rayons du soleil de quatorze heures. Une silhouette lui fait froncer les sourcils d'étonnement. Il connaît cette chevelure : c'est celle de Garance ! Intrigué, il bifurque et se dirige droit sur la femme. Au même moment, un enfant galopant comme un poney sauvage le heurte de plein fouet en criant bizarrement. La femme se retourne et lance :

– Zen ! Attention !

Sous le choc, Créons vacille et parvient à retrouver son équilibre en même temps que ses bras retiennent le corps du petit garçon haletant et ruant. Lorsqu'il redresse la tête, Garance est en face de lui.

– Ça suffit comme ça, Zen, tu te calmes !

La jeune femme prend l'enfant dans ses bras, s'assoit avec lui, puis elle le couche, pose sa tête coiffée d'une casquette sur ses genoux et le borde avec un pan de sa longue jupe de gitane en voile de coton écru.

– C'est mon fils, commente-t-elle à l'intention de Créons qui s'assoit en face d'elle.

Immobile sous le flot de cotonnade qui le recouvre, l'enfant émet des sons répétitifs et saccadés :

– Racatacatacatac ! Rac-rac-rac ! Tacatacatac !

– Il n'est pas normal, comme tu peux le constater. Voilà. Tu connais désormais mon secret. Zen vit dans une maison spécialisée dans les soins de longue durée pour enfants souffrant de graves problèmes de comportement. Les frais d'hébergement coûtent cher. Je m'en tire à peu près en travaillant au centre comme surnuméraire, de temps à autre. Et je prends à ma charge le lavage et l'entretien de ses vêtements et ceux de ses deux petits camarades de chambrée.

– Les sacs que tu rapportes quand tu reviens de voyage…

– Linge sale, literie et compagnie.

– Et le père, dans tout ça ? risque Créons.

La réponse de Garance claque dans l'air à la façon d'un coup de fouet :

– Je refuse d'en parler! Pour moi, il n'existe pas!

La voix d'un homme qui chantonne leur fait tourner la tête en même temps. En les apercevant, Bubble Tom siffle comiquement :

– Rendez-vous galant, mon frère? Petit cachottier! Le voilà donc, ton dessert, maintenant je comprends…

Il salue Garance en s'inclinant légèrement et ajoute :

– Désolé de devoir sonner la fin de la récréation, mais nous devons repartir pour Montréal. J'ai promis à mon remplaçant d'être là à dix-neuf heures trente, au plus tard.

Créons fait les présentations :

– Garance Foglia Dulac, Tom Chissanno, surnommé Bubble Tom. Tout le monde l'appelle ainsi, sauf moi. Le «bubble» me reste collé entre les dents!

Émergeant de dessous les jupes de sa mère, Zen bondit soudain sur ses pieds nus et se met à battre l'air de ses mains en tournoyant comme une toupie.

Bubble Tom observe l'enfant, son corps chétif, son regard absent, son agitation :

– Autistique, hein?

– Oui, confirme sèchement Garance, mais ça ne vous regarde pas, monsieur La Fouine!

Créons intervient :

– Tom est pédiatre et psychiatre, Garance.

– Et alors? J'en ai rien à foutre! tranche la jeune femme en jetant à Bubble Tom un regard souverainement méprisant.

Créons, à son tour, risque une question :

– Il est né comme ça? Les médecins ne peuvent donc rien pour lui?

– Il est né normal, parfaitement et totalement normal !
C'est arrivé plus tard. Et les médecins ont tout essayé, en
vain.

Créons jette un coup d'œil de connivence à son ami qui
répond par un discret hochement de tête. Bubble Tom s'assoit
à ses côtés, croise ses longues jambes athlétiques avec une
agilité et une élégance qui n'échappent pas au regard incisif
de la jeune femme. Il se penche ensuite vers Garance et lui
demande posément :

– Racontez-nous comment c'est arrivé, ça peut être très
intéressant pour mon frère qui, vous l'ignorez probablement,
réussit de véritables miracles avec les enfants malades.

Décontenancée, Garance dévisage Créons en arquant
très haut les sourcils :

– Il dit vrai, l'oncle Tom, ou il se paie ma tête ?

– Il dit vrai.

– Je te croyais astrophysicien ! C'est bien ce que tu
m'as dit ?

– Je le suis, je ne t'ai pas menti. L'oncle Tom que voilà
a découvert qu'il se passe quelque chose quand je touche un
enfant malade ou blessé. Nous poursuivons ensemble une
petite expérience pour essayer de comprendre…

– Comprendre quoi ?

– Des tas de choses, répond Bubble Tom, par exemple, si c'est lui qui donne ou l'enfant qui prend. Si ça vient
de ses mains, de son cerveau ou des deux. Ça vous dit qu'il
profite des dons de Créons, ce petit derviche ? On ne peut
rien vous promettre, mais qui ne risque rien n'a rien, n'est-
ce pas ?

– Qu'est-ce qu'il faut faire ? implore Garance avec un
espoir fou dans la voix.

– Commencez par nous raconter ce qui est arrivé,
comme ça vous viendra, suggère Bubble Tom en soutenant
son regard.

La jeune femme baisse la tête et ne répond pas.

– Bon sang, laissez un peu tomber vos défenses! Vous n'avez rien à craindre. Nous sommes dans une relation thérapeutique et je suis lié par le secret professionnel. Tout ce que vous direz sera stocké entre mes deux oreilles et y restera, même après la fin des temps.

Garance enfonce ses mains dans le tissu de sa jupe. Elle le froisse, le gratte, en fait des boulettes qu'elle pétrit nerveusement.

– *Il*, nous l'appellerons *il* si vous le voulez bien, est Italien. Je l'ai rencontré alors que j'étais en vacances chez une tante, dans une petite ville du nord de l'Italie. Un soir, je suis allée à un concert de musique médiévale. *Il* était l'un des musiciens de la troupe. *Il* m'a fait la cour, m'a invitée au restaurant, m'a offert des fleurs, m'a fait une déclaration d'amour sous forme de madrigal. J'ai naïvement cru au coup de foudre. C'est fou comme on peut se faire de fausses idées quand on est flattée là où on est en manque. Bref, un an après cette malheureuse rencontre, Zen est né.

» Au début, j'ai suivi *il* dans ses errances en caravane. Et puis j'ai fini par avoir mon compte de ses mensonges, de ses trahisons, de ses crises, de ses beuveries, de ses fugues, de ses guenilles de faux ménestrel. *Il* n'a pas bronché quand je lui ai annoncé que je voulais le quitter. Je suis donc revenue à Montréal, avec Zen et avec la bénédiction de *il* qui ne cachait même pas son soulagement de se débarrasser de nous aussi facilement. Mes parents m'ont offert l'hospitalité et proposé de retourner à l'université pour finir mes études.

» Après deux ans d'un silence total qui me convenait – enfin presque –, *il* a fini par se souvenir qu'il avait un fils. *Il* m'a retrouvée et est venu camper dans la cour de mes parents. Ça devait être pour une petite quinzaine. *Il* s'est incrusté. Nous avons repris la vie à deux, à la grande satisfaction de mes parents, totalement subjugués par sa gueule de troubadour et attendris par la façon dont *il* regardait Zen. Moi, je n'étais pas dupe. J'avais trop souffert pour avoir le goût de remettre ça. Je terminais mon doctorat, j'avais deux charges de cours et je n'avais guère le goût de reprendre la vie à deux avec cet *il*-là. Mais en même temps, je me sentais incapable de l'empêcher de découvrir son fils et le fils, son père.

Garance marque un temps d'arrêt. Puis elle reprend son récit, en même temps qu'elle empoigne sa chevelure à pleines mains, comme si elle voulait s'y accrocher pour ne pas couler dans l'évocation qu'elle s'apprête à faire du drame.

– Mes parents sont partis en Floride et nous ont laissé la maison. *Il* a trouvé que la planque était bonne et mon petit salaire plus que suffisant pour satisfaire ses besoins. *Il* buvait toujours, beaucoup plus qu'avant. Mes parents partis, sa charmante nature a repris le dessus au galop. J'ai fini par prendre mon courage à deux mains et je l'ai mis au pied du mur : ou *il* cessait de boire, se faisait soigner et se trouvait du travail ou *il* décampait. *Il* est parvenu à rester à peu près sobre pendant une semaine. *Il* a déniché une batterie, des tambours et des tambourins, et a transformé le sous-sol de la maison de mes parents en studio de répétition.

»Les jours où j'enseignais, *il* gardait Zen. On a fait un bout, comme ça. Un soir, avant de partir à l'université pour y récupérer un document oublié, je suis allée conduire Zen au sous-sol. *Il* lui avait trouvé un petit tambour et, de temps à autre, *il* lui apprenait à en jouer. Ce soir-là, je le croyais à jeun. *Il* ne l'était pas. Dérangé par le babillage de son fils, dans un accès de rage éthylique, *il* a troqué ses baguettes contre le corps de Zen. *Il* l'a empoigné à bras le corps et *il* a exécuté un solo échevelé tantôt avec ses petits bras, tantôt avec sa tête. À mon retour, les cris de Zen m'ont alertée. Je suis descendue en vitesse… *Il* était littéralement déchaîné. Je l'ai assommé net avec une bouteille et j'ai appelé à l'aide.

On les a tous les deux conduits à l'hôpital. *Il* s'en est tiré avec une commotion, trop légère à mon goût. Mais Zen, lui… Fractures aux deux bras, et fracture à l'âme. Les médecins ont pu réparer ses bras, mais pas son âme. Depuis le drame, Zen vit dans un univers auquel je n'ai pas accès. Il ne parle plus et… Regardez-le : à le voir agir, on dirait qu'il prend sa tête pour un tambour et ses bras pour une paire de baguettes ! Il y a des moments où il me terrifie. Voilà. Vous savez l'essentiel.

En disant cela, Garance prend son fils dans ses bras et lui ôte sa casquette. L'enfant se met à grincer des dents et à grogner.

– Dès qu'il est nu-tête, il s'arrache les cheveux. Il est en train de devenir chauve, constate-t-elle, la voix brisée. Peut-être veut-il avoir le crâne aussi lisse que la peau du tambour qu'il croit être ? Allez donc savoir ce qui se passe dans sa tête, conclut-elle en lui remettant sa casquette.

– Il a quel âge, s'informe Bubble Tom ?

– Six ans, bientôt. Je sais, il paraît moins, mais c'est très difficile de le faire manger. C'était un enfant magnifique ! Si vous l'aviez vu…

Créons, sur un signe de Bubble Tom, appelle le petit garçon :

– Zen, viens un peu par ici.

Garance pousse son fils vers Créons qui pose très doucement ses mains sur les frêles épaules agitées d'un mouvement quasi perpétuel. Bubble Tom se lève et aide Garance à faire de même.

– Laissons-les tranquilles. Venez, allons prendre une marche. Je vous promets que je vous ne parlerai pas, à moins que vous ne m'y autorisiez. Nous allons juste marcher et espérer.

Lorsqu'ils reviennent, vingt minutes plus tard, Zen, couché par terre, dort profondément. Il fait penser à un oisillon qui, après avoir longtemps sautillé pour échapper aux griffes d'un félin, se serait traîné sur le sol, à bout de souffle, jusqu'au nid. Créons, lui, livide, se masse consciencieusement les avant-bras en grimaçant.

– Et puis? interroge anxieusement Garance.

– Je crois que ç'a marché. Il va probablement dormir pendant quelques heures. Tom et moi devons partir, maintenant. Vous nous appellerez, Garance, pour nous donner des nouvelles, d'accord?

Bubble Tom s'accroupit, se penche au-dessus du petit garçon. Il touche son front, palpe son cou, prend son pouls et, satisfait, il demande à Garance :

– Vous logez à l'hôtel?

– Oui.

– Je vais le porter jusqu'à votre chambre. Il y a trop de soleil pour lui sur cette plage. Il vaut mieux qu'il se repose dans un lieu plus calme et plus frais. Restez à son chevet et, au moindre signe anormal, n'hésitez pas, téléphonez-moi… l'heure n'a pas d'importance. Voici mes coordonnées. Où que je sois, votre appel me sera acheminé.

Juste avant qu'ils arrivent à Montréal, le Put de Bubble Tom sonne et fait sursauter Créons qui avait fini par s'endormir en se plaignant d'une vive sensation d'échauffement dans les deux bras.

– Allô, ici le docteur Chissanno, je vous écoute…

– C'est moi, Garance. Zen est réveillé. Me croirez-vous si je vous dis qu'il est assis dans un fauteuil et qu'il tourne tranquillement les pages d'un livre? Me croirez-vous si je vous affirme qu'il me voit enfin et qu'il me sourit?

– Oui, répond le médecin. Je vous avais dit qu'il fallait espérer. J'aimerais bien le revoir, le petit Zen. Passez donc à l'hôpital avec lui, dès que vous serez de retour à Montréal. Je l'examinerai et je vous proposerai un programme de rattrapage pour le gamin.

– Très bien. Dites à Créons que… et puis non. Je le lui dirai moi-même.

36

La nouvelle finit par éclater, à la une d'un bulletin de nouvelles régionales, et, dans les heures qui suivent, elle fait le tour du monde, traitée tantôt avec sérieux, tantôt avec humour.

« *Un homme est parvenu à entrer en relation avec l'au-delà. Les personnes qui ont répondu à son offre et qui lui ont fait parvenir des questions parfois très personnelles, destinées à des personnes mortes, ont reçu des réponses dont elles ont pu (c'est, du moins, ce qu'elles affirment) vérifier la stupéfiante exactitude.* »

Deux jours plus tard, des journalistes parviennent à découvrir l'identité de celui qui se cache sous le pseudonyme de Léo Kause et, encore une fois, la nouvelle est reprise par de nombreuses agences de presse :

« *L'homme qui affirme parler avec les morts s'appelle Créons Furtadeau. C'est un astrophysicien vivant au Québec et travaillant à l'Institut québécois de recherche Hubert-Reeves. Joint à son domicile du chemin de la Côte-des-Neiges, le scientifique a admis s'entretenir régulièrement avec les morts. Il a aussi annoncé qu'il compte fabriquer un transcommunicateur, un appareil qui faciliterait ses contacts avec l'au-delà.* »

Le reporter termine le bulletin en ajoutant :

«*Si la nouvelle est fondée, il n'est donc pas impossible que l'on retrouve sous peu, dans tous les foyers, un au-delàphone qui permettra aux vivants de prendre des nouvelles de leurs chers disparus.*»

Pendant que le journaliste conclut «*et la réalité pourrait bien finir par dépasser la fiction la plus folle*», un dessin apparaît à l'écran. Il représente un jeune couple en train de dîner en tête-à-tête. Un au-delàphone, fait d'ossements humains, sonne. La femme dit à son compagnon : «Ce doit être ton grand-père qui veut nous raconter sa dernière excursion sur les anneaux de Saturne.»

37

Confortablement installé dans un élégant fauteuil ergonomique en velours soufflé vert mousse, le P.D.G. Caradin, la crête capillaire plus hérissée que jamais, dévisage froidement Créons.

– C'est aujourd'hui que nous allons régler nos comptes, Furtadeau. J'ai été stupéfait d'apprendre par un bulletin de nouvelles que vous étiez l'acteur principal d'une histoire abracadabrante de communication avec l'au-delà et que, une fois hors de l'Institut, vous vous transformiez en une sorte de... grand-prêtre avec incantations, devinettes et clochettes tibétaines !

– Si vous croyez toutes les sornettes que l'on débite sur mon compte, vous n'êtes pas au bout de vos surprises, monsieur.

– Vous vouliez quitter l'Institut, si ma mémoire est bonne. Eh bien, je vais vous satisfaire, non pas en acceptant votre démission, mais en vous congédiant, purement et simplement. Il va sans dire que vous ne toucherez aucune prime de départ. J'ai aussi le regret de vous informer que, dans les circonstances, l'Institut n'est pas en mesure de vous remettre de lettre de références. Vous devrez vous contenter de celle de vos contacts de l'au-delà ! Quelle langue parlent-ils, au fait ?

– C'est tout ? s'informe Créons, impassible.

– Non. Je dois vous demander de bien vouloir acquitter et sans délai les frais de votre dernier voyage à Stockholm, votre congédiement ayant été décidé et signifié quarante-huit heures avant ce départ. Ce n'est évidemment pas ma faute si vous n'avez pas ouvert votre boîte de courrier interne. J'exige également que vous remettiez à l'Institut, d'ici à la fin de la semaine, un rapport complet et détaillé de vos activités et de vos… échanges avec, appelons-les les ÉSIOR, étrangers sans identité officielle reconnue. J'exige également que vous nous remettiez le prototype sur lequel vous travaillez présentement, un transcommunicateur, paraît-il.

– N'y comptez pas. Mes relations et mes travaux avec les ÉSIOR, comme vous le dites, ne vous regardent pas. Ils font partie de ma vie privée.

André Caradin fait pivoter son fauteuil à gauche, il jette un regard complaisant à son aquarium et, d'une rapide secousse, il ramène son siège de manière à faire face à Créons tout en se penchant vers lui et en frottant négligemment son menton de la main. Il a vu cette manœuvre exécutée par un grand comédien italien dans un film. Il en a été impressionné, il a répété le geste devant un miroir, et il éprouve beaucoup de plaisir à l'exécuter chaque fois qu'il veut faire comprendre à son interlocuteur qu'il est le plus fort.

– Erreur ! Nous vous avons engagé à titre de chercheur. Et tous vos travaux de recherche nous appartiennent, dès lors qu'ils concernent l'espace, et ce, même s'ils n'ont pas été approuvés par vos pairs du conseil de la recherche et par les membres du conseil d'administration. En outre, je vous rappelle que vous avez effectué ce… travail alors que vous étiez encore à notre emploi, qui plus est pendant une période où vous auriez normalement dû être ici à vous acquitter de vos fonctions de chercheur. Peut-être avez-vous même utilisé, pour ne pas dire subtilisé des appareils et des instruments appartenant à l'Institut… Nous serons bientôt fixés là-dessus, puisque nous avons demandé à une commission d'enquête de faire toute la lumière sur cette affaire qui a pris des proportions tout à fait regrettables.

– Dois-je en conclure que les chercheurs de l'Institut n'ont plus le droit d'avoir de vie privée? riposte Créons en enfonçant ses deux mains dans ses poches.

– Nous attendons de nos employés qu'ils se conduisent de façon professionnelle, précise le P.D.G. en élevant la voix. Or, vous avez manqué à tous vos devoirs. Vous auriez dû nous informer de ce que vous croyiez avoir découvert, au lieu d'étaler complaisamment l'histoire dans les pages de *Breffluves!* Autre chose : nous avions accepté que vous fassiez partie du groupe international de travail Daetanus dans l'espoir que cette collaboration serve à la fois la science et l'Institut. Or, au cours de la dernière réunion à laquelle vous vous êtes d'ailleurs présenté en retard, à Stockholm, vous vous êtes abstenu d'intervenir pendant les délibérations, bâillant aux corneilles, selon une source sûre. Vous avez également omis de remettre un rapport de cette réunion à notre sous-comité de la prospective, compromettant sérieusement les chances de positionner l'Institut lors de l'attribution de quatre très importants contrats. Il est hors de question que nous vous laissions déraper une minute de plus. En vous congédiant, nous remettons les pendules à l'heure et nous préservons la crédibilité de l'Institut.

– Vous avez terminé, cette fois? redemande Créons, toujours impassible.

– Non, pas tout à fait! Contrairement à vous, je vais jouer franc-jeu : notre Institut a décidé de convoquer les médias pour que tout soit parfaitement clair. Après tout, c'est notre réputation qui est en jeu dans cette histoire rocambolesque de morts parlants, de téléphone céleste, de révélations d'outre-tombe…

– Vous commencez à vous répéter, monsieur. J'en ai assez entendu. Voici venu l'instant des adieux, conclut Créons en se levant prestement.

– N'oubliez pas, tonne le président Caradin en martelant ses mots : je veux un rapport détaillé en quatre exemplaires sur mon bureau, d'ici vendredi, avec toutes vos cartes d'accès et vos codes de contrôle informatique !

– Pas de problème pour ce qui est des cartes et des codes. Vous les aurez dans dix minutes. Je vais sur-le-champ vider mon bureau. Quant au rapport et à l'appareil… n'attendez rien, parce que vous n'aurez rien.

– J'exige ce rapport, vous m'entendez ? Ne me sous-estimez pas, mon cher, j'ai les moyens de vous faire cracher vos amygdales, menace le président, au comble de la fureur.

– Faites tout ce que vous voulez. Ce qui est dans ma tête y restera. Au fait, je suis très heureux de quitter l'Institut, et comblé par la prime que vous m'offrez : je n'aurai plus jamais à revoir votre tête de satrape, parce que c'est ce que vous êtes, monsieur, un satrape.

Une heure avant que débute la conférence de presse, l'attaché de presse de l'IQRHR fait le point avec André Caradin.

– Finalement, la conférence se déroulera dans le petit auditorium, monsieur. Nous attendions une vingtaine de journalistes. Plus d'une soixantaine piétinent déjà dans le hall, et les gardes de sécurité ont demandé du renfort.

– Le système de vidéoconférence par satellite est prêt ? s'informe le P.D.G., manifestement nerveux.

– Soyez tranquille, tout est en place et tout se déroulera sans anicroche. J'ai fait personnellement les changements que vous souhaitiez dans le communiqué qui sera remis à la presse, et je contrôlerai la période de questions. Comme d'habitude, vous me ferez signe quand vous voudrez que j'y mette fin.

Vingt minutes plus tard, des milliers de relais transmettent en direct depuis le petit auditorium de l'Institut, plein à craquer, la vidéoconférence de presse du P.D.G. Caradin. Questions et réponses sont traduites simultanément en cinq langues. Adossé à un tabouret à œillères et à piètement de bronze, impeccable dans un complet en lin d'un blanc éclatant, celui qu'on a surnommé le Requin a tôt fait de trouver le ton le plus approprié pour impressionner tout le monde et pour mettre en perspective ce qu'il appelle sobrement «l'affaire Furtadeau». Il fixe la caméra, sourit très légèrement en relevant le menton, et parle lentement en détachant bien chaque mot :

– Dans l'état actuel des choses, tant et aussi longtemps que nous n'aurons pas pris connaissance du rapport de monsieur Furtadeau et soumis l'appareil – s'il existe, évidemment! – à une expertise rigoureuse pour le valider sur le plan scientifique, vous comprendrez, nous l'espérons, que nous nous montrions extrêmement prudents quant à son éventuelle efficacité. Monsieur Furtadeau, qui était à l'emploi de l'Institut jusqu'à tout récemment, affirme converser avec les morts aussi facilement que je le fais avec vous, en ce moment. Il fournit, pour preuves, un certain nombre de réponses à des questions dont on ne sait pas, au juste, de qui elles viennent ni même si elles viennent de quelqu'un ou sont pure invention. Certaines personnes, affirmant avoir posé des questions, seraient prêtes à déclarer sous serment que les réponses que monsieur Furtadeau leur aurait fournies sont tout simplement stupéfiantes d'exactitude. Je veux bien, mais, encore une fois, rien n'a été validé sur le plan strictement scientifique.

Puis, baissant le ton et prenant une mine confite, le P.D.G. poursuit :

– À mon tour, mesdames et messieurs des médias, de vous poser une question. En admettant que monsieur Furtadeau dise vrai, qu'il soit vraiment en mesure de converser avec des personnes décédées – ce qui suppose comme postulat l'existence d'une vie après la mort –, pourquoi serait-il le seul à avoir le droit de converser avec l'au-delà ? Moi aussi, j'aimerais bien causer avec Albert Einstein et... me faire sérénader par Maria Callas ! Les ondes sont d'utilité publique, vous ne croyez pas ?

– Mais monsieur Furtadeau prétend qu'il est le seul à savoir comment communiquer avec l'au-delà, monsieur le président, souligne un journaliste. Il affirme que, même lorsque le transcommunicateur sera au point, sa personne physique sera essentielle au bon fonctionnement de l'appareil.

– C'est ce qu'il dit ! Vous comprenez maintenant pourquoi nous avons un devoir d'ingérence scientifique dans cette histoire qui, ne l'oublions pas, pourrait n'être rien d'autre qu'une colossale fumisterie.

– Si monsieur Furtadeau refuse de vous remettre ses plans, que ferez-vous ? poursuit le même journaliste.

Le président Caradin joint le bout de ses doigts pour bien signifier à son auditoire qu'il s'apprête à faire une importante révélation :

– Pendant que je vous adresse la parole, une équipe de détectives de l'Escouade des fraudes commerciales majeures contre les personnes et les collectivités fouille systématiquement l'appartement de Créons Furtadeau.

Une toute jeune journaliste, debout dans l'allée centrale, approche de sa bouche un minuscule microphone portatif :

– Claudie Kimberley, de la Radio suisse-romande : cette fouille est-elle faite à son insu ? Avec son consentement ou non ?

– Mais je l'ignore, mademoiselle! Je l'apprendrai en même temps que vous.

– Avez-vous porté plainte contre monsieur Furtadeau? interroge un autre journaliste.

– Je n'ai pas eu besoin de le faire; d'autres s'en sont chargés.

– Qui?

– Je l'ignore! Vous devriez poser cette question à l'Escouade des fraudes…

– Est-il exact que vous avez congédié Créons Furtadeau sans attendre les résultats de l'enquête en cours? s'informe un imposant barbu. Pourquoi ne l'avez-vous pas simplement suspendu?

– Monsieur Furtadeau a lui-même demandé à quitter l'Institut, sans se soucier de tout ce qu'il laissait brutalement en plan : projets, cours, réunions, tutorat, etc. En outre, il a commis plusieurs fautes professionnelles qu'il m'est impossible de révéler pour l'instant. La décision de le congédier a été prise après mûre réflexion par tous les membres de notre conseil d'administration, à cause, précisément, de ces fautes.

– Si jamais tout ce qu'affirme monsieur Furtadeau se révèle fondé, vous aurez laissé filer un très probable prix Nobel.

Le P.D.G. se retourne vivement vers le journaliste qui a risqué ce commentaire :

– Et dans le cas, plus que probable, où il aurait monté cette histoire de toutes pièces, nous nous serons débarrassés d'un dangereux fumiste!

– Dangereux, vraiment? reprend le gros barbu.

– Même si monsieur Furtadeau a réussi à trouver un moyen pour faire parler les morts – j'espère qu'il nous épargnera la résurrection des corps et la sortie des tombes et des cryptes ! –, je maintiens qu'il est un homme potentiellement dangereux. Permettez que j'y aille d'un exemple : admettons que je trouve, demain matin, le remède à toutes les formes de cancers connues. Mais je décide, égoïstement, de garder l'exclusivité totale de la formule et de choisir seul les malades qui y auront droit. Ce serait amoral, immoral, inacceptable ! Ce serait un terrible abus de pouvoir !

Changeant encore une fois de registre vocal, André Caradin déclame d'un ton solennel :

– Je vous en prie, réfléchissez : l'au-delà, s'il existe, n'est pas une marchandise, un gadget qu'un quidam peut s'approprier et exploiter à sa guise ! Si monsieur Furtadeau ne nous a pas menti, il a des comptes à rendre au monde entier ! Et c'est parce qu'il refuse obstinément de répondre à toutes nos questions, de mettre toutes les cartes sur la table, que je dis qu'il est dangereux ! Je ne vous cacherai pas ma déception. Au lieu de vous laisser impressionner par des révélations dont il n'a jamais été démontré qu'elles avaient le moindre fondement scientifique, vous devriez traquer l'homme qui affirme tranquillement être en mesure de changer la face du monde ! Qu'attendez-vous pour jouer votre rôle, pour trouver le moyen de l'enregistrer en pleine action, pour faire évaluer par des experts les cassettes et les réponses dont il nous inonde ?

Là-dessus, le P.D.G. se redresse, ouvre les bras comme s'il voulait embrasser toute la salle et annonce, tout en jetant un regard entendu à son attaché de presse :

– Notre Institut est tout disposé à coordonner vos actions et à vous soutenir dans vos initiatives pour qu'enfin la vérité éclate, quelle qu'elle soit !

– Mesdames et messieurs, la conférence de presse est terminée. Merci et à la prochaine, annonce l'attaché de presse en indiquant la voie des coulisses au président. Soyez assurés que nous vous reconvoquerons dès qu'il y aura du nouveau.

38

Le même soir, Créons, toujours en compagnie de Bubble Tom, s'engage dans le rituel qui déclenche l'ouverture du canal de communication avec l'au-delà. Clara et Moshe sont fidèles au rendez-vous.

– Shalom, maman, shalom, Moshe. Le fond de l'air est brûlant! Les médias me courent après et font le siège de mon appartement. Avant hier, j'ai été congédié comme un malfrat. Ce matin, mais vous savez certainement toutes ces choses, pendant que j'étais allé rendre des documents à l'université de Montréal, mon appartement a été fouillé par une meute d'experts outillés pour la macro et la microdétection. S'il y avait eu une tique anorexique cachée sous les tapis, ils l'auraient dénichée! Ils ont fait voir un mandat de perquisition aux concierges, qui ont d'abord refusé de les laisser passer et leur ont proposé d'attendre mon retour. Constatant qu'ils étaient prêts à user de force, il les ont laissés faire.

– Mais ces gens n'ont rien trouvé de ce qu'ils cherchaient, fait remarquer Moshe.

– Non, parce que c'est ici, au loft, que tout se passe. Ici que sont rangées la banque de sons et les cassettes. Tant qu'ils ne connaîtront pas l'existence du loft, je peux être tranquille. Tom et moi avons pris des tas de précautions avant de venir ici, ce soir, pour ne pas être suivis. Ce qui me préoccupe, toutefois, c'est que, maintenant, ils savent beaucoup de choses sur moi. Ils ont probablement fait des prélèvements, relevé des empreintes, photographié pour ne pas dire radiographié le contenu de tous mes tiroirs. Ils ont emporté les lettres d'Aube. Pourvu qu'ils ne l'embêtent pas !

– Ne t'inquiète pas, Créons, ta sœur ne sera pas importunée, le rassure Clara. Alors, nous passons aux questions ? En dépit des réflexions et des renseignements que tu as très fidèlement transmis, nous ne constatons aucun changement de ton chez ceux qui nous consultent par ton entremise. Les questions qu'ils posent montrent qu'ils n'ont pas encore saisi ce que nous essayons de faire. Je crois que nous allons changer de tactique. Allons-y, maintenant…

Créons ouvre deux grandes boîtes et en verse le contenu sur la table, pendant que Bubble Tom frotte ses mains l'une contre l'autre.

– J'adore l'instant où vous scannez le tas de questions pour sélectionner celles auxquelles vous allez répondre, avoue-t-il en souriant de toutes ses dents. Je sens comme des petites chatouilles partout… c'en est presque cochon, madame Clara.

– Si cela vous trouble trop, vous pouvez vous éloigner, Bubble Tom ; vous êtes dans notre champ de travail et le fluide que nous utilisons pour lire et sélectionner les questions les plus pertinentes est très puissant.

– Continuez, continuez, j'adore ça ! Waou ! On jurerait un vibrateur de sex-shop !

– Tu n'es rien d'autre qu'un incorrigible jouisseur, Tom ! s'esclaffe Créons en secouant la tête.

– Commençons, propose Clara, avec un sourire à fleur de voix. Vous mettez les magnétophones en marche, Bubble Tom ? À partir de maintenant, j'aimerais que vous fassiez une copie des cassettes, que vous découpiez chaque réponse et que vous l'expédiiez aux grandes agences de presse.

Suggérez-leur de les faire expertiser avant de les remettre aux personnes concernées et avisez ces dernières qu'elles recevront une cassette avec nos voix en direct. Cette façon de procéder devrait accélérer le changement de ton…

Clara et Moshe répondent rapidement et de façon concise à une dizaine de questions. Bubble Tom, qui les écoute attentivement, se décide à les interrompre :

– Excusez-moi… il y a une question qui me tarabuste l'occiput. Vous nous avez dit, madame Clara, que vous ne pouviez nous parler de notre avenir. Ça aiderait pourtant… Soyez sympa, un petit indice, en douce, quelque chose qui pourrait renforcer notre démarche ? Après tout, c'est pas ordinaire ce que vous attendez de nous.

Après un silence, Clara répond :

– Vous et nous sommes en train d'évoluer vers des échanges plus importants avec toutes les dimensions et vers une unité, une symbiose, qui, un jour, sera totale. Un nombre croissant d'hommes et de femmes ont commencé à se rendre compte qu'ils dissipent et reçoivent plus d'énergie qu'avant. Certains ont même appris à s'en servir, à bon ou à mauvais escient. Les plus habiles sont les artistes, les créateurs… L'accélération des échanges d'énergie va se poursuivre encore, et c'est ce qui nous permettra de travailler avec vous, de vous initier à la puissance des sons, des couleurs. Je ne peux vous en dire plus.

Changeant de ton, Clara poursuit :

– Et maintenant, une surprise. Dans l'amoncellement des questions reposant sur cette table, il y en a une qui est très… particulière. La voici : *«L'Univers s'est construit selon quel modèle ? Soyez précis et scientifiquement rigoureux, s'il vous plaît.»* Et c'est signé *SL9, pour Shœmaker-Levy 9*.

– Le nom d'une marque de cirage à chaussures ? s'informe Bubble Tom.

– Non. C'est celui de la comète qui est entrée en collision avec Jupiter, il y a près de vingt ans de cela, précise Créons.

– Voici ma réponse : votre question, SL9, ne vient pas d'un réel et sincère désir de comprendre comment fonctionne l'Univers. Vous l'avez choisie dans l'espoir de nous piéger. Voilà pourquoi je ne vais pas y répondre vraiment. Du reste, le plan de l'Univers ne vous serait d'aucune utilité, parce que vous n'êtes pas en mesure de le comprendre. Et maintenant, la surprise, Créons et Bubble Tom. Ce SL9 n'est nul autre qu'André Caradin, le P.D.G. de l'Institut québécois de recherche Hubert-Reeves.

– Quoi ! Cette sombre fripouille a osé ! Rhynchocéphale trempé dans le beurre rance ! Érigne puante ! Clystère de mouche à merde rouillé !

Créons sourit, puis rit franchement à gorge déployée :

– Mon Dieu, que ça lui ressemble donc !

– Puisque ce monsieur s'est mis lui-même sous les réflecteurs, Créons, eh bien, nous allons t'aider à l'y maintenir, à le confondre, annonce Clara.

– *Corruptione !* Tendez vos joues, madame Clara, que je vous embrasse pour cette bonne action ! Ce gars-là mérite d'être enfoncé dans les sables mouvants de la bêtise avec une colonie de fourmis rouges bien voraces dans sa trogne de requin !

– Ne vous laissez pas emporter par la colère, mon ami, l'interrompt Clara, sinon, vous allez accélérer la fermeture du canal… Ce que nous allons vous dévoiler maintenant devrait vous rallier un certain nombre d'esprits, pour l'instant toujours sceptiques. Depuis plusieurs années, monsieur Caradin détourne des sommes d'argent du fonds de recherche de l'Institut. Ces ponctions pourront être démontrées si le conseil d'administration fait établir un rapport de vérification par une autre firme que celle employée jusqu'ici et qui est grassement payée pour fermer les yeux sur les magouilles de monsieur Caradin.

– Je ne suis pas surpris, commente Bubble Tom. Ce chacal tire sa paille à toutes les mangeoires qu'il rencontre!

– Voilà une nouvelle qui risque de faire beaucoup de bruit dans certains milieux, reconnaît Créons.

– Puisque nous en sommes au chapitre des révélations-chocs, continue Clara, en voici une autre qui devrait faire des vagues. Il y a maintenant quinze ans, la North American Drug and Food Agency a donné son approbation et une autorisation de vente à la compagnie Golden Biotech Vege & Food, spécialisée dans les aliments issus de manipulations génétiques. Or, l'agence s'est contentée du dossier préparé par les laboratoires de l'entreprise pour lui donner le feu vert et elle a omis d'exiger, comme son mandat le stipule, des études indépendantes confirmant la totale innocuité de ses produits. Le directeur scientifique de l'agence, un certain Richard W. Firestone, a reçu un gros paquet d'actions de la Golden Biotech Vege & Food pour son indulgente béné-diction. Les actions ont été transférées à sa première épouse, femme de paille dans cette affaire. Conséquence : plusieurs milliers de personnes ayant consommé régulièrement les produits de cette entreprise souffrent de maladies hépatiques et quelques centaines en sont mortes. Informez-en le secré-taire général de l'Organisation internationale de la santé, Nicolas Finz. Il se doute de quelque chose depuis qu'un groupe de consommateurs l'ont approché pour lui exprimer leurs craintes et lui faire part de certains constats. C'est un homme foncièrement honnête. Il saura quoi faire et il n'aura aucun mal à obtenir la preuve de la toxicité de ces aliments, à moyen terme.

– Pour terminer, enchaîne Moshe, nous allons vous donner les noms d'une cinquantaine de personnes ayant com-mis des assassinats d'enfants. Ces crimes n'ont jamais été élucidés. Pour chaque nom, nous allons vous fournir des indices qui devraient permettre leur arrestation ainsi que les coordonnées des corps policiers à avertir pour que les enquêtes soient rondement résolues. Rendez cette liste publique immédiatement après en avoir informé ces derniers.

39

Trois semaines plus tard et cinq mois après la parution de sa première annonce dans le magazine informatique *Breffluves*, Créons se retrouve au centre d'un véritable chaos.

Les dernières révélations de Clara et de Moshe ont semé un vent de panique sans précédent partout, dans le monde, et déclenché des réactions en chaîne tout à fait stupéfiantes. Des émissions d'affaires publiques donnent la parole à des spécialistes de diverses disciplines et écoles de pensée, et leur font commenter «l'événement du siècle».

André Caradin, dans l'espoir de sauver sa réputation et de créer une diversion, multiplie les conférences de presse et harangue les médias en criant au scandale, politique et scientifique. Mais les journalistes l'ignorent, ayant mieux à se mettre sous la dent. La véracité constante des révélations transmises par Créons les fascine et ils en redemandent.

Un nouveau public, différent des lecteurs de *Breffluves*, découvre tour à tour l'existence de «l'homme qui parle avec les morts», du «justicier désigné de l'au-delà», du «médiateur de l'invisible».

Des églises tiennent des veillées du souvenir en l'honneur des morts. Les officiants prêchent la bonne parole et demandent aux participants de contacter leurs chers disparus pour bâtir un pont avec l'autre monde.

Des politiciens s'interrogent sur la sécurité des États et des individus. Ils réclament «que celui qui s'affiche comme étant le médiateur de l'invisible soit longuement interrogé par un comité d'experts, nommé par les Nations Unies, dont le rôle consistera à évaluer le bien-fondé des activités du médiateur et la pertinence des questions qu'il transmet à ses sources. Les renseignements obtenus par cette personne devront faire l'objet d'un tri afin que seuls les éléments les plus pertinents et les plus utiles soient finalement divulgués.» Les politiciens soutiennent avec vigueur qu'«en partant du principe que toute vérité n'est pas bonne à dire, il va de soi que les dénonciations ou les renseignements à connotation scientifique et médicale ne doivent plus être livrés en pâture au public avant d'avoir fait l'objet d'une analyse rigoureuse par une commission formée de bioéthiciens, d'avocats et de représentants des États, qui conseillera le comité des Nations Unies sur la conduite à tenir et les stratégies à adopter pour gérer efficacement les échanges entre les deux mondes».

Après avoir passé des nuits entières à imprimer les demandes et les messages qui menacent sérieusement de bloquer le réseau informatique en dépit des mesures prises pour moduler le flot des entrées, Créons constate que, tandis que des gens veulent savoir et font de véritables professions de foi publiques, d'autres affichent leur méfiance et leur frayeur.

Des hommes et des femmes à la conscience vraisem-blablement très chargée, craignant d'être dénoncés, cherchent à brouiller les pistes, à effacer des indices ou encore prennent la fuite.

Choqués par la tournure des événements, des groupes de radicaux estiment que la seule façon de régler la question consiste à neutraliser l'homme et sa dangereuse machine. Des informateurs anonymes ont prévenu Créons qu'on projetait de le capturer pour lui régler son compte après lui avoir fait avouer tout ce qu'il savait. Du même souffle, chacun de ces informateurs lui offrait de s'occuper de sa protection – la sienne et celle de l'appareil – en devenant son garde du corps, le tout moyennant rémunération à discuter face à face.

Des propositions de toutes sortes lui parviennent, par estafettes et par délégations que les concierges de l'immeuble arrêtent poliment et fermement à l'entrée.

Le Vatican, totalement muet jusque-là, le prie de bien vouloir rencontrer ses émissaires et de répondre à un certain nombre de questions délicates; «afin que le pape puisse éventuellement éclairer la chrétienté sur la conduite et le protocole à élaborer pour harmoniser les deux mondes et faire respecter les valeurs spirituelles qui doivent sous-tendre tous les échanges entre les vivants terrestres et les âmes de l'au-delà».

Des chefs d'État l'invitent à se rendre dans leur pays «pour discuter d'un certain nombre de points susceptibles de les aider à régler des conflits et des situations hautement problématiques».

Des milliardaires lui offrent des honoraires faramineux, des laboratoires sophistiqués et soigneusement gardés, et d'autres commodités «moyennant une exclusivité totale de l'usage du transcommunicateur et de son opérateur».

Les dirigeants d'une secte espagnole lui proposent de devenir leur grand maître et «d'initier leur élite aux lois de l'au-delà, et, cela va de soi, à la manipulation du transcommunicateur».

Un médecin français lui suggère d'ouvrir «un Centre mondial de guérison ayant des ramifications dans plusieurs pays, qui permettrait aux malades du monde entier de soumettre leur cas par téléconsultation à des médecins de l'au-delà. Le siège social pourrait abriter un laboratoire pharmaceutique qui suivrait les consignes de spécialistes branchés sur l'au-delà. Si tout se déroulait bien, d'autres projets pourraient aussi voir le jour», soutient le médecin. Ainsi, «les écrivains de l'au-delà pourraient poursuivre leur carrière, dicter des œuvres qui seraient publiées partout dans le monde, animer des ateliers d'écriture, parrainer de jeunes auteurs prometteurs, etc. *Idem* pour les athlètes, les musiciens, les peintres, les acteurs.»

Sollicité de toutes parts, Créons n'ose plus bouger de son appartement. Si les délégations qui font le siège de l'immeuble finissent par se retirer après une attente de quelques heures, croyant ou faisant mine de croire les concierges qui leur assurent que «monsieur Furtadeau s'est retiré chez une amie, dans les Cantons-de-l'Est», les journalistes, eux, ne lâchent pas prise.

Jusqu'ici, Créons a refusé de les rencontrer, mais cela ne les empêche pas de continuer à fouiner. Certains décortiquent son C.V., passent au crible sa carrière et ses stages à l'étranger. Ils poussent le zèle jusqu'à lire consciencieusement ses communications scientifiques et ses plans de cours, dans l'espoir d'y dénicher un quelconque indice. D'autres interrogent ses anciens étudiants et ses collègues, en quête de déclarations fracassantes. Les révélations «exclusives» qui s'ensuivent laissent l'astrophysicien pantois :

«Derrière la solitude et l'air perpétuellement mélancolique de Créons Furtadeau se cachent un terrible chagrin d'amour et un fils qu'il ne voit plus, la mère ayant mis entre eux la distance d'un océan. Une photo de la jeune femme, avec son fils dans ses bras, mange un mur entier du très moderne appartement du scientifique. Sur une table recouverte d'une nappe de dentelle (qui n'est autre qu'un voile de mariée, mais le mariage n'a jamais eu lieu), Furtadeau a disposé des fleurs et des bougies qui donnent à la pièce l'allure d'une chapelle nuptiale», révèle un reporter à un commentateur de nouvelles, tout en montrant à l'écran un agrandissement de ladite photo, empruntée à un enquêteur.

Au cours du même reportage, un chroniqueur à potins soutient, en brandissant un objet informe ressemblant à une serpillière, «que la tignasse couleur de sorcier des temps modernes de l'astrophysicien est une perruque. Celui-ci a été victime de la pelade lors d'un stage dans le désert et une tribu de nomades pressentant que cet homme n'était pas ordinaire lui a offert l'objet au cours d'une cérémonie initiatique. Le chef de cette tribu lui aurait aussi confié un secret et des formules extraites de documents vieux de plusieurs centaines d'années. C'est grâce à ces papiers, qu'il est parvenu à trouver la porte ouvrant sur l'autre monde.»

Au cours d'une autre émission, Créons a la surprise d'apprendre qu'il est végétarien depuis son adolescence. Élevé à la dure dans un kibboutz qu'il s'est hâté de fuir à sa majorité, il se nourrit de légumes et de fruits cultivés sur le toit de son immeuble et aussi dans sa salle de bains.

Heureusement, le personnel de l'IQRHR, délivré du joug du Requin suspendu de ses fonctions jusqu'à ce qu'un comité ait pris une décision à son sujet, a refusé de confirmer ou d'infirmer ces ragots. L'attaché de presse de l'Institut s'est borné à remettre aux médias une photo d'archives, vieille de quinze ans, faite lors d'un colloque d'astrophysique et déjà publiée dans les actes du colloque. Créons se félicite d'avoir eu l'idée d'emporter les photos plus récentes – et leurs négatifs –, prises à l'occasion de sa nomination au sein du groupe international de travail Daetanus.

Il y a deux jours, un jeune journaliste particulièrement déluré, et bien renseigné, a réussi à entrer chez lui en se faisant passer pour un technicien venu vérifier le système de ventilation. Le vrai s'est présenté deux heures plus tard, mais le lascar, profitant de la bonne foi de Créons, a réussi à brancher à son insu une cellule d'interception sur ses lignes informatique et téléphonique. Depuis, chaque fois que Créons décroche le combiné ou qu'il ouvre son ordinateur central, le journaliste note les coordonnées de l'appelant et s'empare de la ligne : «Allô, professeur Furtadeau, j'aimerais vous poser quelques questions. Je travaille pour l'Agence internationale Erelib et je vous offre une couverture complète de tout premier ordre, si vous acceptez de me laisser assister à l'un de vos entretiens avec l'au-delà.»

La première fois, Créons a poliment décliné son offre. La deuxième fois, aussi, mais en lui mettant les points sur les i. Pas question d'accorder d'entrevue. Il se refuse à toute forme de publicité. Il n'est qu'un médiateur dans toute cette histoire, et il entend rester dans l'ombre. Au troisième appel, le journaliste a, à son tour, mis les points sur les i :

«Je veux une entrevue, professeur, et je prendrai tous les moyens pour l'obtenir. Avec des collègues, je fais le siège de votre immeuble, voie de garage comprise, vingt-quatre heures sur vingt-quatre. Vous finirez bien par devoir quitter votre appartement. Alors, vous devrez accepter de me parler, parce que je ne vous lâcherai pas d'une semelle. Je sais que vous faites actuellement l'objet d'une enquête policière et je pense que vous éviterez, dans les circonstances, de demander une protection qui, de toute manière, ne vous serait pas accordée. Je ne vous menace pas, je fais seulement mon métier. J'ai réussi à conclure une entente de principe avec les autres représentants des médias qui faisaient, eux aussi, le guet à la porte de votre immeuble. Désormais, ils me laissent les coudées franches, à la condition que je partage avec eux les renseignements que vous finirez par me donner, tôt ou tard. Accordez-moi ce que je réclame, une entrevue et l'autorisation de filmer une conversation en direct avec vos contacts de l'au-delà, et je vous laisserai tranquille. Si tout ce que vous dites est vrai, tous les médias vous aideront à faire éclater la vérité. Nous avons été corrects avec vous jusqu'ici, mais ceux qui viendront bientôt le seront moins. Vous avez foutu la pagaille partout. Les autorités sont inquiètes et elles agiront. Si elles ne peuvent vous arrêter, elles vous kidnapperont, et alors nous ne pourrons plus vous être utiles pour transmettre l'information. Pensez-y. Il y a des gens très haut placés qui veulent votre invention... nous pouvons vous aider à leur résister et mettre le public de votre côté. »

Traumatisé par cet avertissement, las de se sentir prisonnier, espionné, harcelé, Créons se réfugie dans sa salle de bains et, pour se calmer, il pratique son Kototama. Après, se sentant mieux, il réfléchit, cherche une issue, mais n'en trouve aucune qui lui paraisse satisfaisante. Il lui faut parler à Bubble Tom. Et donc sortir sans attirer l'attention.

Un peu après minuit, il quitte son appartement, déguisé en vieillard boiteux. Son crâne est entièrement recouvert d'une casquette oubliée au loft par Bubble Tom, son visage et ses mains sont enduits d'une couche de suie obtenue en broyant l'extrémité des mèches de vieilles bougies. Un homme et une femme, thermos de café en main, manifestement de garde mais engagés dans une conversation animée, lui jettent un regard indifférent. Il s'éloigne, le cœur battant, en s'interdisant de se retourner et il marche, toujours en boitant, jusqu'au centre-ville. Après s'être assuré que personne ne le suit, il entre à l'hôtel Cedar Waxwing, rue Sherbrooke, d'où il appelle Bubble Tom.

– Je suis traqué ! Mon appartement est surveillé, mon Put et mon ordinateur central contrôlés, Tom. Heureusement que nous avions convenu de ne pas nous téléphoner, tu serais dans leur collimateur, toi aussi, à l'heure qu'il est.

– Ouais... Clara nous avait prévenus, rappelle-toi. C'est heureux que les bavards n'aient pas encore découvert le lien qui existe entre nous.

– C'est une question de temps, j'imagine.

– Nous allons essayer de profiter de cet avantage. Écoute, Marika est partie à Genève pour trois semaines. Je passe te prendre avec la camionnette et je te conduis illico à son appart.

– Non. Je préfère que tu me conduises au loft. Je m'y sentirai en sécurité. Je suis certain qu'ils en ignorent toujours l'existence.

– Bon, c'est comme tu veux. Seulement, si quelque chose t'arrive, tu ne pourras pas m'appeler, puisqu'il n'y a pas de téléphone dans ta piaule, et comme tu ne peux plus utiliser ton Put...

– Au besoin, j'emprunterai celui de Garance. Je pense que je peux lui faire confiance. Elle sait ce qui m'arrive, elle a sûrement écouté les bulletins de nouvelles, pourtant elle ne m'a pas relancé.

– Tu as raison, c'est une fille bien et, compte tenu de ce que tu as fait pour son fils, je suis certain qu'elle se ferait hacher les doigts de pied pour toi. Bon, je te cueille dans une vingtaine de minutes. D'ici là, profil bas, lotus et mouche cousue !

En attendant son ami, Créons, assis dans un coin discret et faiblement éclairé du hall de l'hôtel, peu fréquenté à cette heure, réfléchit à sa situation. La curée va commencer, pense-t-il, et aussi une vie d'errance et de terreur. Dormir d'un œil, rester à l'affût, se méfier de tout le monde, ou alors accepter de se livrer, répondre aux questions, faire une démonstration... Non, jamais.

C'est à ce moment que la solution, la seule possible, surgit et s'impose à lui avec force. Il ira là où personne ne pourra le trouver. Là où personne ne pourra le forcer à livrer ce qu'il sait. Il se lève, s'approche d'une borne touristique, demande les horaires des prochains départs pour Tel-Aviv, pose ses doigts sur le clavier et tape son nom.

Shalom, Créons Furtadeau, le compte à rebours est commencé. Sur l'écran, ton nom figure parmi les prochains voyageurs en partance pour Israël.

40

L'air qui agite les rideaux et s'engouffre dans le loft est annonciateur d'un changement de saison imminent. L'été, las de réchauffer les toits et d'afficher partout les couleurs de sa flamboyante nature, se retire en douce au profit de l'automne. La fraîcheur des nuits ramène le goût pour les infusions dont sont amateurs Créons et Bubble Tom. Affalé sur le vieux divan, le médecin manifeste sa nervosité en agitant une jambe de façon spasmodique.

– Il faut m'aider, Tom, assure Créons en préparant un thé à la menthe et une assiette d'abricots secs.

– Non. N'y compte pas, réplique vivement Bubble Tom d'une voix sèche. Si j'avais su ce que tu avais derrière la tête, je ne serais pas allé te chercher!

– Je te connais, tu serais venu quand même.

Bubble Tom regarde Créons verser le thé. Il fait craquer ses jointures et ignore la grimace complice de son ami.

– J'aurais consacré quinze années de mon existence à apprendre comment préserver la vie et je donnerais la mort à mon meilleur ami? Non, non, non, ne me demande pas ça! N'importe quoi, mais pas ça!

– Tu t'énerves pour rien. Essaie de voir au-delà des apparences. La mort n'étant pas du tout ce que nous pensions, le geste que je vais accomplir, grâce à ton aide, ne met pas un point final à ma vie. Seulement à mon petit stage sur cette planète. Tu sais que j'ai raison. Ma décision te prend par surprise, et tu es triste parce que nous ne nous verrons plus. Parce que tu ne pourras jamais terminer cette étude sur le processus de guérison par imposition des mains et que je te laisse avec un gros tas de points d'interrogation. Je voudrais avoir du temps devant moi pour te laisser te faire à l'idée de notre séparation, momentanée si on met la notion de temps dans sa perspective cosmique, mais je dois faire très vite et devancer tous ceux qui me courent après. Je sens le danger, Tom, c'est une odeur insupportable. Je n'ai pas la carrure pour résister…

Lui jetant un regard misérable de chien battu, Bubble Tom se lamente :

– Qu'est-ce que tu veux, à la fin? Que je tienne la bougie pendant que tu rends le dernier soupir et que je souffle sur ton âme de petit Blanc couard pour qu'elle ne se trompe pas de sortie? Que je te passe un nœud coulant au cou et que je donne un coup de pied au tabouret sur lequel tu vas te jucher comme un vieux coq neurasthénique? Que j'achète un bidon d'essence, que je t'en asperge et que je craque une allumette en chantant «Feu, feu, joli feu»? Que je te rompe les cervicales comme si tu étais un malheureux matou en phase terminale? Que je te maintienne la caboche sous l'eau jusqu'à ce que tu deviennes mou comme une chiffe et que tes poumons se transforment en éponges? Que je te troue la peau jusqu'à ce que tu ressembles à une passoire revue et corrigée par Dali?

– Cesse de faire celui qui ne comprend pas! Je cherche un moyen indolore, efficace et rapide, qui ne laisse pas de trace et qui ne m'abîme pas trop. Je me surprends à éprouver une certaine tendresse pour ce corps que je vais quitter et je ne veux pas qu'Aube ait le moindre ennui. Mon idée est bonne, je le sais et tu le sais!

– Je ne peux pas croire qu'il n'existe pas un autre moyen ! gémit Bubble Tom avec désespoir.

– Non. J'ai fait le tour de toutes les possibilités. Je ne veux pas être arrêté, interrogé, examiné comme une bête curieuse, drogué, soumis à des séances de lavage de cerveau ou de torture psychologique pour m'obliger à révéler ce que je sais. Et toi non plus, tu ne veux pas que ça m'arrive. Mon départ comporte un autre avantage : celui de préserver ta propre sécurité. Toi aussi, tu es en danger. Pense à tes gamins, Tom. Ils ont besoin de toi. Et pense à ta douce roussette… C'est un miracle que personne n'ait encore découvert notre amitié, nos frasques à l'hôpital, ce loft.

– Le miracle s'appelle Clara. Je suis sûr qu'elle y est pour quelque chose. C'est comme pour la boîte de documents contenant les lettres d'Aube, qu'on a prise chez toi et qui a mystérieusement été égarée au cours de son transfert. Mes couilles sur la table avec un couteau de boucher au-dessus, que ta mère leur a ménagé une passe de loup-garou d'outre-tombe !

– Tom…

– Envisageons le pire : on t'arrête, on t'oblige à fabriquer le transcommunicateur, à en livrer le mode d'emploi. On tente d'exploiter le canal, de te soutirer des renseignements à mauvais escient. Tu résistes un peu, pour la forme, puis tu lâches le paquet. Ils n'auront qu'à se mettre aux abonnés absents, de l'autre côté ! C'est rudement facile de baiser des crétins affamés de pouvoir, quand on est un pur esprit.

– Non, Tom. Je ne veux pas que le projet soit détourné de son but. Peut-être est-ce trop tôt pour que les deux dimensions se parlent…

– Je pense que je vais partir avec toi en Israël, décide finalement Bubble Tom. Tu sais qu'un zèbre d'infirmier, à l'hôpital, m'a demandé si le «docteur» qui avait l'habitude de venir me chercher, les jeudis soirs, n'était pas le jumeau du fou qui prétend parler avec les morts. Il a vu la photo, heureusement un peu floue et sombre. Je lui ai dit que, moi aussi, j'avais noté la ressemblance, mais qu'il se trompait. Il est parti sans insister. Mais un de ces quatre, peut-être que quelqu'un se rappellera nous avoir vus ensemble. Tu crois que ta sœur accepterait de m'héberger pour quelques semaines ?

— Tom…

— Nous pourrions aller parler au Premier ministre d'Israël et lui demander sa protection. Nous pourrions ensuite donner une conférence de presse, nous aussi. Tu pourrais faire coïncider l'événement avec une ouverture du canal. Clara pourrait répondre aux questions en direct et y aller d'un gros paquet de révélations bien croustillantes. Ça calmerait tout le monde, ça !

— Tom…

— Aube, son grand zeb transi d'amour et moi veillerions sur toi. Tu pourrais enfin construire le transcommunicateur, et tranquille, encore !

— Tom, ça suffit ! Tu commences à chercher le moyen et tu fais vite parce que les minutes me sont comptées. Mon avion décolle demain soir, à 23 heures. J'ai réservé mon billet, de l'hôtel, tantôt. Je crois bien avoir pensé à tout. Je laisse mon compte en banque à Garance pour qu'elle et le petit Zen n'aient plus de soucis d'argent. Ah ! oui, avant que j'oublie. Dans mon testament, je compte léguer mes rentes au Centre de recherche ostéopathique qui t'est si cher. J'aurais bien aimé les mettre à ton nom, mais je ne veux pas que tu aies à fournir d'explications sur ce legs.

Bubble Tom écrase consciencieusement les feuilles de thé avec le bout de sa cuiller.

— Je peux te demander une chose ?

– Que veux-tu ? Un abonnement de dix ans à *La Chèvre qui fume ?*

– Mieux que ça, bien mieux ! J'aimerais avoir la grande photo avec toi enfant et Clara, et puis si ce n'est pas trop ambitionner, ta menora. Je te jure que, la première fois que j'allumerai les bougies, je baiserai *non stop* avec Marika tant qu'elles ne seront pas toutes éteintes ! Elles durent combien d'heures, au fait ?

– Tu es vraiment le roi des cons, mon frère. C'est d'accord. J'enverrai Garance les chercher pour toi. Maintenant, va un peu travailler pour faciliter mon entrée officielle dans l'autre monde.

Le lendemain matin, très tôt, Bubble Tom gratte doucement à la porte du loft. Déjà levé, Créons lui ouvre aussitôt.

– J'ai trouvé, mon frère. Un pansement transdermique contenant une dose léthale très songée de trois substances : du venin de jararaca, du curare et du cyclobarbital. C'est parfait, dans les circonstances. Le poison agira rapidement, mais sans effets secondaires désagréables. Tu n'auras qu'à coller le *patch* sur ta cuisse ou sur ton bras. Tu ne souffriras pas et tu partiras sans trop t'en rendre compte. Pour accélérer l'absorption du poison, je te suggère de te faire deux ou trois éraflures sur la peau avec la pointe d'une aiguille, quelques minutes avant de mettre le pansement. Ça pourrait aussi détourner les premiers soupçons. S'il enlèvent le pansement et voient les éraflures, ils ne penseront peut-être pas à analyser son contenu. Ils croiront à un pansement à bobo… Si le pathologiste qui fera éventuellement l'autopsie n'est pas trop zélé, il conclura probablement à une crise cardiaque. Tu pars toujours ce soir ?

– Oui, je te l'ai dit.

– Tu es sûr que tu ne veux pas que j'aille avec toi ? Je pourrais me charger de…

– Pas question, tranche Créons. Je dois partir seul. Il est presque sûr que la liste des passagers sera passée au peigne fin et les agents de bord longuement interrogés, une fois ma mort découverte et rendue publique. Si tu m'accompagnais, on aurait vite fait d'avoir des doutes. On publierait probablement ta photo et les autorités finiraient par découvrir que nous nous connaissions. Elles t'interrogeraient, fouilleraient ton appartement et ton bureau à l'hôpital. Tu entrerais dans leur cirque par la grande porte !

– Tu vas essayer de communiquer avec Clara avant de partir, même si c'est en dehors de l'horaire ?

– Oui, mais je ne crois pas que ça marchera. Ça ne m'empêchera pas de lui parler autrement.

– Et si le canal s'ouvre ? Et si Clara, informée de ta décision, te demande d'abandonner ton projet ? Peut-être qu'elle pourrait jeter un tout petit coup d'œil sur ton futur, histoire de découvrir ce qui est sensé t'arriver ? Peut-être que ce que tu t'apprêtes à faire sera inutile ? Je persiste à croire qu'il y a une solution… tu es trop pressé, Créons, tu devrais attendre un peu. Tu n'as pas le droit de tout ficher en l'air sans même consulter tes parents !

– Clara et Moshe ont toujours respecté mes décisions et mes opinions. En admettant que je parvienne à établir le contact, ils n'interviendront pas, Tom. Il ne leur reste qu'une chose à faire : se préparer à m'accueillir. Quant à toi, commence tout de suite à m'effacer de ta mémoire et détruis le carnet…

– Tu me casses les couilles, Créons Furtadeau, avec ta grosse tête de mule ! Si je ne t'aimais pas, je souhaiterais qu'elle reste bloquée dans le passage et qu'ils soient obligés, de l'autre côté, d'utiliser des forceps cosmiques pour t'extraire ! C'est bon… Je vais à l'hôpital et je reviendrai t'apporter le *patch*. Je vais le glisser dans une boîte contenant des pansements contre le mal de l'air. Si jamais on te fouille à la douane, tu ne risqueras rien. Pour que tu le reconnaisses, je vais lui faire une toute petite encoche.

– Tu veux qu'on mange ensemble une dernière fois, ce soir, propose Créons en le reconduisant à la porte ? Je pourrais demander à Garance d'appeler un traiteur…

– Non ! J'ai pas faim ! Je crois que j'aurai plus jamais faim. C'est peut-être une bonne chose. Regarde… j'ai de mignonnes poignées d'amour qui me poussent aux hanches. Ça plaît à Marika, mais faudrait pas qu'elles prennent trop d'expansion, quand même. Parlant de nénette, tu as mis Garance au courant ?

– Je compte le faire. Décampe, maintenant, Tom Chissanno.

41

Depuis la guérison de Zen qui habite maintenant avec elle, la vie de Garance a pris une nouvelle tournure. Tous les matins, elle reconduit son fils à la maternelle. Ayant obtenu du propriétaire qu'il rénove de fond en comble cuisine, séjour et salle de bains, elle supervise, avec son accord, la planification et la progression des travaux, exigeant que le chantier soit nettoyé chaque soir.

Debout, au milieu de la grande pièce qui servira désormais de cuisine et de salle à manger, elle fournit quelques détails à Créons qui l'écoute d'une oreille, distrait par la nouvelle coiffure de la jeune femme et par les reflets fauve de la teinture masquant ses cheveux gris. La gaieté et la volubilité de Garance le surprennent et le charment. Il la laisse parler, tout en cherchant le meilleur moyen de lui annoncer son départ.

— Tu viens souvent au loft, Créons, même le jour depuis quelque temps. Je te vois parfois arriver en coup de vent. J'ai cru apercevoir ton ami le docteur, une fois. J'espère que le bruit et la poussière du chantier ne t'incommodent pas trop. Comme tu peux le constater, le pire est fait. Si tout continue de bien se dérouler, les travaux de peinture devraient commencer dans une semaine. Après, crémaillère ! Tu viendras ? J'inviterai mon vieil oncle l'écrivain, celui qui m'a appris l'art du juron à tête chercheuse, de l'insulte en suppositoire carré…

– Non, je serai parti, annonce Créons. En fait, c'est de ça que je suis venu te parler. De mon départ imminent et… de tout ce qui m'arrive.

– J'ai entendu des tas de choses plutôt spéciales! J'ai aussi vu une photo de toi à la télé, avec les cheveux attachés. Pas très ressemblante. Tu es vraiment mieux en personne.

– Tu veux monter? On sera plus à l'aise pour jaser. Zen dort?

– Comme un bienheureux. Attends… je vais lui laisser un dessin pour lui expliquer que je suis chez toi. S'il s'éveille, il ne paniquera pas. Cet enfant fait de tels progrès, Créons, c'est stupéfiant. Tu veux le voir? Il récupère dedans et dehors, il a pris du poids et il n'a plus rien du petit gars «chéti» que tu as vu sur la plage de Saint-Joseph-de-la-Rive.

– Tantôt, quand on aura parlé. Je monte et tu me rejoins, d'accord?

Tout en dessinant la flèche menant de son appartement au loft de Créons, Garance essaie de maîtriser le tremblement de sa main. Le «je serai parti» de Créons résonne dans sa tête, et l'écho des trois mots se répand dans tout son corps, semant un début d'inexplicable panique.

42

Assise par terre, adossée contre le vieux divan de l'ancienne propriétaire, le menton appuyé sur ses genoux, Garance écoute, totalement envoûtée, le récit de Créons.

– C'est donc ici, dans cette pièce, que tout se passe, lâche-t-elle en jetant un regard autour d'elle. Je mourais d'envie que tu me parles de ta découverte, mais je n'aurais jamais osé te le demander… Maintenant que je sais, puis-je, moi aussi, te confier une question? Où se terre *il?* Et puis non, oublie ça. Il vaut mieux que je l'ignore. Si je le savais, je serais capable d'aller le zigouiller!

– Tu lui en veux toujours?

– Oh! oui, je lui en veux! Je veux lui faire payer ce qu'il a fait, pas à moi, à Zen!

– Il faut te débarrasser de cette idée, Garance.

– Je le sais. J'essaierai. Mais il ne faut pas trop m'en demander. Ce qui m'arrive est tellement…

Fixant Créons, la jeune femme ajoute :

– Te rends-tu compte que tu es devenu l'homme de ma vie, celui à qui je dois tout : la santé de mon fils et aussi ma résurrection? J'étais morte, Créons, dans mon cœur, dans mon sexe et dans ma tête. Depuis que tu m'as rendu mon fils, tout ça s'est remis en marche. Je respire! Je ne vois plus la vie comme avant. J'ai de moins en moins de fiel dans les veines. Tu nous as sauvés, Zen et moi.

– Tu exagères un petit peu, tu ne crois pas?

– Pas du tout! J'étais mauvaise comme la gale et en guerre avec les hommes du monde entier. C'est bizarre ce qui se passe... il y a eu un temps où j'ai cru que tu avais envie de moi. Je me trompe?

Créons ne dit mot et se contente de sourire en hochant timidement la tête.

– Eh bien, aujourd'hui, c'est mon tour, reprend-elle. J'ai envie de toi ou plutôt envie d'être avec toi, de vivre à tes côtés. Je suis peut-être en train de tomber amoureuse? J'aimerais être la compagne de celui qui a défriché la route entre les deux mondes, mieux, qui a découvert que la mort n'est pas l'absurde plongée dans le néant. Je suis peut-être en train de retrouver la foi? Veux-tu qu'on dorme ensemble, cette nuit? Pour la tendresse, pour essayer de...

Créons cache son visage dans ses mains. Il ne veut pas que la jeune femme voit son trouble.

– Non, Garance. J'aime mieux pas. J'ai besoin de courage pour partir. Si je commençais quelque chose avec toi, je devrais tout remettre en question.

– Tu vas revenir, j'en suis certaine. Je t'attendrai. Quand pars-tu?

– Je préfère que tu l'ignores.

– Tu parais tellement triste, Créons. Comme si on t'avait fait de la peine. Tous ces gens qui te courent après, qui te pompent l'air, pourquoi est-ce qu'ils ne te laissent pas un peu tranquille? Compte sur moi pour ne pas révéler où tu es parti.

– Avant que j'oublie, Garance, j'aimerais que tu viennes t'installer ici avec le petit. Au moins jusqu'à ce que tous les travaux de rénovation soient terminés... J'informerai le propriétaire et je laisserai la clé dans ta boîte.

– Tu as quelqu'un pour te conduire à l'aéroport?

– Oui, Tom.

– Il va bien?

– Il est très amoureux d'une jolie fille, alors il fait de la planche à voile sur les vagues de son idylle.

– Zen l'adore! Si je l'écoutais, on irait à l'hôpital tous les jours. Il le dessine partout, avec une énorme couronne de bulles de toutes les couleurs sur ses cheveux noirs.

Après un long silence, la jeune femme demande :

– Tu m'écriras, Créons? De vraies lettres, dans une enveloppe avec un joli timbre et un sceau, comme dans le temps?

– Je penserai à toi. T'écrire ne serait pas prudent et me serait très difficile. Je ne resterai pas en Israël très longtemps.

Poussée par son chagrin, Garance se jette brusquement, sans retenue, dans les bras de Créons. De sa tête, elle pousse sur son épaule, comme si elle voulait enfoncer ce mur de chair qui se soulève à chaque respiration.

– Tu vas me manquer! J'ai besoin de toi, pourquoi est-ce seulement maintenant que j'en prends conscience? Mon Dieu! Si quelqu'un m'avait prédit que je dirais ça à un homme, un jour, je crois que je l'aurais étranglé!

Créons se tait. Lui revient à l'esprit la prédiction d'Aube : «Un homme aidera ta Garance à se refaire… mais malheureusement ou heureusement pour toi, ce ne sera pas toi. L'homme en question est grand, jeune et… par l'esprit du Baal-Shem-Tov, totalement chauve!» Mi-gai mi-triste, il interroge Garance tout en caressant ses épaules et en appréciant leur sensuelle rondeur :

– Dis donc, tu aimes les hommes chauves?

– Pourquoi? Tu as l'intention de revenir tondu?

– Je demandais ça comme ça.

– Je te répondrai quand je verrai la forme de ce crâne, décide-t-elle en enfonçant doucement une main dans sa crinière. Se reculant, elle le regarde, droit dans les yeux, et lui donne un long baiser sur la bouche.

Pour masquer son émotion, Créons chuchote :

– Tu ne fumes plus, on dirait? Ton haleine goûte le bonbon.

– Eh non, plus besoin.

– Et tu te maquilles? ajoute-t-il en passant sa langue sur ses lèvres.

– Crème à lèvres à la cannelle, décrète la jeune femme. Eh oui! Je me maquille dans l'espoir d'attraper un homme chauve dans mes filets! Et celui qui me tient dans ses bras me paraît mûr à point. Tu as des yeux extraordinaires, Créons. Je ne les avais encore jamais vus d'aussi près. Je te trouve beau! Il y a quelque chose de changé chez toi. Tu es le même qu'avant, et pourtant… Je me sens très attirée…

– Normal, je me suis fait poser des aimants derrière les oreilles, riposte-t-il pour échapper à la magie du moment. Et maintenant, Garance Foglia Dulac, tu ferais mieux de redescendre chez toi. Au fait, d'où il vient, ce nom de Dulac?

– C'est un paravent, une couverture de protection et rien d'autre.

– Il faut nous quitter, Garance, maintenant, avant que nous n'en n'ayions plus la force.

– Mon intuition me dit que tu pars très bientôt, après-demain, demain peut-être?

– Bonne intuition. Et je ne suis pas prêt. J'ai cette pièce à ranger, mes bagages à faire. J'emporte le minimum et je compte te laisser quelques bricoles. Je mettrai ça sur le divan. Ah! oui! J'ai un petit service à te demander. Veux-tu aller voir le concierge de mon appartement et lui remettre cette lettre? Il te donnera quelques objets, c'est pour Tom et pour toi.

Une fois Garance partie, Créons tente vainement de communiquer avec Clara. Il prépare un bagage à main et une petite valise, et il enveloppe la boîte contenant sa banque de sons dans un sac en plastique. Il la déposera dans le conteneur du chantier, demain.

Toute la nuit, il rêve qu'il converse avec sa mère. À son réveil, il essaie de se souvenir, d'un mot, d'un détail. Rien.

43

En sortant de l'aéroport Ben-Gourion, Créons cherche sa sœur des yeux. Un homme de haute stature et une femme en tailleur jaune tournesol le hèlent joyeusement. En apercevant Aube et David, il se met à pleurer. Les larmes, abondantes, dévalent les falaises de ses joues, glissent sur son cou et vont choir dans le col de sa chemise. Il embrasse sa sœur, tend la main à David Neeman et s'excuse :

– Les digues ont sauté, désolé.

Il se rend compte qu'il n'a pas pleuré en quittant le loft. Ni en passant une dernière fois devant la porte de Garance. Ni en surprenant, à la fenêtre, le minois de Zen agitant frénétiquement la main dans sa direction (mais que faisait le gamin, debout, à cette heure tardive ?). Ni en quittant Bubble Tom, à Mirabel. Ni en recevant la petite chèvre de bois sculpté ornée de deux cornes noires qu'il lui a maladroitement planquée dans les mains : «La chèvre, c'est toi, mon frère, et la paire de cornes, évidemment, c'est moi. Tu te souviens de l'histoire de monsieur Seguin et de sa fin ? "Et, au matin, le loup la mangea." Ben, toi, tu vas échapper au carnage et changer le cours de l'histoire. Je vais la réécrire pour nos *kids*. Ça finira ainsi : "Et, au matin, la chèvre disparut en lâchant un gros pet fleurant bon l'anis, la menthe, le cumin et la tendresse ! Le fond de l'air se mit à pleurer et tous les loups aussi, très surpris de constater qu'ils pouvaient fabriquer des larmes qui goûtaient ce que sentait le pet. Ils ont pleuré si fort et si longtemps que la terre est devenue la plus grosse piscine publique de la galaxie, avec herboristerie au sous-sol."» (Mais, au fait, il avait une drôle de tête en lui faisant ses adieux, le Tom, presque sereine en dépit des circonstances…)

Le même soir, à Jaffa, dans l'arrière-boutique du Maître de jeu, Créons informe Aube et David de ses intentions et de ce qu'il attend d'eux.

– Nous savions, rétorque David. Ou, plutôt, votre sœur savait.

– J'ai vu la scène, explique posément Aube. C'était très embrouillé… très lumineux, comme une samba d'éclairs. Comme si la lumière te fonçait dessus et t'absorbait. Je t'ai vu mourir… Je comprends et j'accepte ta décision. Tu fais le même choix que les Juifs de Massada, y as-tu pensé? Tu préfères mourir plutôt que d'être pris. Tu aurais fait un bon Juif! J'aurais seulement voulu que nous passions une journée ensemble, ici, tous les trois, avant que tu partes.

– Surtout pas! Je ne veux pas que vous ayiez des ennuis à cause de moi. Il ne faut pas qu'on sache que nous nous sommes vus. Maintenant, je voudrais être seul. C'est ma veillée d'armes. Tu as raison, Aube, je me sens un peu comme un guerrier! Je vais pratiquer mon Kototama pour me concentrer. Vous viendrez me chercher quand l'aube arrivera?

– Très bien, se contente de répondre Aube. Je vais faire du thé au citron bien glacé, comme tu l'aimes, tu en voudras?

– Oui, et je voudrais manger des abricots secs, une dernière fois.

– Les bonbons de la famille… Je t'en prépare, avec une barre de chocolat noir, comme dans le temps.

Une main sur la poignée de la porte, David conclut :

– Nous n'aurons pas eu le temps de nous connaître, Créons, et je le regrette. J'aurais tellement aimé que vous assistiez à nos noces.

– J'y serai, avec Clara et Moshe. Vous pensez bien que nous n'allons pas rater l'événement ! Avant que j'oublie, monsieur Neeman, je vous ai rapporté un certain petit cavalier, annonce Créons en plongeant une main dans la poche de son blouson. Depuis quelque temps, il a pris logement dans mes poches et ne me quitte pas d'une semelle.

– Je vais l'installer dans notre chambre. Il fait désormais partie de la famille.

– Il faudra me rappeler de prendre ma valise avant de partir, prévient Créons. Je veux qu'on la trouve à mes côtés. Ce qu'elle contient les occupera pendant un temps. Ah ! oui… Il me faudrait une aiguille !

44

Les yeux de Créons font lentement le tour de la pièce. La chambre du Maître de jeu est d'une déconcertante nudité. Un lit, une table, un petit fauteuil crapaud tout rabougri.

Sur la table, une lampe ancienne, d'assez belle facture, mais dont l'abat-jour est fêlé, un vieux magnétophone à rayon laser et quelques disques, une pile de livres et, dans le coin droit, une grande photo montrant deux petites filles, l'une espiègle jusqu'au bout de ses cheveux et l'autre triste jusque dans son sourire. Une tresse de fleurs séchées entoure le cadre et semble servir de cocon aux enfants. Il les effleure en pensant que, très bientôt, il pourra, s'il le veut, se voir dans le ventre de Clara… Mais auparavant, il lui faut mourir.

La panique ressentie dans l'escalier l'étreint à nouveau. Pour lui tenir tête, il décide d'écouter de la musique. Il aurait voulu pratiquer son Kototama, mais sa gorge est trop serrée. Les sons ne passeront pas. Il constate qu'un disque est déjà dans le lecteur et il met l'appareil en marche. La trompette triomphante et exaltante du *Concerto en ut majeur* d'Antonio Vivaldi souffle une légion de sons qui se dirigent droit sur sa gorge, là où il a de plus en plus mal.

Par trois fois, Créons entrouvre la porte pour s'informer de la couleur du ciel.

– Où en est la nuit, David ?

Les deux premières fois, le Maître de jeu lui donne la même poétique réponse :

– C'est le beau fixe des ténèbres. Rivière de diamants étoilés sur habit noir de gala.

Mais la troisième fois, le bulletin est différent :

– La nuit pâlit. Elle tremble pendant que l'aube fait ses pointes sur son ventre…

– Alors, l'heure est venue. Va chercher notre Aube à nous. Il est temps de partir.

Cinq heures dix. La porte de la boutique du Maître de jeu cède le passage à une femme encadrée par deux hommes. Le trio marche lentement. Il se dirige vers la promenade longeant la Méditerranée et s'assoit sur un banc. L'un des deux hommes ôte sa veste et sort un petit sac d'une de ses poches. Il l'ouvre et en retire un pansement qu'il pèle à la façon d'un fruit. La femme retrousse la manche de sa chemise et, avec la pointe d'une aiguille, trace une étoile de David. L'homme pose aussitôt le pansement sur l'éraflure. Il regarde la femme et appuie sa tête sur son épaule. Puis il murmure :

– J'ai un seul regret, j'aurais aimé partir en pleine nuit, avec mes étoiles. Mais je devais attendre le lever du jour, j'en ai reçu l'ordre dans un songe. Le renard du Petit Prince a raison : rien n'est parfait. La tête commence à me tourner. On dirait que mes bras pèsent une tonne, comme avec Lulu la Vanille…

La femme soupire et baisse la tête :

– Si je le pouvais, je partirais avec toi !

– Non. Tu dois d'abord avoir un enfant avec David.

– Il est en route, Créons, tu l'as deviné, n'est-ce pas ? Il est là, dans mon ventre. Touche… C'est un garçon, ça aussi je le sais. Nous le prénommerons Sonar pour célébrer la complicité des lettres de tous les prénoms de notre famille.

Deux minutes passent, dans un silence total. La voix chevrotante, Créons demande :

– Récite-moi quelque chose, Aube, comme dans le temps, j'ai atrocement peur, malgré ma hâte…

– Lorsque je mourrai, Dieu déliera tous les nœuds de ma mémoire pour que jaillissent, enfin libres, les vraies couleurs de la vie et de la paix.

» Israël m'ouvrira toutes grandes les portes de l'Histoire, et je suivrai les verts sentiers où fleurissent les boutons d'or des versets sacrés dont les sucs comblent toutes les soifs et guérissent toutes les blessures.

» Les plus lourds de mes chagrins deviendront légers comme des oiseaux et se mettront à voler autour des soleils de l'Éternel…

» La terre me portera, comme une tendre amie, et j'allongerai le pas…

Créons lève une main et s'impatiente.

– Tom m'avait pourtant dit que tout se passerait vite. Je suis désolé…

David se penche vers lui, compatissant :

– Peut-être résistez-vous ? Fermez les yeux, Créons, abandonnez-vous et courez, droit devant. Quand vous serez rendu de l'autre côté, n'oubliez pas de saluer mes petites filles. Dans quelques instants, vous saurez tout sur tout. Vous saurez qui je suis, et ce qu'on m'a fait. Partez en paix, shalom…

Créons ne répond pas et ferme les yeux.

Aube reprend son poème :

– Sur les verts sentiers je marcherai, de plus en plus vite, je sentirai sur mon esprit, étonné et comblé, le souffle chaud des milliards d'étoiles qui me regardent passer et me rapprocher du grand cercle de lumière…

Créons se lève, tente prudemment quelques pas.

– Je me sens bien, ma vue n'est pas embrouillée, je ne suis plus étourdi et je n'ai aucun mal à respirer. Le poison n'agit pas, c'est bien évident. Je me suis peut-être trompé de *patch*?

Il se retourne, s'empare du sac, en extirpe la boîte de pansements, les regarde attentivement, un par un, tandis qu'Aube prend la boîte et y glisse précautionneusement une main.

– Il y a un papier, au fond.

– Donne! commande Créons d'une voix anxieuse.

Il a tôt fait de reconnaître l'écriture de Tom :

Je n'ai pas pu. J'espère que tu ne m'en voudras pas et surtout que tu trouveras une autre solution.

Tom Chissanno, ton frère en tout, sauf en la mort.

Créons explose :

– Je fais quoi, moi, maintenant? Tout mon plan est fichu! Il fera bientôt grand jour… Je ne pensais pas que Tom était capable de me trahir de cette manière!

– Attends, lui intime soudain Aube, je vois encore cette lumière qui file!

Sa voix devient monocorde et basse :

– Clara sera au rendez-vous. Rapport inversé.

Puis, reprenant un ton normal :

– Viens, David, nous devons partir. Et toi, Créons, tu restes assis sur ce banc. Quelque chose va venir te chercher. C'est dans la lumière. Je ne sais pas ce que c'est au juste, mais Clara est tout près derrière. Je l'entends… Tu ne mourras pas vraiment, et nous nous reverrons, Créons, mais pas tout de suite. Sois prêt… Le train de lumière approche ! Je l'entends ! Vite, David, nous ne devons pas être là, à cause du souffle de l'Énergie !

Sur la promenade longeant la Méditerranée, une femme et un homme courent, de plus en plus vite, trébuchant, se soutenant l'un l'autre, riant presque, sans jeter un seul regard en arrière.

45

18 septembre 2020

Parti pour l'au-delà ?

(AIP) Une petite valise appartenant à l'astrophysicien québécois Créons Furtadeau, quarante-cinq ans, a été retrouvée tôt, hier matin, sur un banc de parc, aux limites de Jaffa et de Tel-Aviv. Sa chemise et ses souliers ont également été repêchés un peu plus à l'est. On se rappelle que le scientifique, porté disparu depuis maintenant quarante-huit heures, est au cœur d'une incroyable histoire qui divise la communauté scientifique internationale.

»Accusé par les uns d'avoir trafiqué les résultats d'une recherche et réussi à faire croire qu'il avait percé le secret de la vie après la mort, désigné par les autres comme un «prophète des temps modernes» et un «médiateur de l'invisible», Créons Furtadeau avait réussi à quitter discrètement le Québec pour se réfugier en Israël.

»Interrogée par une commission d'enquêteurs, sa sœur Aube Yitzhar a admis que son frère lui avait paru très surmené lorsqu'elle avait réussi à communiquer avec lui, quelques semaines auparavant. Mais elle ignorait qu'il était en Israël.

»Les recherches se poursuivront dans cet État et partout dans le monde, puisqu'un mandat de recherche international

vient tout juste d'être lancé – les enquêteurs ne croient pas à l'hypothèse du suicide – dans l'espoir de mettre un point final à l'une des intrigues les plus déroutantes du XXIe siècle. Toute personne qui croit reconnaître Créons Furtadeau ou qui pense détenir un détail important le concernant est priée d'en aviser les autorités de son pays.

Épilogue

Le manège de Sonar dure depuis une dizaine de minutes. L'enfant plonge délicatement sa main potelée dans le sable, ses doigts s'emparent de quelques milliers de grains et les portent contre son oreille. Ses yeux se ferment et les traits de son visage se figent, le faisant ressembler à ces chérubins de plâtre qui décoraient les murs ainsi que les corniches des vieilles armoires du siècle précédent.

– Qu'est-ce qu'il peut bien faire ? se demande David, intrigué par le manège de son fils.

– Il écoute les histoires du sable, répond Aube, d'une voix un peu lointaine.

Puis elle ajoute :

– À deux reprises, je l'ai vu mettre les automates de la vitrine en marche, à distance. Il a les dons, le mien et celui de Créons combinés, et ni toi ni moi n'y pourrons rien, David. Le chemin de cet enfant est tout tracé. C'est lui qui trouvera les clés du temps. Il n'y a pas qu'un seul espace-temps, mais une infinité d'univers parallèles. C'est Sonar, notre fils, qui, le premier, entrera dans le mille-feuille cosmique. Il… Créons surgira dans sa vie quand…

D'un geste vif mais chargé de douceur, David pose une main sur la bouche de sa compagne :

– Ne dis plus rien! Je préfère tout ignorer. L'enfant que nous avons fait est là, si plein de vie… Il est mon horizon et mon crépuscule, et je veux m'en délecter. Si je le pouvais, j'arrêterais le temps pour qu'il ne grandisse jamais! Je redoute le futur, parce qu'il me dévorera mon fils et m'enlèvera à toi, ma princesse. Alors, il me reste le présent et je m'y accroche de toutes mes forces de jeune vieillard. L'instant présent, là! Avec toi! Avec lui! C'est tout ce qui m'importe.

– Tu n'es pas vieux, David.

– Si. Je suis vieux. Viens… le temps presse, allons jouer dans le sable avec Sonar.

Bibliographie

Les livres

Dialogue avec l'au-delà, James A. Pike, Robert Laffont, 1970.
Les Chants de l'invisible, Bernard Martino, Balland, 1990.
Le Flâneur des deux rives, Guillaume Apollinaire, Gallimard, 1928.
L'Inhibition de l'action, Henri Laborit, Masson, 1979.
Les Médiateurs de l'invisible, Jon Klimo, collection «Les énigmes de l'Univers», Robert Laffont, 1991.
Les Récits hassidiques, Martin Buber, éditions du Rocher, 1943.
Du Sinaï à la mer Morte, Francis Mazière, Robert Laffont, 1983.

Les périodiques, revues et magazines

Actuel, numéro spécial Futur, n° 18, juin 1992.
Actuel, n° 11, novembre 1991.
Ariel, Jérusalem, n° 53, 1983.
Ariel, Jérusalem, n° 65, 1986.
Astronomie Québec, volume 4, n° 5, septembre-octobre 1994.
L'Autre Monde, Paris, n° 135, septembre 1993.
À Venir, n° 2, Paris, septembre 1994.
Cathédrales et Monastères, encyclopédie Découvertes, n° 39, Larousse Gallimard.
The Jerusalem Post, semaine du 15 au 21 mars 1995.
Vie sauvage, les dauphins, encyclopédie Larousse, n° 1.